역사를 바꾼 22명의 지도자들

지도자와 리더십

지도자와 리더십

초판 1쇄 ǀ 2009년 9월 20일
　　 2쇄 ǀ 2012년 4월 10일

펴 낸 이 ǀ 이동진
펴 낸 곳 ǀ 해누리
지 은 이 ǀ 스펜서 비슬리 외
옮 긴 이 ǀ 이동진
책임편집 ǀ 조종순
마 케 팅 ǀ 김진용

등록번호 ǀ 제16-1732호
등록일자 ǀ 1998년 9월 9일

주소 ǀ 서울시 마포구 성산1동 239-1번지 성진빌딩 B1
전화 ǀ (02)335-0414　팩스 ǀ (02)335-0416
E-mail ǀ sunnyworld@henuri.com
ⓒ 해누리, 2009

ISBN 978-89-6226-010-6 (03840)

역사를 바꾼 22명의 지도자들

지도자와
리더십

Leaders & Leadership

스펜서 비슬리 외 지음 · 이동진 옮김

해누리

CONTENTS

Julius Caesar

율리우스 카이사르

기원전 100~44년

카이사르는 최고의 웅변가였으며, 역사에 관한 그의 저술은 힘차고 유창하며 우아한 면에서 추종을 불허하는 최고의 걸작들이다. 그는 또한 당대의 인물들 가운데에는 매우 희귀할 정도로 높은 과학적 소양도 구비하고 있었다. 그의 용기와 인내심은 노련한 로마 군사들마저도 크게 감탄하게 만들었다. 여자들은 그를 사랑했고, 그도 여자들을 사랑했다. 그는 삶의 즐거움을 철저히 누리면서도 모든 면에서 절제를 실천했다. 자제력 면에서 카이사르만큼 완벽한 수준에 도달한 인물은 또 없을 것이다.

로마 제국의 길을 열다

글 · 스펜서 비슬리

Julius Caesar _ **율리우스 카이사르**

    고대 유럽의 정치 문제를 가장 현실적인 방법으로 해결한 나라가 바로 로마이다. 그리고 이 과정에서 결정적인 마무리를 지은 인물이 바로 카이사르였다. 로마 이외에 나름대로 고대 유럽의 정치 발전에 기여를 한 나라들도 있지만, 로마의 중요성과 영광에 필적할 만한 나라는 없다.

    또한 유럽의 어느 정치 지도자도 카이사르와 견줄 만한 사람이 없다. 셰익스피어의 표현을 빌리자면 카이사르는 "전 세계의 가장 탁월한 지도자"로 영원히 남아 있는 것이다.

    로마는 가장 심각한 위기 상황에 처했을 때 카이사르를 만났다. 그런 상황에서 카이사르를 만난 것은 로마와 로마 시민에게 최대의 행운이었다. 그는 탁월한 지성과 고결한 인품, 관대한 마음씨를 지닌 지도자였다.

카이사르는 그 당시 로마를 휩쓸던 각종 편견과 당파 싸움을 초월하여 날카로운 안목으로 먼 미래를 내다보는 인물이었다. 마치 험한 산을 올라가 정상에서 아래를 내려다보기라도 하듯이, 그는 당시 로마의 정치 상황을 과거와 미래의 세계와 연관시켜서 냉철하게 분석하고 해결책을 모색하고 있었다.

▌시민권의 확대

로마는 카이사르가 등장하기 이전에도 강력한 수단을 동원하여 줄기차게 정복을 계속해 왔다. 그러나 정복된 지역을 통합하는 과정에서는 만족할 만한 성과를 거두지 못하고 있었다. 몇몇 유력 가문을 중심으로 운영되던 과두 체제는 정복 사업을 위해서는 놀라울 만큼 능률적이었지만, 통합과 단결을 위해서는 파벌간의 이해 충돌을 불러일으켜 문제가 많았던 것이다.

카르타고와 마케도니아가 만만치 않은 무력을 유지하고 있을 때에는 로마 원로원이 로마의 통치를 받는 이탈리아 반도의 일부 주민들에게 로마 시민권을 부여하기도 했다. 그것은 매우 인색한 조치였지만 나름대로 현명한 최선책이었다.

그러나 로마 시민권을 얻은 이탈리아의 주민들도 대부분은 카이사르의 소년 시절 무렵에 반란을 일으킨 결과로 원로원이 마지못해 시민권을 허용하도록 했던 것이다. 반면, 이탈리아 반도 바깥의

카이사르_캄피돌리오광장에 있는 동상

점령지는 여전히 로마의 속국들이고 로마의 이익, 아니, 로마의 귀족과 대부호들의 이익을 위해 압제와 착취를 감수하지 않으면 안 되는 상태였다.

로마의 통치력이 미치는 광대한 지역의 모든 주민이 최소한의 안정된 생활을 유지하려면, 또는 로마 영토의 분열을 피하기 위해서는, 로마 이외의 다른 지방들에 대해 항상 압제적이고 부패할 대로 부패해 버린 소위 공화정 체제가 개인 중심의 통치 체제로 전환되는 것이 절대적으로 필요했다.

모든 속국의 주민들을 로마 시민으로 흡수하는 과업은 로마를 지배하는 시민들의 투표로 결정되리라고는 결코 기대할 수 없는 것이었다. 로마의 가장 가난한 시민들마저도 그러한 결정으로 자신이 가장 아끼던 특권과 면제의 권리를 박탈당한다고 생각했기 때문이다.

로마의 모든 지방은 로마에 굴복할 때부터 로마 시민권의 확대를 환영하고 있었다. 술라 장군이 로마를 쥐고 흔들 때 공화정에서 개인 중심의 통치 체제로 전환하기 위한 분위기는 무르익을 대로 익은 상태였다. 술라는 이러한 전환을 현실화시키는 데 필요한 실력, 자신감, 권위, 절호의 기회를 모두 구비하고 있었다.

　그러나 그의 도덕성은 그 엄청난 과업을 수행하기에 턱없이 수준 미달이었다. 술라에게는 카이사르의 통찰력, 관용과 동정심, 고귀한 포부 등이 없었다. 그는 오로지 원로원 의원들의 과두 통치 체제를 재건하는 일에만 관심을 기울였던 것이다.

▌ 율리우스 가문

　율리우스 가문은 기원전 4세기부터 번영을 누린 귀족 가문이었지만 카이사르가 태어날 때는 재산도 영향력도 그리 대단한 것이 못 되는 가문이었다. 로마의 귀족은 자동적으로 고위 관직을 얻는 것이 아니라 선거를 통해 자신의 능력으로 획득해야만 했다. 물론 아무리 능력이 뛰어나도 가문의 재산과 영향력의 지원 없이는 최고 지위인 집정관에 오르기가 거의 불가능했다.

　그는 기원전 100년 7월 12일_혹은 13일에 태어났다. 아버지 가이우스 카이사르는 그가 16세 때 죽었다. 술라 장군과 마리우스 장군이 로마를 둘로 나누어 대결한 결과 술라가 승리를 거두었을 때 카이사르는 이제 막 어른이 되는 나이에 이르렀다.

　카이사르 자신은 이렇게 오랜 전통을 지닌 귀족 가문 출신이지만, 그의 숙모가 가이우스 마리우스와 결혼한 관계로, 민주주의를 주장하는 세력에 동조하고 있었다. 마리우스는 오로지 자신의 군사적 재능만으로 최고 지위에 오르고 장기간 로마를 지배한 장군이었다. 그는 종래의 귀족 중심의 로마 군대를 근본적으로 개혁하여 농민을 로마 군대에 편입시켰다. 따라서 군사 전략의 혁명적 변화를 초래한 인물이다.

기원전 84년 카이사르는 민주주의 파벌의 지도자인 루키우스 코르넬리우스 키나의 딸과 결혼했다. 키나는 마리우스의 동료였다. 다음해 로마의 권력을 장악한 술라 장군이 카이사르에게 아내와 이혼하라고 명령했다. 술라는 마리우스와 오래 전부터 원수 사이였기 때문에 그런 명령을 내린 것이다.

그러나 카이사르는 복종을 거부했다. 그리하여 술라의 미움을 받아 재산 몰수는 물론이고 목숨마저 잃을 위험에 처하게 되었다. 그래서 그는 이탈리아를 떠나 아시아로 건너간 뒤 군무에 복무했다.

기원전 78년에 강력한 반동주의자 술라가 죽자 로마로 돌아간 카이사르는 정치가의 길로 들어섰고, 모든 기회를 이용하여 로마 시민의 인기를 만회하려고 노력했다. 예를 들면 그는 술라에게 패배한 마리우스와 키나를 추모하는 연설을 공공연하게 했고, 재산 몰수와 추방령을 집행한 살인자들을 재판에 회부했다. 기원전 63년에는 카틸리나의 지지자들을 불법적으로 처형하려는 원로원의 결정에 혼자서 용감하게 반대했다.

자신은 지위나 명망으로 보아 최고지도자가 될 수 없는 상태인데도 불구하고 개인 중심의 통치 체제의 필요성을 통감하고 있었던 그는 당시 로마에서 가장 권위가 크던 폼페이우스가 최고지도자의 지위에 오르도록 모든 노력을 기울였다.

그래서 그는 로마의 통치권을 사실상 무기한으로 폼페이우스의 손에 쥐여 주는 모든 조치들을 강력히 지지했던 것이다. 폼페이우스는 매우 뛰어난 군사 지도자였지만 허영심이 너무 강하고 정치적으로는 무능했기 때문에 5년이 지난 기원전 62년에 권력을 잃고 말았다.

▌ 집정관이 되다

카이사르는 기원전 61년에 북부 스페인의 총독으로 부임했다. 거기서 얻은 전리품으로 막대한 개인적 부채를 갚을 수 있었다. 기원전 60년에 로마로 돌아간 그는 다음해에 집정관 선거에 나섰다. 최고 지위인 집정관은 임기가 끝나면 수입이 많은 지방의 총독 자리가 보장되어 있어서 귀족이면 누구나 탐내는 자리였다.

원로원 안의 반대파들의 집요한 방해에도 불구하고 그는 집정관에 당선되었다. 이 무렵 카이사르는 나이가 38세였다. 그의 지위는 꾸준히 상승했고 영향력도 증대됐다. 이제 그는 로마의 가장 중요한 과업을 자기 손으로 해결하기로 결심했다.

당시 일부 귀족들의 통치 체제를 견제하기 위해 공화 체제의 권력을 한 사람에게 집중시키자는 목적으로 활동하던 것이 평민 위주의 정치 세력이었는데, 카이사르는 이 세력의 지도자로 공인된 상태였다. 그러나 이 세력의 목적은 시민들의 투표로 달성될 성질의 것이 아니었다.

수많은 민주적 지도자들이 이미 투표 방식을 시도했다가 쓰라린 패배를 맛본 뒤였다. 카이사르에게는 자기를 떠받치는 군대 그리고 군사 지도자로서의 명성이 필요했다. 그는 이 두 가지를 손에 쥐기 위해 그 누구보다도 탁월한 인내력을 발휘했다.

당시 폼페이우스는 술라의 심복이었다가 술라가 죽은 뒤에는 술라의 반대파에 합류했고, 아시아 지역에서 많은 승리를 거두었지만 원로원에서는 그의 세력 증대를 막고 있었다. 한편 대부호 크라수스는 과거에 술라의 심복이었지만 정치적으로 폼페이우스에 대해 가장 정력적으로 반대하고 있던 인물이다.

카이사르는 중간에 서 있었으며 폼페이우스, 크라수스와 비밀 동맹을 맺고 있었다. 기원전 59년 초 폼페이우스는 카이사르의 외동딸 율리아와 결혼하여 유대를 굳게 했다. 제1차 삼두정치가 시작된 것이다.

그 무렵의 일반적 경향이기는 하지만 로마의 장군들은 로마 동방 지역, 즉 아시아 지역에서 비교적 손쉬우면서도 전리품을 많이 거둘 수 있는 정복 사업에 한층 더 열중했다. 아시아 지역의 주민들은 나름대로 오랜 문명을 발전시켜 왔기 때문에 로마의 관습과 체제에 완전히 동화될 수가 없었다.

반면에 이탈리아 북부의 관문과 연결된 갈리아 지방_현재 프랑스은 로마 장군들의 관심을 끌지 못한 채 남아 있었는데, 고작해야 세벤과 알프스 사이의 지역만이 로마의 지배를 받고 있었다. 갈리아 지방의 주민들이 아시아 주민들보다 더 호전적인 데다가 거기서 승리를 거두어도 전리품이 별로 많지 않았기 때문이다. 말하자면 전쟁에 따르는 위험 부담이 더욱 큰 반면, 들어가는 비용에 비해 얻는 이익이 매우 적었던 것이다.

그러나 갈리아 지방을 정복하지 않고서는 지중해 세계를 로마 문명으로 석권하는 일은 정지된 상태일 뿐이었다. 더욱이 갈리아 주민들은 이탈리아 북부를 침범하려고 항상 노리고 있었다.

집정관 카이사르는 바로 이 갈리아 지방의 정복을 스스로 떠맡았다. 정복에 성공한다면 그는 로마의 권력을 휘어잡을 수가 있을 뿐만 아니라 조국 로마와 문명 세계에 최대의 공헌을 하게 되는 것이다.

그는 일생을 통해 어떠한 여건 아래에서도 항상 뜨거운 열성과 초인적인 박력을 보여 주어 로마 시민을 놀라게 했다. 이제 청년기를 지나 장년기에 접어든 그에게는 시간이 얼마 남지 않았다. 그가 로마를 떠나 변방에 머무는 동안 국내에서 어떠한 혁명이 일어나 그의 앞길을 망칠지 전혀 예측할 수 없는 상황이었다.

그러나 그는 기원전 58년부터 10년 동안 줄곧 갈리아 일대의 정복에 모든 정력과 노력을 쏟아 부었다. 비록 아무런 성과를 거두지 못한다 해도 그는 역사상 가장 위대한 인물들 가운데 하나로 남을 것이었다.

바로 이 10년 동안에 그는 피레네 산맥에서 라인 강에 이르는 갈리아 지방 전체를 정복했다. 당시 로마의 군사력은 갈리아 지방의 야만인들에 비해 월등하게 우세한 것도 아니었다. 오히려 갈리아 기병대가 로마 기병대보다 더 우수했다.

그러나 카이사르는 탁월한 전략과 전술, 로마 군사들의 규율, 그리고 우수한 기술로 적을 압도했다. 그의 정복은 조금도 빈틈이 없었고 정복된 지역에 대한 대우가 대단히 관대했기 때문에 치열한 전쟁이 모두 끝난 뒤에 정복된 지역은 로마의 지배 아래 들어간 자신의 새로운 지위를 솔직하게, 심지어는 자랑스럽게 받아들였던 것이다.

그곳 주민들은 정복자인 로마의 문화, 관습, 심지어는 라틴어마저도 열성을 다해 배우기 시작했다. 카이사르의 군대와 맞서서 용감하게 싸웠던 그곳 주민들의 손자들은 완전한 로마 시민이 되었을 뿐만 아니라, 원로원 의원이 되어 로마 군대를 지휘하게 되었던 것이다.

카이사르가 갈리아 지방에서 활약하던 이 10년의 세월은 서부 유럽과 나아가서는 인류의 미래를 결정했다. 중세 전체와 근대의 역사를 통해서 프랑스가 유럽의 모든 나라들 가운데 두드러지게 두각을 나타내게 된 것은 프랑스가 유럽의 중앙에 위치한다는 지리적 이점이나 풍부한 천연자원 또는 그 주민들의 탁월한 능력 덕분은 결코 아니다.

그것은 오히려 그 주민들이 로마 문명을 신속하고 철저하게 수용한 결과였다. 그러한 수용 덕분에 프랑스는 로마의 후계자가 된 것이다. 또한 프랑스는 샤를마뉴 대제와 정복왕 윌리엄이라는 간접적 수단을 통해서 독일과 영국에 어느 정도 로마 문명을 이식시킬 수가 있었던 것이다.

▌귀족 세력을 제압하다

카이사르는 자신이 집정관으로 재직하는 동안 귀족 세력을 완전히 무기력하게 만들었다. 이제 폼페이우스는 카이사르와 체결한 밀약에 따라 카이사르가 갈리아에 머무는 동안 평민 위주의 세력을 지지하고 귀족 세력을 계속해서 무기력한 상태로 유지해야만 했다.

그러나 제1차 삼두정치는 이미 붕괴되었다. 카이사르의 외동딸이자 폼페이우스의 아내인 율리아는 기원전 54년에 죽어서 혼인을 통한 그들 사이의 유대도 끊어졌다. 다음해에는 크라수스가 동방에서 파르티아 군대에 패배하여 피살되고 말았다.

한편 폼페이우스는 카이사르의 놀라운 군사적 성공에 대한 질투심과 자신의 무능력 때문에, 오랜 기간 변덕과 망설임 끝에 결국 귀족들과 손을 잡고 말았다. 그는 귀족들의 지지를 바탕으로 자신의 경쟁자인 카이사르를 타도하고 최고 권력자가 되려고 한 것이다.

한편 귀족들은 일단 카이사르가 제거된다면 그 다음 폼페이우스를 어떻게 제거할지에 대해서는 자기들이 잘 알고 있다고 자부했다. 로마 전체를 뒤흔든 내전이 시작되기 전에 진행된 교섭에서 귀족들은 뻔뻔스럽고 완고하고 폭력적인 태도를 보였고, 합법적인 절차도 완전히 무시했다. 그러나 그와 매우 대조적으로 카이사르는 중용과 공정성을 발휘했다.

원로원은 카이사르의 후임자를 지명한 뒤 카이사르가 정복한 모든 지역과 그가 지휘하던 로마 군대를 후임자에게 넘겨주라고 명령했다. 그렇게 하지 않으면 카이사르는 로마의 역적으로 선언될

판국에 이르렀다.

호민관들은 원로원의 결의를 뒤집었지만 생명의 위협을 견디지
못해 카이사르의 사령부로 모두 피신해 갔다. 결국 카이사르는 결
단을 내리지 않을 수가 없었다.

그는 기원전 49년 1월 10일, 갈리아 지방과 이탈리아의 경계선
에 위치한 루비콘 강을 신속하게 건넌 다음 로마를 향해 진격했다.

그가 인솔한 군대는 일개 사단에 불과했다. 나머지 방대한 숫자
의 군대는 멀리 갈리아 지방 곳곳에 산재해 있었다. 반면, 그와 맞
선 폼페이우스의 군대는 숫자적으로 압도적인 우위를 차지하고 있
었다. 그러나 카이사르의 군대가 신속하고 무모하게 진군하는 바람
에 폼페이우스의 군대는 한군데에 집결할 수가 없었다. 카이사르는
노련한 로마의 직업 군인들이 숭배하는 장군일 뿐만 아니라 평민들
의 자유를 주창하는 세력을 항상 영도해 온 숙련된 지도자였다.

그는 자신의 원칙들을 조금도 굽힌 적이 없고 친구들을 절대로
배신하지 않았으며 어떠한 위험 앞에서도 물러서지 않았다. 그의
성공에 매혹되고 그의 관대함에 격려된 성들은 그가 가는 곳마다
기꺼이 성문을 열었고, 폼페이우스가 징발한 군사들은 그의 진영으
로 몰려들었다. 그의 군대는 로마에 가까이 갈수록 더욱 불어나기
만 했다.

폼페이우스는 자신이 예전에 수많은 승리를 거두었던 로마 동
부 지역으로 군대를 이끌고 갔다. 그의 군사적 명성과 개인적 영향
력은 동부 지역의 모든 속국들을 그의 지휘 아래 규합할 수 있었다.

반면 불만과 의혹에 가득 차 있던 귀족들은 불안한 위치에 놓이게 되었다. 그래서 폼페이우스는 자신이 지휘하던 수많은 숙련된 군대를 스스로 방어하도록 스페인에 내버려둔 채 아드리아 바다를 건너 동쪽으로 갔다.

이탈리아를 평정하자 카이사르는 즉시 군대를 이끌고 스페인으로 향했다. 그곳에 주둔하던 폼페이우스의 군대를 철저히 분쇄한 뒤에는 잠시도 쉬지 않고 곧장 동쪽의 폼페이우스를 추격했다. 폼페이우스의 군대는 엄청난 숫자였다. 그러나 폼페이우스는 새로 소집된 로마인들과 아시아인들을 훈련할 시간이 너무 짧았다.

전투가 벌어졌다. 동방의 정복자 폼페이우스는 과거의 군사적 명성을 완벽하게 유지했다. 그러나 치열한 결전에 반대하면서 불평을 늘어놓는 귀족들의 요구에 몰린 나머지 결국 그는 기원전 48년 8월 파르살리아 들판의 전투에서 결정적인 패배를 맛보았다.

당시 독립국이던 이집트로 피신했지만 폼페이우스는 이집트 왕 프톨레미오스의 심복의 손에 암살되었다. 카이사르는 그해 겨울을 알렉산드리아에서 지냈다. 이때 이집트 여왕 클레오파트라 6세를 만났다. 패배한 세력은 먼저 아프리카에서, 그 다음에는 스페인에서 다시 결집했다. 이때 카이사르는 남은 여생 3년 9개월의 대부분을 전쟁터에서 군대를 지휘하면서 보냈다.

▮ 카이사르의 암살

카이사르는 폼페이우스의 잔당을 모두 소탕한 뒤 기원전 45년

3월 17일에 로마로 돌아갔다. 그리고 다음해 3월 15일 원로원 안에서 암살되고 말았다.

그는 정적들에게 베푼 지나치게 관대한 조치와 자신의 급한 성미 때문에 위험을 자초했던 것이다. 그를 암살한 세력의 주동자들인 롱기누스와 브루투스는 그의 적대 세력의 장수로, 그에게 사면을 받은 사람들이다.

게다가 그의 진영에서도 60여 명이 과거의 귀족 정치를 동경하여 암살 세력에 가담했던 것이다. 암살되지 않았더라면 그의 건강 상태로 보아 15년 내지 20년은 더 살았을 것이다. 그가 죽은 뒤 로마는 13년에 걸친 비참한 내전 상태에 빠지고 말았다.

그는 불멸의 이름을 남겼다. 카이사르는 황제, 최고지도자 등의 의미로 사용되어 독일어로는 카이저, 러시아어로는 차르, 아랍어로는 카이사르로 남아 있다.

카이사르의 행정개혁의 영향을 일일이 평가하기는 불가능하다. 그가 고대 로마의 달력을 개정해서 새로 만든 율리우스 달력은 1582년까지 유럽에서, 그리고 19세기까지 러시아에서 사용되었다.

오늘날 유럽에서 사용되는 그레고리우스 달력은 그의 달력을 교황 그레고리우스 13세가 약간 수정한 것에 불과하다. 율리우스라는 그의 이름은 열두 달의 명칭 가운데 그가 태어난 7월_July의 명칭이 되었다.

그는 각 주의 행정 조직을 전면적으로 개편했고, 로마법을 편찬했으며, 제국 전체의 인구조사를 실시했다. 금화를 통일했고, 공공

3월 15일, 율리우스 카이사르가 암살되리라고 예언된 날_카를 폰 필로티 그림

도서관을 건립했으며, 로마시 경찰 조직을 완비했고, 건축 규제에 관한 법을 만들었다. 위생 관리에 관한 규정도 만들었고, 로마시 한가운데를 관통하는 테베레 강의 수로를 변경하여 늪지대를 평지로 전환시켰다.

이 모든 근본적인 개혁의 계획은 그가 바쁜 작전 활동 가운데서도 틈을 내어 고안해 낸 것이다. 이토록 정력적인 활동, 방대하고 엄청난 사업을 수행한 인물은 동서고금을 막론하고 다시는 없을 것이다.

55년에 걸친 그의 일생은 영광스러웠고 많은 사람들에게 혜택을 베푸는 것이었다. 두려움을 모르는 솔직한 그의 성격은 의심이나 경계를 경멸했다. 그러나 결국 그는 자신의 손으로 사면하고 출세시켰던, 불평과 배신을 일삼는 귀족들 일당의 손에 암살되고 말았다.

한편 그의 성생활은 그리 칭찬을 받을 만한 것은 아니었다. 그리스와 로마의 기준으로 보아서도 매우 비상한 정력의 소유자였다. 그는 최초로 동방에 체류하는 동안 비티니아의 왕 니코메데스와 동성애 관계를 맺었다고 한다. 또한 많은 유부녀들과 관계를 가졌는데, 정치적으로 매우 위험한 일이지만 폼페이우스의 아내와도 불륜 관계에 있었다는 소문도 있다. 이집트 여왕 클레오파트라와 맺은 관계, 그리고 그녀를 기원전 46년에 로마로 초대한 사건은 정치적으로 그에게 매우 불리한 것이었다.

카이사르는 또한 최고의 웅변가였으며, 역사에 관한 그의 저술은 힘차고 유창하며 우아한 면에서 추종을 불허하는 최고의 걸작들이다. 갈리아 정복에 관한 그의 저술은 아직도 역사가들 사이에 널리 읽히고 있다.

그는 또한 당대의 인물들 가운데에는 매우 희귀할 정도로 높은 과학적 소양도 구비하고 있었다. 그의 용기와 인내심은 노련한 로마 군사들마저도 크게 감탄하게 만들었다. 여자들은 그를 사랑했고, 그도 여자들을 사랑했다. 그는 삶의 즐거움을 철저히 누리면서도 모든 면에서 절제를 실천했다. 자제력 면에서 카이사르만큼 완벽한 수준에 도달한 인물은 또 없을 것이다.

Alexander the Great
알렉산더 대왕

❧

기원전 356~323년

알렉산더는 역사상 유명한 모든 장군들 가운데 가장 탁월한 장군이자 전략가였다. 그러나 그는 단순한 정복자에 그치는 것이 아니라 그 이상의 의미를 지닌 인물이다. 그는 그리스 어와 그리스 문화를 아시아의 광대한 지역에 전파하고 그리스인들의 여러 왕국들을 건설 했으며, 그 왕국들은 그가 죽은 뒤에도 수백 년에 걸쳐서 번영했다. 로마 제국의 확대, 그리 스도교가 세계 종교로 발전한 사실, 그리고 비잔틴 제국의 건설 등도 알렉산더의 성과가 후대에 남긴 결과이다.

그리스, 페르시아, 인도의 정복자

글 · 클레런스 쿡

Alexander the Great _ 알렉산더 대왕

알렉산더의 아버지는 마케도니아 국왕 필리포스, 어머니는 에피루스의 국왕 네오프톨레미오스의 딸 올림피아스다. 그는 기원전 356년 마케도니아의 펠라에서 태어났다.

13세부터 16세까지 그리스의 위대한 철학자 아리스토텔레스가 직접 그를 가르쳤기 때문에 그의 성격 형성에 아리스토텔레스의 철학이 끼친 영향은 이루 말할 수 없이 컸다. 아리스토텔레스는 철학, 의학, 과학적 탐구 등 학문의 모든 분야에 걸쳐서 교육을 실시했다. 특히 국가의 통치 기술을 집중적으로 가르쳤다.

아리스토텔레스는 그리스인이 아닌 다른 민족을 모두 야만인으로 보고 노예로 삼아야 한다는 편협한 사상을 가지고 있었다. 그러나 훗날 알렉산더는 스승의 사상을 뛰어넘어 모든 민족의 융합을 도모했다. 알렉산더는 단순히 군사 전략 면의 천재로서만 두각을 나타낸 것은 아니었다.

그가 16세 되던 해 필리포스 왕은 군대를 이끌고 비잔티움 공격에 나서면서 왕국의 통치를 알렉산더에게 위임했다. 이때 알렉산더는 트라키아의 마에디 부족의 군대를 격파했다. 2년 후인 기원전 338년 필리포스가 그리스 연합군을 상대로 카에로네아에서 전투를 벌였을 때 주력 부대 왼쪽의 부대를 지휘한 알렉산더는 놀라운 용기를 발휘하여 테베의 신성 군단을 무너뜨렸다. 승리를 거둔 뒤 필리포스는 아들 알렉산더를 껴안고 이렇게 말했다.

"아들아, 이제 너는 너 자신의 새로운 왕국을 건설하도록 해라. 내가 물려줄 왕국은 너에게 너무나 작은 것이기 때문이다."

그러나 다음해에 필리포스는 아내 올림피아스와 이혼했다. 필리포스가 새로운 왕비를 맞아 벌인 잔치에서 알렉산더는 아버지와 심하게 말다툼을 벌였다. 화가 머리끝까지 치민 알렉산더는 필리포스 곁에 남아 있다가는 목숨을 유지하기가 어렵다고 판단하여 어머니와 함께 에피루스로 달아났다. 얼마 후 필리포스는 아들을 용서했고, 알렉산더는 다시 마케도니아로 돌아갔다. 그러나 알렉산더의 태자 지위는 불안정한 상태였다.

한편 트리발리를 공격하는 원정에서 알렉산더는 필리포스와 함께 전투에 출전하여 위험해진 아버지의 목숨을 구해 주기도 했다. 그리스의 모든 도시국가들의 최고사령관으로 추대된 필리포스는 당시 동쪽의 대제국인 페르시아와 결전을 치르려고 준비하고 있었다. 그러다가 기원전 336년에 필리포스가 암살되었다.

▌마케도니아 국왕의 자리에 오르다

필리포스가 암살되자 마케도니아의 모든 군대는 알렉산더를 지지했다. 알렉산더는 그때 나이 20세가 채 되기도 전에 마케도니아 국왕의 자리에 오르게 되었다. 알렉산더는 아버지를 암살한 무리를 모두 처형했다. 동시에 자기를 반대하던 세력의 주요 인물들과 잠재적 정적들을 그 기회에 모조리 없애서 자신의 권력 기반을 튼튼하게 만들었다.

이어서 군대를 이끌고 코린토스에 진격하여 그리스의 모든 도시국가의 대표들을 소집한 다음, 페르시아와 벌일 전쟁에서 스스로 최고사령관 자리에 올랐다. 그는 마케도니아로 돌아가는 도중에 델피 신전을 방문했다. 피티아 출신의 여사제는 그가 "패배를 모르는 인물"이라고 찬양했다.

그는 일리리아인들과 트리발리인들이 반란을 일으켰다는 보고를 받고, 트라키아 지방을 통과하면서 가는 곳마다 승리를 거두었다. 그러나 그가 전사했다는 헛소문에 자극된 테베에서 무장 반란이 일어나는가 하면, 민주주의와 자유를 부르짖는 데모스테네스의 웅변에 설득된 아테네도 테베와 동맹을 맺을 준비를 하고 있었다.

테베와 아테네의 동맹이 성립된다면 알렉산더에게는 무서운 적이 나타나는 셈이었다. 그래서 그는 먼저 선수를 쳐서 재빨리 테베를 향해 군대를 휘몰아 갔다. 테베는 끝까지 항복하지 않았지만 결국 함락되고 말았다.

그 결과, 테베는 불타고 철저히 파괴되어 폐허로 변했다. 시민 6,000명이 살해되고, 3만 명은 노예가 되었다. 다만 신전들과 위대한 시인 핀다로스의 집과 그 후손만은 알렉산더의 배려로 피해를 입지 않았다. 테베에 대한 그의 가혹한 조치로 그리스 전체가 심한 공포에 사로잡히고 말았다.

그러나 그는 아테네에 대해서는 테베의 경우보다 훨씬 관대한 조치를 취했다. 이후 코린토스, 칼키스, 그리고 테베의 요새인 카드메아에 마케도니아 수비대가 각각 주둔했다.

그는 선왕 필리포스에게 충성을 다했던 안티파텔 장군에게 1만 3,000명의 병력을 주어 마케도니아를 포함한 그리스 전체를 통치하도록 위임한 다음, 페르시아 정복의 길에 나섰다.

그는 마케도니아 군대의 유지를 위해서, 그리고 자신이 개인적으로 진 빚 500탤런트를 갚기 위해서 페르시아 제국의 막대한 재산을 손에 넣어야만 했던 것이다. 게다가 그는 페르시아 군대가 아무리 많고 강해도 그리스의 우수한 기병대를 이용한 전술로 얼마든지 격파할 자신이 있었다.

기원전 334년 봄, 22세의 나이에 그는 보병 3만 명과 기병 5,000명을 이끌고 다르다넬스 해협을 건너 소아시아로 건너갔다. 그의 군대 가운데 마케도니아인은 1만 4,000명이고 나머지는 그리스의 각 도시국가에서 공급한 병력이었다.

전투가 벌어지면 가장 먼저 중요한 역할을 하는 것은 가벼운 무장을 한 크레타 군사들과 마케도니아 궁수들, 그리고 창을 던지는 트라키아와 아그리아니아 군사들이지만, 전세를 좌우하는 공격은 기병이 맡았고, 마지막에 결정타를 가하는 것은 4미터 길이의 긴 창을 들고 사각형의 밀집 대형을 유지하면서 전진하는 9,000명의 군사들, 그리고 3,000명의 친위대였다.

이 원정에는 측량전문가들, 기술자들, 건축가들, 과학자들, 관리들, 역사가들이 수행했다. 알렉산더는 장기간에 걸친 원정을 처음부터 예견하고 있었던 것이다. 그는 먼저 트로이의 옛 성터를 방문했는데, 그것은 호메로스의 작품에 대한 낭만적인 감명에서 나온 행동이었다.

기원전 334년 5월 또는 6월에 그라니쿠스 현재 코카바스 강가에서 격전이 벌어졌다. 페르시아군의 작전은 알렉산더의 군대가 강을 건너도록 유인한 뒤 섬멸한다는 것이었는데, 처음에는 그 작전이 거의 성공하는 듯이 보였다.

그러나 페르시아 군대의 전열이 무너지고 알렉산더는 완벽한 승리를 거두었다. 페르시아의 왕 다리우스의 사위는 알렉산더의 창에 찔려 죽었다. 이 전투 결과, 소아시아의 거의 대부분의 도시들은 새로운 정복자에게 성문을 활짝 열었다.

그는 그리스인들이 건설한 소아시아의 모든 도시에서 독재자들을 추방하고 민주주의를 회복시켰다. 이것은 그가 그리스 본토 도시국가들의 독재자들을 추방하지 않은 정책과는 매우 대조적인 것이었다.

　그는 갑옷과 투구 300벌을 아테네의 아테나 여신에게 보내면서 그것을 "아시아의 야만인들에게 뺏어서 필리포스의 아들 알렉산더, 그리고 스파르타인들을 제외한 그리스인들이 보내는 예물"이라고 불렀다.

　고르디움을 통과할 때는 그 유명한 "고르디움의 매듭"을 단칼에 베어서 끊어 버렸다고 한다. 여러 가닥의 밧줄로 복잡하게 얽히고설킨 그 매듭은 오로지 아시아의 지배자만이 풀 수 있다는 전설로 유명한 것이었다. 그는 단숨에 아시아의 새로운 지배자로 등장한 것이다.

　타르수스에서는 키드노스 강에서 목욕을 한 탓에 매우 심한 열병에 걸렸다. 그때 그는 자신의 주치의 필리포스가 다리우스 왕에게 매수되어 자기를 독살하려 한다는 내용의 편지를 받았다. 그는 그 편지를 필리포스에게 읽어 보라고 주었다. 그리고는 필리포스가 가지고 온 약을 꿀꺽 마셔 버렸다. 물론 밀고하는 편지는 모함의 편지였고 그는 열병에서 치료되었다.

　건강이 회복되자마자 그는 킬리키아 협곡을 향해서 진군했다. 그곳에는 다리우스 왕이 60만 대군을 거느리고 피나루스 강을 따라 진을 치고 있었다.

▌페르시아를 정복하다

　기원전 333년 11월, 알렉산더는 오늘날 터키의 이스켄데룬 근처에 진을 쳤다. 산맥과 바다 사이에 위치한 좁은 이수스 평원에서 전투가 벌어졌는데, 중무장을 한 대규모의 페르시아 군대는 마케도니아 군대의 공격을 받자 대열이 흐트러지기 시작하고 겁에 질려 사방으로 달아났다.

다리우스 왕도 간신히 말을 타고 달아났다. 페르시아 진영에 가담한 3만 명의 그리스인 용병부대가 왼쪽에서 꽤 오래 버티기는 했지만 결국은 항복하지 않을 수가 없었다. 산더미 같은 보물과 다리우스 왕의 가족들이 새로운 정복자의 손아귀에 들어갔다.

알렉산더는 다리우스 왕의 가족들에게 최대의 관용을 베풀고 후하게 대우했다. 다리우스 왕은 자기 가족을 위해 1만 탤런트의 보석금을 지불하고 유프라테스 강 서쪽의 모든 영토를 알렉산더에게 넘겨준다는 조건으로 평화 협정을 제의했지만, 알렉산더는 오만하게 거절했다.

그는 다리우스가 무조건 항복하고 자신을 아시아 전체의 왕으로 인정하라고 요구했던 것이다. 이때 부사령관 파르메니오는 "내가 알렉산더였다면 그 제의를 수락했을 것이다."라고 말했다. 이에 대해 알렉산더는 "내가 파르메니오라면 물론 나도 수락했을 것이다."라는 유명한 대꾸를 남겼다.

이제 알렉산더는 시리아와 페니키아로 방향을 돌렸다. 시리아의 수도 다마스쿠스가 함락되고 그는 어마어마한 보물을 손에 넣었다. 지중해 연안의 모든 도시가 그의 지배 아래 놓이게 된 것이다.

해안선에서 멀리 떨어진 섬에 건설된 티레는 자신의 함대와 지리적 이점을 믿고 대항했다. 그러나 7개월에 걸친 부교 건설과 치열한 공방전 끝에 함락되고 완전히 파괴되었다. 지중해의 해상 패권을 자랑하던 티레는 기원전 332년에 멸망하고 말았다.

이어서 그는 팔레스티나 전역을 정복했는데, 오로지 가자 성만 저항했다. 그러나 가자 성도 두 달이 지나 티레와 마찬가지 운명을 맞이하고 말았다. 알렉산더가 예루살렘을 방문했다는 전설도 있지만, 역사적 사실은 아니다.

기원전 332년 11월 그는 이집트에 도착했다. 페르시아의 압제에 시달리던 이집트는 그를 구원자로 환영했다. 이집트에서 통치의 발판을 굳게 만들기 위해 그는 예전의 모든 관습과 종교 제도를 부활시키고 기원전 331년 초에 알렉산드리아라는 새로운 도시를 건설했다.

또한 그는 나일 강의 범람 원인을 규명하기 위한 탐험대를 파견하기도 했다. 그 다음에는 태양신 아몬의 신탁을 받기 위해 리비아 사막으로 들어갔다. 그곳의 사제는 그를 제우스 신의 아들이라고 환영했다. 그는 자신이 신이라는 확신을 품은 채 알렉산드리아로 돌아갔다.

그러나 그가 기병대를 몸소 이끌고 적진으로 돌격하자 페르시아 군대의 진영이 무너지고 말았다. 이어서 그는 적의 공격에 한동안 밀리고 있던 왼쪽의 부대를 지원하려고 달려갔다. 그는 다리우스를 포로로 잡기를 간절히 원했다. 그러나 다리우스는 박트리아 기병대와 그리스인 용병들을 거느리고 메디아로 달아나 버렸다.

페르시아 제국의 모든 무기와 보물이 새로운 정복자의 차지가 되었다. 페르시아 제국의 주요 도시인 바빌론과 수사가 그에게 성문을 열었다. 그는 수도 페르세폴리스로 진격하여 개선장군으로 입성했다.

놀라운 속도로 성공에 성공을 거듭하자 알렉산더의 냉철한 판단력이 흐려지기 시작했다. 동시에 자제력도 잃고 감정에 휘둘리기 시작했다. 그는 방탕한 생활에 빠졌고 잔혹할 정도로 변덕을 부렸을 뿐만 아니라 배은망덕도 서슴지 않았다.

아테네 출신의 후궁 타이스가 페르시아의 수도를 불태우라고 술에 만취한 그를 부추겼다. 그는 명령을 내렸다. 고대 세계의 불가사의로 경이의 대상이었던 페르세폴리스는 허망하게 잿더미로 변했다.

그는 술이 깬 다음에 뉘우쳤지만 이미 때는 늦었다. 스스로 수치심에 못 이긴 그는 기병대를 이끌고 다리우스를 추격하러 나섰다. 박트리아의 주지사 베수스가 다리우스를 포로로 잡아 두고 있다는 보고를 받자 다리우스의 목숨만은 구해 주려고 행군을 재촉했다.

그러나 칼에 찔려 숨이 끊어지기 직전에 놓인 다리우스 왕 앞에 이르렀다. 이때가 기원전 330년이었다. 그는 자신의 적 다리우스의 죽음을 애도하고 전통적인 절차에 따라 영광스럽고 성대하게 장례를 치르도록 명령했다.

그리고 나서 페르시아의 왕위를 노리던 베수스를 추격했다. 그는 옥수스 지방을 지나 소그디아나 보카라까지 진격했다. 결국 베수스는 포로가 되어 처형되었다.

그러던 중 파르메니오의 아들이 포함된 음모가 진행되고 있음이 드러났다. 알렉산더는 그 아들과 일당을 처형하고 음모 자체를 전혀 모르고 있던 무죄한 파르메니오마저 자기 심복을 시켜 암살했다.

이 잔인하고 불의한 조치 때문에 그를 따르던 모든 장군과 군사들이 그에 대해 혐오감을 느꼈다. 그러나 그는 정적으로 돌변할 가능성이 있던 파르메니오의 세력을 완전히 소탕함으로써 자신의 권력 기반을 확고하게 만들 수 있었다.

기원전 329년에는 당시에 알려진 북아시아의 가장 북쪽 경계선까지 진출하여 약샤르테스 강가에서 스키티아인들의 세력을 철저하게 타도했다. 다음해에는 소그디아나 왕국 전체를 점령하고 포로

다리우스의 시체를 발견한 알렉산더 대왕_구스타브 도레 그림

가 된 로크사나와 결혼했다. 로크사나는 적군의 장수들 가운데 하나인 오크시아르테스의 딸이자, 아시아의 모든 처녀들 가운데 최고의 미인으로 유명한 여자였다.

기원전 327년에는 새로운 음모가 발각되었는데, 아리스토텔레스의 조카인 칼리스테네스가 억울하게 무고를 당했다. 칼리스테네스는 알렉산더가 신이 아니라고 주장했다는 혐의를 받아 잔인한 고문을 받은 뒤 교수형에 처해졌다. 얼마 후 술을 마시다가 벌어진 싸움판에서 알렉산더는 자신이 가장 아끼던 부관 클레이토스를 살해했다.

인도는 그때까지 그리스 세계에 명칭만 알려진 상태였다. 기원전 327년 초여름에 인도 정복에 나서기 위해 박트리아를 떠난 알렉산더는 다음해 봄, 현재의 아토크 근처를 흐르는 인더스 강을 건넜다.

플루타르코스는 그가 12만 명을 이끌고 갔다고 기록했지만, 실제 전투 병력은 3만 5,000명으로 추산된다. 그는 인도의 어느 왕의 길안내를 받아 히다스페스_젤룸까지 진출했다. 여기서 인도의 다른 지역의 왕 포루스가 군대를 이끌고 대항했다.

그는 치열한 전투 끝에 포루스의 군대를 격파했지만 평소에 늘 타고 다니면서 아끼던 명마 부케팔루스를 잃었다. 이어서 펀잡 지방을 관통하면서 그리스인들의 식민 도시들을 건설했다. 그는 갠지스 강까지 진출하고 싶어했지만 대부분의 장수들과 군사들이 고향으로 돌아가기를 원하여 더 이상 진격하기를 거부했다.

결국 그는 히파시스_현재 수틀레지에서 방향을 돌려 회군하기 시작했다. 히다스페스를 다시 점령하고 800 내지 1,000척의 배로 구성된 함대를 만든 다음 군대의 일부를 배에 태워 강을 따라 내려가게 했고, 나머지는 자신이 지휘하여 강변을 따라 가면서 인도 군대와 계속해서 처절한 전투를 벌였다. 말리 부족의 어느 마을에서 벌어진 전투에서는 알렉산더가 중상을 입기도 했다.

드디어 인도양 해안에 도착했다. 그는 함대 사령관 네아르코스에게 페르시아 만으로 항해하라고 명령했다. 그리고 자신은 남은 군사들을 손수 지휘하여 육로로 게드로시아_현재 발루키스탄를 거쳐 돌아가는 행군에 나섰다.

도중에 그의 군대는 식량과 물 부족으로 엄청난 피해를 입었다. 알렉산더를 따라 페르시아를 떠난 군사 가운데 기원전 325년에 다시 페르시아로 돌아간 숫자는 그 4분의 1이 약간 넘는 데 불과했던 것이다.

▮ 제국의 분열

그는 곧 주지사들을 포함한 고위 관리들에 대해 부정부패, 무능, 착취 등의 이유를 들어 대대적인 숙청을 단행했다. 기원전 324년 페르시아의 행정수도 수사에 돌아간 그는 페르시아 정복을 자축하는 거창한 연회를 개최했다. 그리고 그는 다리우스 왕의 두 딸 바르시네_스타테이라와 드리페티스를 아내로 맞이했다.

한편 페르시아 여인과 결혼한 약 1만 명의 마케도니아 군사들에

알렉산더 대왕

게 푸짐한 선물을 주었다. 그는 결혼을 통해 마케도니아와 페르시아를 결합시키려고 한 것이다. 다른 군사들에게도 그는 푸짐한 선물을 주었다. 물론 다른 마케도니아인들은 알렉산더의 정책에 불만이 커서 공개적인 반란으로 발전하기도 했다. 그는 노련한 마케도니아 군사 1만 명에게 푸짐한 선물을 준 뒤 마케도니아로 귀국시킴으로써 위기를 해소했다.

얼마 지나지 않아 알렉산더가 가장 아끼던 친구 헤페스티온이 죽었다. 알렉산더는 참을 수 없는 비탄에 잠겼고, 바빌론에서 왕과 똑같은 장례를 지내 주었다. 그가 엑바타나에서 바빌론으로 돌아가려고 할 때, 점성술사들은 바빌론이라는 도시가 그에게 치명적이 될 것이라고 예언했다.

그러나 그는 경고를 무시했다. 그는 자신이 신이라는 확신을 품었고, 모든 신하들이 그 사실을 인정해 줄 것을 요구했다. 이것은 정치적 의미는 없는 것이었다. 다만 그의 과대망상증과 정서적 불안정을 드러내는 것일 뿐이었다.

기원전 323년 봄에 그는 리비아와 이탈리아의 몇몇 지방에서 파견한 친선사절들을 만나 주었다. 카르타고, 스키티아, 켈트, 이베리아, 심지어 로마에서도 사절을 파견했다고 하는 전설도 있지만 역사적 사실은 아니다. 그리스의 도시국가들도 그를 신으로 칭송하기 위해 사절을 파견했다.

바빌로니아에서 그는 정복과 문명의 전파라는 두 가지 사업을 위한 원대한 설계를 하면서 매우 바쁜 나날을 보냈다. 그러나 어느 날 연회를 마치자마자 갑자기 병으로 쓰러졌고, 11일 뒤에 사망하고 말았다. 기원전 323년 6월 13일의 일이었다. 당시 그의 나이는 33세였고 마케도니아 국왕이 된 지는 13년이었다.

그의 시체를 모신 황금의 관을 프톨레미오스가 알렉산드리아에 안치했다. 이집트를 비롯한 여러 나라에서 그에게 신의 칭호가 부여되었다. 그는 광대한 제국의 후계자를 지명하지 않았다. 그러나 "누가 후계자가 될 것인가?"라는 친구들의 질문에 대해 그는 "가장 훌륭한 자격을 갖춘 사람"이라고 대답했다.

많은 소요와 소동이 벌어진 끝에 그의 장군들은 필리포스 왕과 댄서 필라나 사이에서 태어난, 의지력이 약한 아리데오스, 그리고 알렉산더가 죽은 뒤 록사나가 낳은 아들 알렉산더 아에고스를 왕으로 승인하고 자기들은 각각 주지사로서 지방을 분할하여 통치하기로 합의했다.

알렉산더는 죽기 직전에 자기 반지를 페르디카스에게 맡겼는데 그가 어린 두 왕의 후견인이 되었다. 알렉산더의 제국은 얼마 지나지 않아 붕괴되고 장군들이 영토를 나누어 가지고 말았다.

▌ 동서 문명의 교류

알렉산더는 역사상 유명한 모든 장군들 가운데 가장 탁월한 장군이자 전략가였다. 그러나 그는 단순한 정복자에 그치는 것이 아니라 그 이상의 의미를 지닌 인물이다. 그는 그리스어와 그리스 문화를 아시아의 광대한 지역에 전파하고 그리스인들의 여러 왕국들을 건설했으며, 그 왕국들은 그가 죽은 뒤에도 수백 년에 걸쳐서 번영했다.

그가 새로 건설한 도시는 70개가 넘는다고 플루타르코스는 기록했다. 그는 죽기 바로 직전까지도 바빌론 주위의 건강에 해로운 늪지대에서 물을 빼 평원으로 만드는 계획, 그리고 주위의 광대한 평원 지대에 물을 공급하는 개량된 관개 시설을 도입하려고 했다.

그는 널리 알려진 대로 술을 지나치게 마셔서 죽은 것이 아니라, 바빌론에서 걸린 열병 때문에 죽은 것으로 추정된다.

고대 세계에서는 알렉산더 덕분에 지리학, 박물학 등의 지식이 놀라울 만큼 증가했다. 그는 유럽인들에게 인도로 가는 길을 가르쳐 주었고 어마어마한 규모의 인도 문명의 광채를 조금이나마 엿볼 수 있게 해 주었다. 그 후 2천 년 이상이나 유럽인들은 인도 문명에 매혹되어 나름대로 상상의 날개를 펴게 되었던 것이다.

로마 제국의 확대, 그리스도교가 세계 종교로 발전한 사실, 그리고 비잔틴 제국의 건설 등도 알렉산더의 성과가 후대에 남긴 결과로 볼 수 있다.

Hannibal
한니발

❧

기원전 247~183년

로마인들이 아무리 한니발의 명예에 먹칠을 하고 그의 공적을 과소평가하여 기록했다 하
더라도 한니발은 사람들의 상상력을 크게 자극할 뿐만 아니라 마음까지도 사로잡는다. 군
사적 천재성에서는 역사상 그와 비교가 될 인물이 없다. 동시에 그는 관용과 애국심과 자
기희생적 영웅주의의 화신으로 우뚝 서 있다. 역사상 가장 위대한 지도자인 한니발의 경우
처럼, 단 한 명의 천재가 가장 강력한 적을 상대로 보여 준 너무나도 놀라운 예는 인류 역사
에서 전무후무한 것이다.

단독으로 로마와 대결한 불후의 명장

글 · 월터 화이트

*Hannibal_* **한니발**

한니발은 바알신의 은총이라는 뜻이다. 구약성서에는 "하니엘" _민수기 34:23로 등장한다. 그는 고대 카르타고 제국의 위대한 명장 하밀카르 바르카의 아들로 기원전 247년 북아프리카에서 태어났다.

▋ 영원한 적개심의 맹세

로마의 역사가 폴리비우스와 리비우스의 기록에 따르면 바르카 장군은 아홉 살 난 한니발을 신전으로 데리고 간 뒤 로마에 대한 영원한 적개심을 맹세하라고 지시했다고 한다. 기원전 229년 바르카가 죽은 뒤부터 한니발은 자신이 죽을 때까지 거의 50년 동안 로마를 상대로 전쟁을 계속했다.

9세 때부터 18세가 될 때까지 그는 스페인에서 아버지의 지도 아래 전술과 외교 훈련을 받았다. 그리고 18세부터 25세까지는 그의 매부 하스드루발이 바르카의 뒤를 이어 스페인에서 카르타고의 영토를 확장하고 세력을 굳히는 사업을 도와 주요 계획을 집행하는 부사령관 역할을 했다.

기원전 221년 하스드루발이 암살되자 모든 군사들이 만장일치로 한니발을 총사령관으로 추대했다. 그의 탁월한 능력이 평소에 인정을 받고 있었기 때문이다. 카르타고 정부도 즉시 그를 총사령관으로 임명했다. 그의 나이 26세였다.

그는 스페인 원주민 부족의 공주 이밀체와 결혼했다. 그리고 군대를 이끌고 타구스 강을 건너 북진하였고 원주민 세력을 에브로 강 이북으로 몰아냈다. 그 강은 제1차 페니키아 전쟁의 결과 로마와 카르타고 사이에 체결된 조약에 따라 카르타고가 이베리아 반도에서 지배할 수 있는 영토의 북쪽 경계선이었던 것이다.

에브로 강 남쪽에서 카르타고의 지배 아래 들어가지 않은 것은 그리스인들이 세운 식민지 사군툼뿐이었다. 사군툼은 로마와 우호조약을 맺었다고 주장했지만 실제로 그런 조약이 체결되었는지는 의심스러운 것이었다. 어쨌든 한니발은 사군툼을 8개월 동안 포위 공격했다. 이때 그는 중상을 입기도 했다.

이윽고 사군툼은 기원전 218년에 함락되었다. 사군툼에 지원군조차 보내지 않았던 로마는 사군툼의 함락이 로마에 대한 적대 행위라고 선언했다. 그래서 로마와 카르타고 사이에는 제2차 페니키

아 전쟁이 시작되었다. 이 전쟁을 로마인들이 "한니발 전쟁"이라고
부른 것은 당연했다.

▌로마 정복에 나서다

한니발은 반란 음모를 예방하기 위해 스페인인들로 구성된 부
대에게 리비아의 방어를 맡기고, 리비아인들로 구성된 부대에게는
스페인의 방어를 맡겼다. 그리고 북부 아프리카와 스페인 군대의
지휘는 자기 동생 하스드루발에게 맡겼다. 그런 다음 그는 로마 정
복의 길에 나섰다.

기원전 218년 4월 한니발은 보병 9만 명, 기병 1만 2,000명, 그리
고 코끼리 37마리를 이끌고 북쪽 경계선인 에브로 강을 건넜다고
폴리비우스는 기록했다. 그러나 그것은 과장된 것이고, 한니발의

론 강을 건너는 한니발_앙리-폴 모트 그림

실제 병력은 4만 명이라고 보는 것이 타당할 것이다.

그는 피레네 산맥을 넘은 다음 론 강에서 진군을 멈추었다. 갈리아 지방의 원주민 군대가 길을 막고 있었기 때문이다. 그는 한노 장군에게 병력을 주면서 강의 상류로 올라가 적의 후방을 공격하도록 했다. 한노 장군은 그의 명령을 충실히 수행하여 성공을 거두었고 그의 군대는 론 강을 안전하게 건너갈 수 있었다.

대규모 병력을 이끌고 험한 알프스 산맥을 넘기란 누구나 불가능하다고 여기고 있었다. 그러나 이탈리아 북부에 사는 보이이 부족 사람들의 안내를 받으면서 한니발은 15일 만에 알프스를 넘었다. 아프리카와 스페인의 뜨거운 태양 아래 훈련된 그의 군사들은 알프스의 눈과 얼음 속에 수천 명씩 죽어나갔다. 알프스 지역의 원주민들이 사정없이 공격해 왔지만 그는 놀라운 용기와 전술로 모두 물리쳤다.

짐을 나르는 소나 말은 절벽 아래로 떨어지거나 얼어서 죽었다. 장소에 따라서는 바위들을 깨고 길을 새로 만들지 않으면 안 되는 상황이었다. 드디어 그가 북부 이탈리아의 아오스타 계곡에 이르렀을 때는 남은 병력이 보병 2만 명과 기병 6,000명에 불과했다. 그러나 그는 로마 정복의 꿈을 버리지 않았다. 당시 로마는 17만 명의 정예 부대를 동원할 능력이 있었다.

카르타고에 우호적인 인수브레스 지역에서 보충 병력을 동원시킨 다음, 한니발은 토리노를 포위, 함락시켜 타우리니 부족을 정복했다. 이어서 포 강 상류에 거주하던 리구리아인들과 켈트인들을 강제로 자기 군대에 편입시켰다. 파비아 근처에서 포 강으로 흘러들어가는 티치누스 강 서쪽 평원에서 그는 집정관 스키피우스가 이끄는 로마군과 마주쳤다. 기병전이 벌어졌다. 한니발의 누미디아 기병대가 로마군을 격파했다. 스키피우스는 중상을 입었고 로마군은 포 강 너머로 후퇴하고 말았다.

카르타고군이 포 강을 건넌 다음인 기원전 218년 12월 맹렬한 전투가 트레비아 강 서쪽 평원에서 전개되었다. 한니발은 마고 장군에게 2,000명을 주어 매복시킨 다음, 로마군이 트레비아 강을 건너오도록 유인했다. 가벼운 무장을 한 그의 군사들이 로마 군단 앞에서 후퇴하자 스키피우스는 승리가 눈앞에 닥쳤다고 믿고 군대를 빠른 속도로 진격시켰다.

그러나 한니발의 무시무시한 누미디아 기병대가 로마군의 옆구리를 공격하고 마고 장군의 복병이 로마군의 뒤를 쳤다. 집정관 스키피우스가 지휘하던 4만 명의 로마군은 거의 전멸하고 나머지는 뿔뿔이 흩어졌다. 이 승리의 영향을 받아 갈리아인들과 리구리아인들이 한니발을 지지하게 되었다.

한니발의 군사들은 포 강 계곡에서 겨울을 지냈다. 다음해 이른 봄, 한니발은 아페니노 산맥을 넘어 눈 녹은 물로 수위가 높아진 호수 지대를 통과했다. 파에술라에_현재 피에솔레를 향하는 도중에 짐을 운반하는 소나 말이 수없이 늪에 빠져 죽었다. 행군이 너무나도 위험하여 낙담한 갈리아 지방의 군사들은 전진하기를 주저했지만 마고 장군이 지휘하는 기병대가 그들을 사정없이 앞으로 몰았다. 이때 마고 장군은 한쪽 눈을 잃었다.

파에술라에를 포기한 한니발은 에트루리아 지방을 칼과 불로 쑥밭으로 만든 다음 로마를 향하여 곧장 진격했다. 그의 배후에는 집정관들이 지휘하는 로마군 6만 명이 있었다. 그는 트라시메네 호숫가에서 집정관 플라미니우스의 군대를 기다렸다. 호수는 반원형의 산맥으로 둘러싸이고 그곳 평원으로 들어가는 좁은 길은 두 개뿐이었다.

한니발은 주력 부대를 산속에 숨기는 한편, 로마군이 반드시 통과해야 할 길에 누미디아 기병대를 매복시켰다. 그리고 보병의 일부를 다른 쪽에 일부러 잘 보이도록 배치했다. 로마군이 평원으로 들어오자 한니발의 복병들이 퇴로를 차단했다. 그리고 산속에 숨어 있던 그의 주력 부대가 높은 곳에서 공격했다.

플라미니우스의 로마군은 거의 전멸했다. 6,000명의 로마군 보병이 탈출로를 겨우 열기는 했지만 마헤르발이 지휘하는 기병대에게 덜미를 잡혀 다음날 항복하지 않을 수가 없었다.

▍칸나이 전투의 대승리

기원전 216년 여름 샴페인으로 유명한 피체눔 지방에서 쉬면서 한니발은 병력을 보충했다. 누미디아의 말들은 여기서 오래 묵은 이탈리아 포도주를 마셨다고 한다. 그는 아풀리아 지방을 통과하고 캄파니아 지방을 철저히 파괴했다. 한편 로마의 전권을 쥔 집정관 파비우스 막시무스는 그의 뒤를 줄기차게 따라다니면서 견제했다.

그러나 한니발이 아무리 싸움을 걸어도 파비우스는 전투를 피하기만 했다.

제론티움에서 겨울을 지낸 뒤 한니발은 아우피두스 강 근처의 칸나이_현재 몬테 디 칸네를 점령하고 그곳에 있던 막대한 군수 물자를 손에 넣었다. 그리고 평원에 진을 쳤다. 에밀리우스 파울루스와 테렌시우스 바루스 두 집정관이 지휘하는 8만 명의 로마군이 한니발을 향해 진군했다.

한니발의 군대는 겨우 3만 명에 불과했다. 그는 뒤와 양쪽 옆이 강물로 막혀 있는 지점에 군대를 배치했다. 가운데는 스페인 부대가, 그리고 양쪽 옆은 아프리카 보병 부대가 맡은 것이다. 이제 2,000명으로 줄어든 누미디아 기병대는 오른쪽에 자리를 잡았다. 한편 하스드루발이 지휘하는 8,000명의 중무장 기병대는 왼쪽에서 로마 기병대를 상대하게 되었다.

로마 군단들이 공격해 들어갔다. 한니발은 가운데 위치했던 보병 부대를 점진적으로 후퇴시켰다. 왼쪽에서 하스드루발의 기병대가 로마 기병대를 격파한 다음 로마 군단의 왼쪽을 공격하기 시작했고, 다시 파견된 로마 기병대도 격파하고 나서는 로마군의 배후를 강타했다.

로마군이 스페인 부대의 뒤를 공격할 때 한니발의 명령으로 후퇴했던 리비아 기병대가 이제는 적의 옆을 공격했다. 좁은 지역에 지나치게 밀집되어 있었기 때문에 로마 군단들은 무기를 제대로 사용할 수도 없었고, 앞뒤와 양쪽 옆에서 공격을 당하는 바람에 8시간에 걸친 처참한 살육의 결과 5만 명이 죽었다.

그 전투는 사실상 대량 학살이었다. 2만 명의 로마군이 포로가 되었다. 집정관 파울루스, 대집정관 세르빌리우스, 기병대장 미누치우스, 그리고 21명의 군사령관들, 60명의 원로원 의원들이 살해되었다. 한니발군은 겨우 5,700명이 죽었다.

이때 마헤르발 장군은 한니발에게 "장군, 나를 말에 태워서 파견해 주십시오. 그러면 5일 내에 장군께서는 로마의 카피톨리움 언덕에서 식사를 즐기게 될 것입니다."라고 말했다. 그러나 한니발은 기병대장 마헤르발보다 훨씬 더 현명했다.

▌ 한니발의 장기전략

칸나이 전투의 대승리 이후 한니발이 곧장 로마를 향해 진격하지 않은 것은 잘못이었다고 역사가들이 모두 비난해 왔지만, 사실 한니발은 눈부신 승리에도 불구하고 냉철한 판단력을 잠시도 잃지 않고 있었다. 자기가 거느린 군대로는 정예 부대가 지키고 있을 뿐 아니라 성벽으로 둘러싼 로마를 공략하기가 불가능하다는 사실을 그는 잘 알고 있었던 것이다.

스폴레티움을 공격한 것은 그의 소규모 군대가 견고한 성곽 도시 로마를 공략하기에는 너무나도 힘이 모자란다는 사실을 입증했다. 한니발이 마헤르발의 권고를 따랐다면 그의 군대는 로마 성벽에 부딪쳐서 모두 죽었을 것이 뻔하다.

그의 목적은 이탈리아의 도시국가들이 로마의 압제에 대항해서 일어나 자기와 동맹을 맺게 한 다음에 로마를 멸망시키는 것이었다. 칸나이 전투에서 한니발이 거둔 엄청난 승리를 보고 여러 도시들이 로마의 영향력에서 벗어나기 시작했다.

로마에 대항해서 루카니아, 브루티움, 삼니움, 아풀리아에서 일어난 반란은 그의 기대를 어느 정도 충족시켜 주었다. 엄청난 승리를 거둔 그의 천재성도 놀라운 것이지만, 그에 못지않게 탁월한 것은 황홀한 승리를 거둔 뒤에도 그가 잃지 않았던 정확한 판단력, 인내심 그리고 자제력이었다.

칸나이 전투 이후 전쟁의 성격이 완전히 변했다. 그때까지 한니발은 자기 앞에 놓인 모든 것을 휩쓸고 지나갔다. 강도, 산도, 늪지대도 그의 전진을 막는 데 무기력했다. 고대 세계에서 가장 용감한 병사들로 구성되고 그의 군대보다 숫자가 훨씬 많은 로마 군단들이 계속해서 그와 맞섰지만 모조리 격파되고 말았다. 로마 시인 호라시우스의 표현에 따르면 "이탈리아 반도를 누빈 한니발의 활동은 거대한 소나무 숲을 태우는 강한 불길이었다."라고 기록했다.

그러나 칸나이 전투 이후 사태가 급변했다. 카르타고의 지원이 없다면 한니발의 성공은 불가능했다. 그러나 인색하고 졸렬하며 근시안적인 카르타고의 정치 지도자들은 그를 지원해 주지 않았다. 노련한 부하들이 전사해도 그는 빈 자리를 메울 카르타고 군사를 지원받지 못했다. 바다를 로마 해군이 지배하고 있었기 때문에 한니발은 전쟁 물자를 현지에서 조달해야 하는 불리한 면을 감수했다.

반면에 로마인들은 얼마든지 새로운 부대를 계속해서 전투에 투입할 수가 있었다. 게다가 로마군을 지휘하는 총사령관 파비우스는 정면 대결을 피하고 지연 작전을 전개함으로써 카르타고군의 전투력의 약화를 노렸는데, 그 작전은 성공적이었다.

그럼에도 불구하고 여러 해에 걸쳐서 이탈리아에서 희망도 없는 전투를 벌이는 동안에 한니발은 한 번도 패배한 적이 없다. 노련한 그의 부하들은 한 명도 탈주하지 않았다. 그의 진영에서 불평의 소리가 들린 적도 없었다. 자연적 악조건과 로마를 상대로 거둔 그의 승리도 놀라운 것이지만, 그에 못지않게 놀라운 것은 잡다한 부족들로 구성된 군대를 거느리면서 그가 보여 준 권위와 통솔력이었다.

한니발은 기원전 216년에서 215년에 걸친 겨울을 카푸아에서 보냈다. 그의 군사들은 그곳의 사치스러운 생활 때문에 군기가 문란해졌다고 한다. 그가 다시 전투에 나섰다. 그러나 카르타고군이 로크리, 투리이, 메타폰툼을 비롯하여 수많은 마을을 점령하고 이탈리아를 휩쓸어도 로마군은 현명하게도 치열한 정면 대결을 회피하기만 했다.

기원전 211년 그는 로마를 향해 진격하여 콜리네 성문 앞에 이르렀는데 거기서 성벽을 향해 자기 창을 던졌다고 한다. 그러나 그해에 카푸아에 이어서 시실리의 시라쿠사가 로마군에게 함락되자 한니발을 지원하던 이탈리아의 도시들이 이탈했다. 그리고 계속해서 줄어드는 병력의 보충을 받으려던 한니발의 기대는 물거품이 되고 말았다.

기원전 210년 한니발은 헤르도나 전투에서 집정관 풀비우스가 지휘하는 로마군을 격파했다. 다음해에는 아풀리아에서 벌어진 두 번의 전투에서 각각 승리했다. 그런 뒤 그는 두 명의 집정관 크리스푸스와 마르첼루스의 로마군을 공격하여 집정관들을 전사시키고 로마군을 크게 격파했다. 그런가 하면 로크리를 포위하고 있던 로마군을 거의 전멸시키기도 했다.

▎ 카르타고의 패배

기원전 207년 그의 동생 하스드루발이 군대를 이끌고 스페인을 떠나 알프스를 넘었지만, 이탈리아 북부 메타우루스 강에서 집정관 네로가 이끄는 로마군의 기습을 받아 패배하고 하스드루발은 전사했다.

네로의 야만적인 명령에 따라 하스드루발의 머리가 한니발의 진지에 던져졌다. 그때까지 한니발은 동생의 죽음을 모르고 있었다. 메타우루스 강의 전투는 "사자의 무리"라고 알려진 위대한 하밀카르 가문의 몰락을 결정해 버렸다.

그럼에도 불구하고 한니발은 브루티움의 산악 지대에서 4년 동안 잘 버티었다. 로마는 연달아 군대를 파견했지만 그는 얼마 남지 않은 병력으로 로마 장군을 차례로 물리쳤던 것이다. 그러다가 기원전 203년 카르타고를 공격하는 로마군을 격퇴하기 위해 그는 본국으로 소환되었다. 카르타고를 떠난 지 15년이 지난 뒤였다. 그해에 그는 자마에서 스키피우스의 로마군과 전투를 벌였다.

한니발은 기병대가 없었다. 누미디아 기병대는 이제 로마군을

지원하는 부대로 변해 있었
다. 새로 징집된 카르타고
군사들이 도주하고 일부는
로마군에 가담했다. 그러나
평소에 그의 지휘를 받던 군
사들은 자리를 지키면서 죽
을 때까지 싸웠다. 한니발은
2만 명의 군사를 잃고 패배
했지만 자신은 누미디아 기
병대의 추격을 피해 무사히
탈출했다.

자마의 결전을 앞둔 한니발과 대(大)스피키오

카르타고는 로마에 굴복하고 드디어 제2차 페니키아 전쟁은 끝
났다. 그 전쟁은 한니발이라는 개인이 로마라는 거대한 국가를 상
대로 싸운 전쟁이며 인류 역사상 가장 놀라운 전쟁이라고 한 토인
비의 지적은 참으로 옳은 것이다. 수많은 전투에서 이탈리아인 30
만 명이 죽었고, 300개의 도시가 폐허로 변했던 것이다.

로마와 강화조약을 맺고 나자 한니발은 군사적 천재를 정치 면
에서 발휘하기 시작했다. 기본법을 개정하여 비열한 과두정치 지도
자들의 세력을 꺾었다. 부정부패를 근절하고 카르타고의 재정 상태
를 건전한 기반 위에 확립했다.

그는 정치 개혁 때문에 많은 정적을 만들었는데 바로 그들이 로
마인들에게 그를 모함했다. 한니발이 시리아의 안티오쿠스 3세와

손을 잡고 로마에 대항하는 반란을 준비하고 있다는 모함이었다. 로마는 한니발을 자기들의 손에 넘기라고 카르타고 정부에 요구했다.

▌ 망명길에 오르다

기원전 195년 자진해서 망명길에 오른 한니발은 카르타고의 모국에 해당하는 도시인 티레를 거쳐서 안티오쿠스의 왕궁을 찾아가 몸을 의탁했다. 왕은 그를 후하게 대접했다. 그러나 시리아가 로마와 벌이던 전쟁을 이탈리아 본토를 무대로 삼아 전개하라는 한니발의 충고는 받아들이지 않았다.

시리아가 로마와 강화조약을 맺자 한니발은 로마에 넘겨지는 것을 피하기 위해 비티니아 왕 프루시아스에게 갔다. 프루시아스 왕을 위해 한니발은 페르가뭄의 왕을 상대로 해전을 벌여 승리를 거두기도 했다.

로마는 프루시아스 왕에게 한니발을 넘겨달라고 요구했다. 더이상 도피할 곳이 없다고 판단한 한니발은 로마를 비웃는 뜻에서 스스로 독약을 마셨다. 그 독약은 그가 반지에 넣어서 늘 가지고 다니던 것이라고 한다. 기원전 183년 그는 비티니아의 작은 마을 리비사에서 죽었다.

한니발의 성품과 업적을 평가할 때 우리가 잊어서는 안 되는 것이 있다. 그에 관해서 전해 오는 모든 지식은 그를 불구대천의 원수로 여기던 로마인들의 기록에 따른 것이라는 사실이다. 그의 눈부신 경력에 관한 카르타고 측의 기록은 하나도 전해지지 않았다. 로마인들은 원수들 가운데 가장 무시무시한 원수인 한니발의 명예에 먹칠을 하고 그의 공적을 과소평가하기 위해 철면피한 악의를 유감없이 발휘했다.

그러나 아무리 로마인들의 비방이 최대의 효과를 발휘했다고 해도 한니발은 사람들의 상상력을 크게 자극할 뿐만 아니라 마음까지도 사로잡는다. 군사적 천재성에서는 역사상 그와 비교가 될 인물이 없다. 동시에 그는 관용과 애국심과 자기희생적 영웅주의의 화신으로 우뚝 서 있다.

카르타고인 한니발의 군사적 천재성에 도전이 가능하다고도 보이는 유일한 인물은 나폴레옹이지만, 나폴레옹은 대부분의 전투에서 적군보다 질적으로 한없이 우수한 군대를 지휘했던 것이다. 그는 프랑스 혁명의 열광을 배후의 힘으로 지녔고 국내적으로는 항상 막강한 권위를 발휘했다.

나폴레옹의 경우와는 반대로 한니발은 자신이 그토록 구하려고 모든 노력을 기울이던 카르타고의 비열한 장사꾼 귀족들이 자신의 계획을 반대하고 마침내 휴지로 만들어 버리는 것을 보았다. 알렉산더의 경우와 달리 한니발은 자신이 뽑은 정예 부대를 이끌고 비겁한 아이사인들과 싸운 것도 아니다.

그는 야만적인 각종 부족들로부터 군사들을 새로 징집하여 새로 군대를 편성해야만 했다. 카르타고에서는 보충 부대를 파견하지도 않았다. 리비아인, 갈리아인, 스페인인 등 잡다한 종족들로 구성된 군대를 지휘하여 그는 단단히 무장한 로마인들, 고대 세계에서 가장 강인하고 가장 훈련이 잘 된 군사들과 대결해야만 했다.

페니키아의 영웅이자 역사상 가장 위대한 지도자인 한니발의 이야기처럼, 단 한 명의 천재가 가장 강력한 적을 상대로 보여 준 너무나도 놀라운 예는 인류 역사에서 전무후무한 것이다.

Cyrus the Great
키루스 대왕

재위 기원전 558~529년

키루스는 역사상 가장 이상적인 군주로 존경을 받아왔다. 용감하고 모험심이 강하며 위대한 정복자일 뿐만 아니라 관대하고 공정한 군주의 전형이 된 것이다. 알렉산더 대왕은 키루스를 본받으려고 했다. 이러한 존경은 그리스인들을 통해 로마인들에게, 그리고 후대에 널리 전해졌다.

페르시아 제국의 창시자

글 · 클레런스 쿡

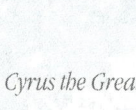 

Cyrus the Great _ **키루스 대왕**

구약 성서에도 등장하는 인물인 키루스 대왕, 즉 키루스 2세는 아카에메니드 왕조의 페르시아 제국을 건설한 인물이다. 그는 기원 전 590년에서 580년 사이에 메디아 지방 또는 페르시스_현재 이란의 파르스 주에서 태어난 것으로 추정된다. 수많은 정복자들의 경우와 마찬가지로 키루스의 어린 시절도 전설의 구름 속에 묻혀 있다. 그에 관한 기록 가운데 가장 오래된 것은 그리스의 역사가 헤로도토스가 남긴 글이다.

▌버림받은 아기

그의 기록에 따르면 메디아의 왕 아스티아게스가 꿈을 꾸었는

데 아직 미혼인 자기 딸 만다네가 낳을 아들이 자기 왕국을 위협할
것이라는 경고를 받았다고 한다. 왕국에 대한 위협이 어떤 것인지
는 몰라도, 그 위험을 제거하려면 아스티아게스는 딸을 되도록 왕
궁에서 먼 곳으로 보내야만 했다. 그래서 만다네를 페르시아 출신
의 캄비세스와 결혼시켰고, 캄비세스는 그녀를 데리고 페르시아로
돌아갔다.

그러나 만다네가 결혼한 후 아스티아게스가 또 꿈을 꾸었는데
사제들은 만다네가 낳을 아들이 왕을 대신해서 메디아를 다스릴 것
이라고 해몽해 주었다. 그러한 예언에 놀란 왕은 사람을 보내서 자
기 딸을 왕궁으로 불러오도록 했다. 얼마 후 딸이 아들을 낳았다.
왕은 심복 부하 하르파구스에게 그 아이를 집으로 데려가서 죽이라
고 명령했다.

하르파구스는 왕의 명령에 따라 아기를 데리고 자기 집으로 갔
다. 그러나 아내가 하도 심하게 간청하는 바람에 그는 자기 손에 피
를 묻히지 않고 다른 사람에게 왕의 명령을 실행하도록 하기로 결
심했다. 결국 그는 가축을 돌보는 하인 미트리다테스를 부른 다음,
아기를 산악 지대의 가장 황량한 곳에 버려서 자연히 죽게 하라고
명령했다. 그리고 명령을 거역하면 가장 무서운 형벌을 내리겠다고
위협했다.

그러나 하르파구스 부부의 경우와 똑같이 미트리다테스 부부도
그리 잔인한 사람들은 아니었다. 그들은 아기를 구하고 싶은 마음
이 간절했지만 주인의 지시를 거역할 수도 없어서 참으로 난처한

입장에 빠졌다.

그런데 다행하게도 궁지를 벗어날 묘수가 생겼다. 하인의 아내가 아들을 낳았지만 그 아들이 낳자마자 죽었던 것이다. 그들은 죽은 아기와 살아 있는 아기를 바꿔치운 뒤 아스티아게스의 손자를 아들로 기르기로 작정했다. 그리고 실제로 아기를 바꿔치기 했다.

며칠 후 하르파구스는 다른 하인들을 보내서 자기 명령이 그대로 실행되었는지 확인하도록 했다. 가축을 치던 하인은 바위투성이 들판에 버려진 채 죽어 있는 아기를 그들에게 보여 주었다. 그 아기는 왕의 손자가 입고 있던 비단옷을 입고 장신구를 몸에 지니고 있었다. 하르파구스는 아스티아게스 왕에게 위험이 사라졌으니 죽을 때까지 왕권을 편안하게 누릴 수 있을 것이라고 보고했다. 왕은 그 말에 안심했다.

그러나 만다네의 아들 키루스는 10세가 되었을 때 우연한 사고로 왕의 눈에 띄게 되어 왕자의 권리를 되찾았다. 어느 날 키루스가 동네 아이들과 함께 게임을 하고 있었다. 그 게임은 한 아이를 왕으로 삼고 다른 아이들은 모두 그의 명령에 복종하는 것이었다. 키루스가 왕으로 뽑혔다. 모든 아이들은 부하가 되어 그의 명령에 복종하겠다고 약속했다.

그러나 왕궁에 근무하는 부유한 귀족의 아들 하나만은 키루스의 명령에 복종하지 않았다. 게임의 규칙에 따라 그 아이는 왕으로 뽑힌 키루스에게 매를 맞아야만 했다. 가축을 모는 하인의 아들에게 매를 맞고 화가 머리끝까지 뻗친 그 아이는 아버지에게 가서 불평을 했다. 아버지도 화가 나서 아스티아게스 왕에게 나아가 호소했다. 자기 아들이 노예의 아들에게 매를 맞았으니 노예의 아들을 처벌해 달라는 것이었다.

키루스가 왕 앞에 불려 나갔다. 귀족의 아들에게 감히 왜 그런 짓을 했는지 질문을 받자 키루스는 아무것도 겁내지 않은 채 자기는 옳은 일을 했을 뿐이라고 대답했다. 게임의 규칙은 참가한 모든 아이들이 알고 있었다는 것이다. 다른 아이들은 모두 복종했지만 귀족의 아들만 복종하기를 거부해서 당연히 받아야 할 벌을 받았을 뿐이라고 대답한 것이다.

"제가 잘못한 것이 있다면 처벌을 감수하겠습니다."라고 키루스는 말을 마쳤다. 어린 소년의 대담한 태도와 그의 얼굴 모습을 보고 속으로 놀란 왕은 그를 잠시 밖으로 나가 있으라고 지시한 뒤 귀족을 불러서는 그의 아들이 받은 모욕에 대해서는 적절한 조치를 취해 주겠다고 약속했다.

그런 다음 즉시 가축을 치는 하인 미트리다테스를 불러오도록 명령했다. 왕의 매서운 추궁에 겁이 난 미트리다테스는 사실대로 자백했다. 하르파구스가 자기를 속였다는 것을 알게 된 왕은 미트리다테스를 석방하고 그 대신 모든 복수의 원한을 하르파구스에게 쏟아 부었다.

왕이 얼마나 잔인한 방법으로 복수했는지는 설명하기 어렵지만 하여간 왕의 야만적 처벌을 하르파구스는 도저히 용서할 수 없었다. 하지만 그는 왕의 처벌이 그리 심한 것이 아니라고 여기는 척했다. 그러나 사실은 왕과 원만한 관계를 유지하면서 시간을 벌어 잔인한 복수의 기회를 노리고 있었던 것이다.

▌ 분열된 아시리아 제국

어른으로 성장한 키루스가 온 세상에 자신의 역량을 과시할 때가 되었다. 그런데 그의 능력과 업적을 설명하기 위해서는 당시 그가 살던 지역의 정세를 먼저 간단히 설명할 필요가 있다.

고대 아시리아 제국은 전성기에, 그 영토가 동쪽으로는 인더스 강에 이르고 서쪽으로는 지중해에 이르렀다. 그러나 동북부에 위치한 속국 메디아가 반란을 일으켜 제국의 최대 도시이자 수도인 니니베를 점령하고 파괴하자 아시리아는 멸망하고 그 폐허 위에는 여러 개의 작은 왕국들이 생겨났다.

이 가운데 주요 왕국은 동쪽의 메디아와 바빌로니아, 서쪽의 리디아였다. 바빌로니아는 네부카드네자르 왕이 다스릴 때 권력과 영광의 절정을 누렸다. 용감하고 호전적인 민족이 일으킨 메디아는 바빌로니아처럼 고도의 문명을 발달시키지 못했다. 역대 왕들 가운데 아시리아 왕 사르다나팔루스, 바빌로니아 왕 네부카드네자르, 리디아 왕 크로에수스와 같이 명성을 떨친 인물도 없었다.

그러나 기민하고 강인한 용사들이 150년 동안 왕위를 이어나가는 동안 메디아의 영토는 꾸준히 확대되어 인더스 강에서 소아시아의 중앙 지대에 이르게 되었다. 그 중에서 최대의 업적은 기원전 606년 니니베를 파괴한 것이다.

리디아 왕국은 동쪽으로는 메디아 왕국의 서쪽과 접경 지대를 형성했고 서쪽으로는 지중해를 바라보고 있었다. 지중해 연안의 좁은 띠처럼 생긴 지역은 그리스인들의 식민지였다. 이 식민지가 한동안 리디아 왕들의 지중해 진출을 막는 역할을 했다.

키루스가 어른이 되었을 때, 아시리아 제국을 물려받은 세 왕국들은 번영을 누리고 있어서 경제력과 군사력이 만만치 않았다. 전설적인 역사 기록에 따르면 메디아는 키루스의 할아버지가 다스리고 있었다. 세 왕국 가운데 가장 큰 나라인 바빌로니아는 네부카드네자르가 다스렸다. 그리고 리디아는 왕들 가운데 가장 지혜롭다는 크로에수스가 다스렸다. 크로에수스라는 이름은 오랫동안 어마어마한 재산의 동의어로 사용되었는데, 그의 이야기는 비록 신빙성이 없는 것은 아니지만 아무래도 역사적 사실이라기보다는 낭만적인 전설처럼 보인다.

크로에수스는 아스티아게스 왕의 처남이었고 메디아뿐만 아니라 바빌로니아, 이집트, 그리스와도 긴밀한 동맹 관계에 있었다. 그는 권력의 절정에 이르렀지만 더욱 영토가 확장될 것이라는 기대를 품고 있었다. 바로 그 무렵 점점 증대하는 키루스의 세력을 꺾기 위해 키루스와 맞서서 싸웠다가 오히려 패배하고 리디아 왕국 자체가 멸망하고 말았다.

그가 오만한 태도를 좀더 누그러뜨렸더라면 자기 손으로 자초한 파멸이 좀더 늦게 찾아왔을지는 모르지만, 재앙을 완전히 피하지는 못했을 것이다. 전 세계를 지배하겠다는 키루스의 영토적 탐

키루스 대왕

욕을 막을 왕은 아무도 없었던 것이다.

▌ 메디아 왕국의 멸망

하르파구스는 아스티아게스 왕을 미워할 이유가 충분했다. 하르파구스는 교활한 지혜로 자신의 복수심을 감춘 채 기회를 노렸다. 그는 혼자서 공개적으로 행동하기에는 자신의 힘이 너무 빈약하다는 사실을 깨닫고 목적 달성을 위한 방법을 찾아내려고 애썼다. 폭군 아스티아게스 왕을 타도하는 좋은 방법은 다름 아니라 바로 왕의 손자를 이용하는 것이었다.

자신의 지원 세력이 충분해지고 거사의 성공이 확실해질 때까지는 공개적 조치를 취하지 않았다. 그는 메디아의 주요 토후들을 비밀리에 만나 모든 방법을 동원하여 그들이 아스티아게스 타도에 참가하도록 선동했다. 그들의 야망, 탐욕, 불만, 그리고 개인적인 원한에 호소했다.

이윽고 충분한 숫자의 귀족들의 내락을 받은 다음에 키루스에게 반란을 직접 지휘해 달라고 제의했다. 키루스는 아스티아게스 왕의 폭정과 잔인한 조치의 피해를 가장 심하게 받았던 것이다. 하르파구스는 키루스가 이미 정복의 야망을 달성하기 위한 준비로 자기가 다스리는 페르시아 왕국을 점차 강화하고 있다는 것도 알고 있었다.

그러나 왕의 측근인 그가 왕이 미워하고 두려워하는 손자이자 경쟁 관계에 있는 페르시아의 왕인 키루스에게 편지를 보낸다는 것은 매우 위험한 일이었다. 그리스의 역사가 헤로도토스의 기록을 믿는다면, 하르파구스는 매우 이상한 방법으로 자신의 계획을 키루스에게 알렸다. 그는 토끼를 죽여서 내장을 발라낸 다음 뱃속에 편지를 숨겨서 그 토끼를 키루스에게 선물로 보냈다.

편지가 키루스의 손에 들어갔다. 키루스는 계획된 반란의 지도자 역할을 기꺼이 받아들였고, 불만에 찬 메디아 귀족들의 반란군에 자기 군대를 합류시켰다. 기원전 550년 아스티아게스는 타도되고 메디아 왕국은 키루스의 차지가 되고 말았다.

헤로도토스는 하르파구스의 태도와 아스티아게스 왕의 태도를 매우 대조적으로 묘사했다. 하르파구스는 복수극의 성공에 날아갈 듯이 기뻐했다. 반면 아스티아게스 왕은 자기의 신임을 두텁게 받은 그가 자신을 위해서 반란을 성공시킬 수도 있었고, 그래서 왕국을 차지할 수도 있었는데 엉뚱하게도 다른 왕을 불러들여 고스란히 왕국을 넘겨준 것은 어리석은 짓이라면서 그를 경멸했던 것이다.

키루스는 지혜를 발휘하여 아스티아게스를 살려 주고 자신의 고문이자 친구로 삼았다. 그리고 하르파구스를 심복으로 삼았는데 그가 정복에 성공한 것은 하르파구스의 지혜와 용기 덕분이었다.

아스티아게스를 타도한 뒤 키루스는 메디아 왕에게 충성을 바치던 군소 부족들을 하나씩 정복했다. 한때 최강의 세력을 자랑하던 이란 고원의 메디아 왕국은 기원전 559년 페르시아 왕의 손아귀에 모조리 들어가고 말았다.

▌리디아 왕국의 멸망

크로에수스는 키루스가 자신의 매부를 타도하고 메디아 왕국의 폐허 위에 새로운 거대한 왕국을 건설했다는 소식을 듣자 이미 추진 중이던 야망의 계획에 개인적인 복수라는 명분을 추가했다. 페르시아 정복이 성공할지 여부를 신탁에 물어본 그는 신탁을 잘못 해석한 결과 정복을 위해 진군하던 키루스 군대에 맞서기 위해 군대를 이끌고 나갔다.

메디아 왕국의 일부이면서 키루스에게 복종하던 카파도키아의 시리아인들을 상대로 그는 최초의 승리를 거두었다. 그러나 키루스가 강력한 군대를 이끌고 시리아인들을 구원하러 달려왔다. 카파도키아 평원에서 격심한 전투가 벌어졌다. 결과는 어느 쪽도 승리를 주장하지 못할 지경이었다.

그런데 크로에수스는 리디아 왕국의 수도 사르디스로 후퇴했다. 동맹국들의 지원을 얻어서 더 많은 군대를 가지고 키루스와 결전을 벌일 작정이었다. 자신이 거둔 성공 때문에 지나친 자만심에 빠진 그는 용병 부대들을 해산시켰다. 그리고 바빌론, 이집트, 스파르타에 전령을 보내 5개월 이내에 원군을 보내 줄 것을 요청했다.

그가 사르디스에 들어가 용병 부대를 해산하고는 원군이 도착할 때까지 리디아 군대에만 의지해서 농성을 시작하자마자 키루스는 매우 신속하게 군대를 진격시켜서 사르디스를 공격하려고 했다.

크로에수스는 전투를 피할 길이 없게 되었다. 그는 자신의 행운을 믿는 한편, 리디아 기병대의 우수성을 신뢰해서 대담하게 전투에 나섰다. 그러나 키루스는 적군이 아무리 용기를 발휘해도 소용없을 것으로 보이는 기묘한 작전을 썼다. 낙타들을 맨 앞에 배치하고 그 뒤에 기병대가 자리를 잡게 한 것이다.

크로에수스의 기병대가 탄 말들은 처음 맡아 보는 낙타의 역겨운 냄새 때문에 전진하기를 거부했다. 그러나 리디아인들은 말에서 내려 창을 들고 용감하게 싸웠다. 치열한 전투가 오랫동안 계속되었다.

이윽고 리디아 군사들은 후퇴해서 사르디스 성벽 뒤로 숨었다. 키루스의 군대가 사르디스를 포위했다. 도시는 한 군데를 제외하고는 튼튼한 성벽으로 잘 방어되어 난공불락_難攻不落이었다. 성벽으로 방어가 안 된 곳은 깎아지른 절벽이 있는 부분이었다. 절벽은 더없이 훌륭한 천연 장애물이었다.

그러나 포위가 시작된 지 14일이 지났을 때 한 페르시아 보초는 절벽 위의 수비대 군사 한 명이 아래로 굴러 떨어진 투구를 주우려고 절벽을 타고 내려오는 것을 우연히 발견했다. 리디아 군사는 자기도 모르는 사이에 어리석게도 절벽을 올라갈 수 있는 좁은 길을 적에게 노출시킨 것이다.

그 보초를 비롯한 다른 페르시아 군사들이 즉시 절벽 꼭대기까지 무사히 기어 올라간 뒤 전혀 눈치도 못 채고 안심하고 있던 절벽 위 수비대를 쓸어버리고는 도시 안쪽으로 들어가서 성문을 열었다.

기원전 547년 또는 546년에 크로에수스 자신과 그의 산더미 같은 보물이 정복자 키루스의 밥이 되었다. 크로에수스가 전투 중 피살되었다거나 왕궁에 불을 지른 뒤 스스로 불구덩이 속에 뛰어들어 자살했다는 설도 있다. 그러나 그는 포로가 되어 키루스의 후한 대접을 받았다고 보는 것이 정설이다.

사르디스의 함락과 리디아 왕국의 멸망에 이어서 소아시아 그리스인들의 도시가 모두 굴복했는데, 그 정복 사업은 키루스가 하르파구스의 손에 맡겼다. 키루스 자신은 군대를 동쪽으로 몰아 아시아 북부와 아시리아 정복에 나섰다. 이 지역에서 그가 거둔 최대의 성공은 바빌론 점령이었다.

▌ 바빌론 점령

키루스는 나보니두스가 바빌로니아를 다스릴 때인 기원전 539년 10월에 바빌론을 점령했다. 그는 바빌론의 한가운데를 관통해서 흐르는 유프라테스 강의 물줄기를 다른 곳으로 돌려서 강바닥을 마른 땅으로 만든 다음 그 강바닥을 길로 삼아서 입성한 것이다. 그때 그는 별다른 저항도 받지 않았다. 나보니두스는 이미 백성들의 신망을 잃었고 바빌론의 최고 신 마르두크를 섬기는 사제들마저도 그에게 등을 돌렸기 때문이다.

구약 성서 에즈라_에스라 예언서 1장 등에 등장하는 키루스_한글

성서의 명칭은 "고레스", 영어로는 "사이러스"는 바빌론에 포로로 끌려간 유대인들을 모두 석방하고 조국으로 돌아가도록 허락했다. 그는 또한 바빌로니아인들과 다른 민족들에 대해서도 종교적 관용 정책을 취했다.

그는 페르시스 지방의 파사르가다에를 수도로 삼았지만 동시에 메디아 왕국의 옛 수도 엑타바나_현재 하마단와 바빌로니아의 옛 수도 바빌론도 역시 수도로 삼았다.

이제 키루스는 아시리아 왕국의 광대한 영토를 혼자 차지했다. 메디아인들의 대규모 반란이 일어나기 이전과 같은 통일이 그의 손으로 이룩된 것이다. 그러나 그는 만족하지 않았다. 어쩌면 무력으로 얻은 권력과 재산이 주는 안일함을 누리고 무력으로 그것을 유지하기란 그에게 불가능한 일이었을지도 모른다. 과거의 제국들과 똑같이 새로운 제국도 그 자체의 무게 때문에 붕괴해서 분열되고 말 운명이었다.

키루스는 북쪽과 멀리 동쪽에서 자주 침입해 들어오는 부족들을 막아내고 이미 자신이 정복한 여러 지역의 질서를 유지하기 위해 쉴

페르시아 제국 수도의 폐허

새없이 활동을 계속했다. 그러다가 죽음을 맞이했다. 기원전 529년 중앙아시아의 마사게타이 부족과 전투를 벌이다가 피살되고 말았던 것이다. 그의 두 아들 가운데 캄비세스가 그의 뒤를 이었다. 왕이 된 직후 캄비세스는 자기 동생을 죽였다.

키루스는 역사상 가장 이상적인 군주로 존경을 받아왔다. 용감하고 모험심이 강하며 위대한 정복자일 뿐만 아니라 관대하고 공정한 군주의 전형이 된 것이다. 알렉산더 대왕은 키루스를 본받으려고 했다. 이러한 존경은 그리스인들을 통해 로마인들에게, 그리고 후대에 널리 전해졌다. 1971년에 이란은 페르시아 제국 창설 2,500주년을 기념하는 성대한 행사를 개최했다.

Augustus
아우구스투스

기원전 63~서기 14년

아우구스투스는 군주로서 그리고 정치가로서 최고의 수완을 발휘했고, 끈질긴 인내와 탁월한 능력으로 로마 제국의 내란 상태를 끝내고 장기간에 걸친 평화와 번영을 확보했다. 그의 시대를 부각시키는 모든 업적과 조치는 거의 대부분이 아우구스투스 자신이 창안한 것이다. 그는 농업을 장려하고 예술과 문학을 보호했으며 자신도 책을 저술했다. 그는 아들이 없는 율리우스 카이사르의 양자가 되었지만 모든 면에서 자신의 양부와 어깨를 겨룰 만한 위대한 인물이었다.

로마 제국의 초대 황제

글 · 브로드리브

로마 제국의 초대 황제이자 가장 위대한 황제인 아우구스투스. 황제가 되기 이전 이름은 카이사르 옥타비아누스였는데 황제가 된 뒤로는 아우구스투스_신성한 자라고 불렀다. 그는 끈질긴 인내와 탁월한 기술과 능력으로 로마 제국의 내란 상태를 끝내고 장기간에 걸친 평화와 번영을 확보했다. 그는 나중에 아들이 없는 율리우스 카이사르의 양자가 되었지만 모든 면에서 자신의 양부와 어깨를 겨룰 만한 위대한 인물이었다.

율리우스 카이사르의 양자

그는 기원전 63년에 태어났다. 그의 어머니는 율리우스 카이사르의 누이 율리아의 딸이다. 옥타비아누스의 집안은 재산이 많은 귀족 집안이었다. 그의 아버지는 그 집안에서 최초로 원로원 의원이 되었는데 그가 네 살 때 죽었다. 그는 어머니와 계부의 보호 아래 로마에서 철저한 교육을 받았고, 그의 재능을 높이 평가한 율리우스 카이사르는 그를 양자이자 후계자로 삼았다.

기원전 46년 그는 율리우스 카이사르가 폼페이우스를 누르고 개선했을 때 그를 개선행렬에서 수행했다. 그리고 다음해 율리우스 카이사르를 따라 스페인에 갔다. 카이사르가 기원전 44년 암살되었을 때 그는 일리리쿰 지방의 아폴로니아_현재 알바니아에서 유명한 웅변가 아폴로도루스의 가르침을 받고 있었다. 물론 그는 주로 군사 문제에 관한 공부를 하라고 그곳에 파견되어 있었다. 당시 그의 나이는 18세였다.

이탈리아에 상륙한 뒤에 그는 자신이 율리우스 카이사르의 후계자라는 사실을 처음 알게 되자 즉시 자신의 이름을 율리우스 카이사르 옥타비아누스라고 고쳤다. 브룬디시움의 군사들이 그를 황제로 추대했지만 그는 사양한 다음에 수행원을 거의 거느리지 않은 채 로마에 들어갔다.

당시 로마는 공화파 세력과 마르쿠스 안토니우스의 세력으로 분열되어 있었다. 안토니우스는 능숙한 수완을 발휘하여 실권을 장악하여 거의 절대적인 권력을 행사하고 있었다.

오만한 안토니우스는 처음에 아우구스투스를 푸대접했고 율리우스 카이사르의 재산을 그에게 넘겨주지도 않았다. 아우구스투스는 율리우스 카이사르 군대의 지지를 확보한 뒤 원로원과 손을 잡았다. 열세에 몰린 안토니우스는 알프스 산맥 너머로 후퇴하지 않으면 안 되었다.

드디어 아우구스투스는 집정관이 되어 카이사르의 유언을 집행하는 위치에 섰다. 그는 처음에 자기를 경멸했던 키케로의 지원도 얻었다. 위대한 웅변가이자 로마의 원로 정치가인 키케로는 공화국을 위해 열변을 토하는 듯이 보였지만 사실은 아우구스투스를 황제의 자리에 올리기 위한 수단에 불과했다.

▌ 삼두정치

안토니우스가 레피두스와 함께 갈리아 지방에서 돌아오자 아우구스투스는 공화국 지지라는 가면을 벗어던진 다음 기원전 43년에 그들과 함께 삼두정치를 시작했다. 21세인 아우구스투스는 아프리카, 사르디니아, 시실리를, 안토니우스는 갈리아를, 레피두스는 스페인을 각각 차지했다.

그들은 '추방 대상자 명단'을 작성했고 삼두정치에 반대하는 세력은 이탈리아 안에서 모조리 학살당했다. 이때 살해된 원로원 의원 300명 가운데는 안토니우스의 정적 키케로도 포함되어 있었다. 그 외에도 2,000명이 살해되었다.

다음해 1월 율리우스 카이사르는 로마가 공인하는 국가적 신으로 선포되었고 아우구스투스는 신의 아들이 되었다. 카이사르를 암살한 브루투스와 카시우스의 군대가 필리피 전투에서 참패한 뒤 삼두정치의 주인공들은 절대 권력을 휘둘렀다.

안토니우스의 부인 풀비아가 부추긴 페루지아 전쟁이 아우구스투스와 그의 경쟁자들 사이의 대결로 이어질 듯했지만, 풀비아가 죽고 이어서 안토니우스가 아우구스투스의 누이 옥타비아와 결혼하자 위기가 지나갔다.

아우구스투스

얼마 지나지 않아서 로마의 영토는 다시 분할되어 아우구스투스는 서쪽 절반을, 안토니우스는 동쪽 절반을 차지했다. 최고 권력을 혼자 독차지하려는 경쟁이 벌어졌다. 안토니우스가 이집트 여왕 클레오파트라의 왕궁에서 사치와 방탕에 젖어 있는 동안, 아우구스투스는 부지런히 활동을 계속하여 로마 백성의 사랑과 신임을 획득하는 한편, 안토니우스의 명성이 땅에 떨어지게 만들었다.

이 무렵 아우구스투스는 '임페라토르'_총사령관라는 호칭을 사용했고, 화폐에는 '신의 아들 카이사르'라는 호칭을 썼다. 그것은 자신의 권위를 강화하는 수단이었다. 훗날 유럽의 황제 칭호는 임페라토르에서 나온 것이다.

기원전 32년 삼두정치가 공식적으로 막을 내렸다. 안토니우스는 아우구스투스의 누이 옥타비아와 이혼했다. 드디어 아우구스투스는 전쟁을 선포했다. 그것은 안토니우스를 상대로 하는 것이 아니라 이집트 여왕 클레오파트라를 상대로 한다는 교묘한 정략적 형식을 취했다. 기원전 31년 아우구스투스는 해전의 명장 아그리파의 도움을 받아 악티움 해전에서 승리를 거두었다. 그는 로마의 유일한 최고 권력자가 된 것이다. 그의 나이 29세였다.

악티움에서 달아난 안토니우스는 다음해 아우구스투스가 이집트를 점령하자 자살했다. 그의 자살 소식을 들은 클레오파트라는 아우구스투스가 자기를 쇠사슬에 묶어 로마로 끌고 갈 것이라고 믿어 역시 자살의 길을 택했다. 클레오파트라의 시체를 바라보면서 아우구스투스는 자신의 최종 승리를 확인했다. 안토니우스와 풀비아 사이에 태어난 아들, 그리고 카이사르와 클레오파트라 사이에

아우구스투스와 클레오파트라 _아우구스트 폰 헤켈 그림

태어난 아들 카에사리온은 곧 살해되었다.

이집트, 그리스, 시리아, 소아시아를 두루 평정한 뒤 아우구스투스는 로마로 돌아와 개선행진을 했다. 그리고 야누스 신전의 문을 걸어 잠근 뒤 지중해 세계의 평화 시대를 선언했다. 지금도 로마에 남아 있는 평화의 제단은 기원전 13년 갈리아와 스페인을 평정한 기념으로 세워진 것이다.

그 후 아우구스투스가 취한 조치들은 온건하고 현명했다. 백성의 인기를 확보하기 위해 삼두정치 시대의 법률들을 폐지했고 많은 폐단을 개혁했다. 로마군 60개 군단을 점진적으로 축소해서 28개 군단만 남겨 두고 30만 명의 병력을 유지했다. 그의 친위대가 로마 근교와 주요 도시에 주둔했다. 또한 강력한 해군도 유지했다. 그는 재위 기간 중 세 번 인구조사를 했는데 최초의 인구조사는 기원전 28년에 실시되었다.

▌ 아우구스투스의 시대

카이사르가 암살된 뒤부터 그는 옥타비아누스로 불렸지만 이제 아우구스투스라는 호칭으로 불렸다. 아우구스투스는 '신성한 자' 또는 '신에게 바쳐진 자'라는 뜻이다.

기원전 23년 그가 열한 번째로 집정관이 되었을 때 원로원은 그에게 종신 집정관 지위를 바쳤다. 공화국 시대의 명칭들이 그대로 남아 있었지만 실권이 없는 빈 껍데기에 불과했다. 공화국 시절에 1,000여 명이던 원로원 의원의 숫자도 600명으로 줄어든 상태였다.

원로원 의장인 아우구스투스는 군주라는 명칭만 사용하지 않았을 뿐 사실상 절대군주였다. 기원전 21년 레피두스가 죽자 아우구스투스는 최고 제사장, 즉 폰티펙스 막시무스를 겸하게 되었다. 정치적, 종교적 모든 실권과 명예가 아우구스투스에게 집중된 것이다.

그는 소아시아, 스페인, 파노니아, 달마티아, 갈리아 등에서 승리를 거두었다. 그러나 기원전 9년 로마 군단의 참패 소식을 들었다. 퀸틸리우스 바루스가 지휘하는 로마군이 헤르만의 게르만족 부대에게 전멸당한 것이다. 아우구스투스는 엄청난 충격을 받아 비탄의 표시로 한 동안 수염과 머리카락을 자르지 않고 내버려두었다. 그리고 "오, 바루스여, 내 군단들을 돌려달라!"고 자주 외쳤다. 한편 유데아_유대 왕국은 헤로데가 죽은 뒤 10년이 지난 기원전 6년에 로마의 영토가 되었다.

그 후 그는 내정 개혁과 로마를 아름답게 건설하는 일에 몰두했다. 그 결과, "아우구스투스는 벽돌로 된 로마를 받았지만 그것을 대리석으로 뒤덮었다."는 말이 생겨났다. 그리고 그는 제국 여러 곳에 새로운 도시들을 건설했다. 각 지역의 주민들은 그에게 감사하는 표시로 제단을 만들었다. 원로원은 달력의 섹스틸리스라는 달의 명칭을 아우구스투스로 바꾸는 법을 통과시켰다. 오늘날 8월의 영어 명칭 오거스트는 아우구스투스에서 온 것이다. 기원전 2년 그는 '조국의 아버지'라는 칭호도 받았다.

모든 권력과 명예를 독차지한 그에게도 집안의 걱정거리가 있었다. 외동딸 율리아의 난잡한 생활과 무모한 행동은 그에게 가장 큰 고민거리였다. 율리아가 낳은 딸도 역시 방탕했다. 아우구스투스는 딸과 손녀를 귀양 보냈다.

그에게는 친아들이 없었다. 그런데 조카이자 사위인 마르첼루스, 자신의 후계자로 삼았던 외손자 카이우스와 루키우스, 그리고 평소에 아끼던 양자 드루수스가 모두 일찍 죽고 말았다. 반면에 새로 양자가 된 티베리우스에게는 도무지 정을 붙일 수가 없었다.

잇달아 닥치는 슬픔과 악화되는 건강은 늙은 아우구스투스에게 견디기 어려운 것이었다. 그는 건강과 원기를 회복하기 위해 캄파니아로 여행을 떠났다. 그러나 건강은 더욱 악화되어 서기 14년 8월 놀라에서 죽었다. 77세였다. 그의 사위이자 양자인 티베리우스가 뒤를 이어 황제가 되었다.

전해 오는 일화에 따르면 그는 죽기 직전에 거울을 가져오라고 해서 머리카락을 잘 다듬은 다음, "내가 연극에서 맡은 배역을 잘했나? 잘했다면 내게 박수를 쳐라!"라고 시종들에게 말했다고 한다.

군주로서 그리고 정치가로서 아우구스투스는 최고의 수완을 발휘했고 다른 사람들의 감정과 재능을 이용해서 자신의 목적을 모두 달성했다. 그의 시대를 부각시키는 모든 업적과 조치는 거의 대부분이 아우구스투스 자신이 창안한 것이다.

그는 농업을 장려하고 예술과 문학을 보호했으며 자신도 책을 저술했다. 그의 글은 단편적으로 극히 일부만 남아 있다. 호라티우스, 비르질리우스, 오비디우스, 프로페르티우스, 티불루스, 리비우스 등 라틴어 문학의 위대한 시인들과 학자들은 모두 아우구스투스 시대에 배출되었다.

　그 후 아우구스투스 시대라는 명칭은 프랑스에서는 루이 14세 시대, 영국에서는 앤 여왕 시대를 표현하는 명칭이 되었다. 현재 사용하는 8월의 명칭은 바로 아우구스투스에서 나온 것이다. 역사상 최고의 통치자 가운데 하나인 아우구스투스는 그의 사후에도 오랜 기간 동안 유지된 '로마의 평화'를 이룩한 것이다.

Marcus Tullius Cicero
키케로

❧

기원전 106~43년

키케로는 점잖고 친절하며 교양과 학식이 풍부했지만 정치에서 성공하는 타입의 인물은 결코 되지 못했다. 극도의 무력 충돌과 혁명의 시대인 당시에 웅변가로서, 변호인으로서 키케로는 최고의 영향력을 발휘했다. 그러나 그는 엄청난 변화가 곧 닥칠 것이라고 예감하면서도 그 변화를 정면에서 받아들일 용기가 없었다. 낡은 질서를 대변하는 폼페이우스를 전폭적으로 신뢰할 수 없어 주저했고, 카이사르의 승리를 마지못해 받아들이면서도 자신이 사랑하던 로마가 카이사르의 승리로 영영 사라질지도 모른다고 의심했다

사상 최대의 웅변가

글·브로드리브

Marcus Tullius Cicero _ **키케로**

마르쿠스 툴리우스 키케로는 로마가 낳은 최고의 웅변가, 최고의 학자로서 뿐만 아니라, 뛰어난 정치가로서도 명성을 떨쳤다. 그가 살던 시대는 로마 공화국의 말기, 혁명과 내란의 시기로서 낡은 질서와 부패한 체제가 무너져 버리는 기간이었다. 그 시대는 카틸리누스, 카이사르, 폼페이우스, 안토니우스 등 위대하고 대담한 인물들의 시대였으며 키케로의 일생은 그들의 생애와 밀접한 관계를 이루었던 것이다.

▌웅변가로 입신 출세

이탈리아 라티움 지방의 아르피눔_현재 아르피노은 역사가 오랜 도시인데 기원전 106년 키케로는 그곳의 유력 가문에서 태어났다. 그의 아버지는 교양이 풍부하고 상당한 재산을 지니고 있어서 키케로를 어려서부터 로마로 보내 교육시켰다. 키케로는 가장 훌륭한 선생들 밑에서 법률, 웅변술, 그리스의 철학과 문학 등을 배웠다.

그는 〈웅변가에 관하여〉라는 자신의 수필에서도 밝힌 바와 같이 웅변가가 갖추어야만 하는 모든 지식을 로마에서 얻었던 것이다. 고대 세계에서 웅변가라고 하면 법률적인 문제뿐만 아니라 정치적 문제들에 관해서도 변호하는 사람을 의미했다. 요즈음 식으로 표현하자면 변호사 겸 국회의원이라고 할 수 있다. 따라서 웅변가는 모든 분야에 관한 지식과 정보가 필요했던 것이다.

키케로가 초기에 행한 연설 가운데 가장 중요한 것은 당시 독재 권력을 휘두르던 독재자 술라의 심복에 대항해서 자신의 의뢰인을 위해 형사 사건의 변호를 맡아 성공한 것이다. 그는 아테네를 방문하고 소아시아를 순회하면서 뛰어난 웅변가들과 학자들로부터 많은 것을 배운 뒤 로마에 돌아왔고, 30세에 로마 법정에서 최고의 명성을 누렸다.

기원전 75년 시민들의 만장일치 투표로 재무관에 당선된 그는 시실리에 부임하여 그곳에서 가장 중요한 두 세력이었던 무역업자들과 세금징수인들 양쪽으로부터 호감을 샀다. 이것은 그가 기원전 70년 시실리 주민들의 요청에 따라 악명 높은 총독 베레스를 탄핵하여 크게 성공을 거둔 결과였다. 주민들을 너무나도 악질적으로 심하게 괴롭힌 총독에 대해 키케로는 사정없이 비난하는 열변을 토했고, 충격을 받은 베레스는 스스로 망명해 버린 것이다.

이제 키케로는 로마에서 큰 영향력을 행사하는 인물이 되었다. 그의 승진은 확실하고도 빠른 것이었다. 기원전 66년 치안관이 된 그는 동방의 미트리다테스 왕과 벌이는 전쟁의 총사령관으로 폼페이우스를 임명하자는 정치적 명연설을 했다. 폼페이우스는 소아시아, 시리아, 팔레스티나를 정복한 인물이었다.

▌ 집정관이 되다

기원전 63년 그는 44세에 로마의 최고 지위인 집정관 자리에 올랐다. 바로 그해에 그는 대담하고도 신속한 행동을 취하여 카틸리누스의 반란 음모를 좌절시켰다. 그 음모에는 로마의 많은 저명인사들이 가담했다. 율리우스 카이사르도 가담했다고 한다.

카틸리누스와 그 일당은 처형되고 키케로의 명성은 절정에 이르렀다. 로마 시민들은 그를 '조국의 아버지' 라고 불렀다. 한동안 그는 모든 계층의 사람들로부터 추앙을 받는 당대 최고의 인물이었다. 그러나 형세는 얼마 후 역전되었다.

기원전 60년 키케로는 삼두정치에 참여하라는 카이사르의 제의를 거절했다. 그리고 다음해 카이사르는 갈리아 원정을 떠날 때 키케로에게 수행하라고 제의했지만 키케로는 이번에도 거절했다. 키케로가 조국을 구했는지는 모르지만 그 과정에서 로마의 기본법을 위반했다고 하는 말이 나오기 시작한 것이다. 기본법에 따르면 로마 시민은 시민 총회의 결의를 거치지 않고서는 사형에 처해질 수가 없었다. 그런데 카틸리누스 음모에 가담한 로마 시민들은 키케로의 선동에 따라 원로원의 명령으로 사형을 받은 것이다. 그것은 매우 위험한 전례이기 때문에 키케로가 그 사태에 대해 책임을 져야만 한다는 주장이 제기되었다. 키케로를 극심하게 미워하는 정적이자 호민관인 클로디우스는 특히 가장 가난한 하층민들을 선동했다.

기원전 58년 목숨이 위험해진 키케로는 로마를 떠나 테살로니카에 가서 숨었다. 그가 '조국의 아버지'라는 호칭을 얻은 바로 그 해에 로마 시민 총회는 그를 유배형에 처한다는 결의를 했다. 로마에 있는 그의 저택 그리고 포르미에와 투스쿨룸의 별장은 약탈을 당하고 완전히 파괴되었다.

그러나 당시 로마는 혁명적 시기였기 때문에 정세는 일 년이 못 가서 반대로 뒤집혔다. 기원전 57년 새로 선출된 호민관들과 그들의 회의, 그리고 시민총회는 만장일치로 키케로를 유배지에서 불러오기로 결의했다. 그는 로마 시민들의 환호 속에 로마에 돌아왔다.

그러나 그는 이미 권력의 중심 세력에서 밀려난 상태였다. 그는 자신이 취할 방향을 분명히 파악하지 못했다. 수시로 변하는 민심의 동향에 지나치게 민감한 나머지, 서로 대립하는 폼페이우스의 귀족 세력과 카이사르의 새로운 시민 세력 가운데 어느 쪽을 지지해야 좋을지 결정하지 못했다.

키케로는 그때까지 폼페이우스, 원로원, 그리고 낡은 로마의 공화국 체제를 지지했다. 그러나 세월이 흐름에 따라 그는 폼페이우스가 불성실하여 신뢰할 수 없는 인물인 반면, 폼페이우스의 정적인 카이사르가 훨씬 더 유능하고 멀리 내다보는 인물임을 깨닫고 카이사르를 지지해야 할 것이라고 느끼고 있었다.

결국 키케로는 양쪽 진영으로부터 신망을 잃었다. 양쪽은 그를 단순한 조정자 또는 일시적으로 이용할 가치밖에 없는 인물로 여겼다. 탁월한 법률가와 학자들의 경우에서 흔히 볼 수 있는 일이지만 키케로도 정치적으로 우유부단해서 결단을 내리지 못했던 것이다.

당시 로마는 카이사르와 같은 강력한 인물을 요구했는데 키케로는 시대의 요청에 부응하는 인물이 결코 아니었다. 그는 점잖고 친절하며 매우 영리하고 교양과 학식이 풍부했지만 정치에서 성공하는 타입의 인물은 결코 되지 못했다. 그는 만년을 주로 법정에서 변호하고 글을 쓰는 데 보냈다.

기원전 52년 키케로는 밀로를 변호하는 명문장을 작성했다. 밀로는 폭동이 일어났을 때 호민관 클로디우스를 죽였다. 당시 집정관 후보로 나선 사람이었다. 키케로는 폼페이우스가 원하지 않는 일을 한 것이다. 밀로에 대한 변호는 실패했다.

기원전 51년과 50년에 키케로는 소아시아 남쪽 지방인 킬리키아 주의 총독으로 근무했는데 여기서 그의 성격 가운데 가장 좋은 면이 발휘되었다. 그는 주민들을 공정하게 다스리고 온정을 베풀었던 것이다. 기원전 49년과 48년에는 그리스에 주둔한 폼페이우스의 군대에 합류해서 공화국의 유지라는 로마의 낡은 이념을 위해 싸웠지만 거의 절망 상태에 빠져 있었다.

파르살리아 전투에서 폼페이우스는 카이사르에게 결정적으로 패배했다. 키케로는 그 전투에 참가하지 않았지만 카이사르에게 항복했다. 키케로를 두려워할 필요가 전혀 없었던 카이사르는 그를 친절하게 맞이하였다. 그때부터 두 사람은 절친한 친구가 되었다. 그러나 원로원이나 법정에서 연설을 할 수 없는 처지가 되었기 때문에 키케로는 마음이 편하지 못했다. 카이사르의 승리가 키케로의 웅변 활동을 막아버린 것이다.

웅변술과 철학에 관한 그의 주요 작품 대부분은 기원전 46년부터 44년까지 저술되었다. 슬픔과 실망감을 씹으며 은둔 생활 속에서 저술에 몰두했다. 카이사르가 암살된 다음해인 기원전 43년 키케로는 원로원에서 다시금 환호를 받으며 연설하는 즐거움을 누렸다.

▌ 연설문 때문에 피살되다

그해에 안토니우스를 반박하는 유명한 연설들을 했다. 그는 그리스의 웅변가 데모스테네스가 마케도니아의 필리포스에 대항해서 펼친 연설 제목을 따서 자신의 그 연설문들을 '필리피 연설문'이라고 불렀다. 이 필리피 연설문 때문에 키케로는 목숨을 잃었다.

안토니우스, 옥타비아누스_훗날 아우구스투스 황제, 레피두스가 로마의 실권을 장악하고 삼두정치를 시작하자 그들은 과거 혁명 정권들의 전례대로 정적들의 시민권을 박탈하는 명단을 작성했다. 명단에 올라간 사람들은 즉시 살해되었고, 키케로도 그 치명적인 명단에 들어 있었다. 늙고 허약한 그는 포르미아에 별장을 향해 달아났다.

그를 태운 가마가 해변에 거의 닿았다. 그는 거기서 배를 타고 달아날 작정이었다. 그러나 그를 추격하는 안토니우스의 군사들이 거기 먼저 도착해 있었다. 침착하고 용기 있는 태도로 키케로는 자신의 명성의 절반을 보존했다. 그는 가마에서 머리를 내민 채 군사들에게 자기 목을 칼로 내려치라고 말했던 것이다. 기원전 43년 12월에 그는 죽었다. 63세였다. 잘려진 그의 머리와 손이 로마 광장의 연설대 위에 전시되었다.

키케로는 웅변가로서, 변호인으로서 틀림없이 최고의 인물이다. 그의 많은 연설문이 지금도 남아 있다. 그 가운데 가장 유명하고 최고의 걸작으로 꼽히는 것은 베레스와 카틸리누스를 반박하는 연설문들이다. 웅변의 힘은 지금보다도 극도의 무력 충돌과 혁명의 시대인 당시에 한층 더 강력했다.

원로원과 귀족들의 낡은 공화국 체제가 시대에 뒤떨어진 유물이라는 사실을 깨닫지 못했기 때문에 키케로는 정치에 실패했다. 엄청난 변화가 곧 닥칠 것이라고 예감하면서도 그 변화를 정면에서 받아들일 용기가 없었다. 낡은 질서를 대변하는 폼페이우스를 키케로는 전폭적으로 신뢰할 수 없었다. 그래서 그는 주저했다. 카이사르의 승리를 마지못해 받아들이면서도 그는 자신이 알고 있던 로마, 자신이 사랑하던 로마가 카이사르의 승리로 영영 사라질지도 모른다고 의심했다.

그가 남긴 많은 수필과 편지는 지금도 대단한 매력이 있는 글이다. 에라스무스는 "키케로의 글을 읽으면 나는 한결 나은 인간이 된 기분이 든다."고 말했다.

Charlemagne the Great
샤를마뉴 대제

✤

742~814년

샤를마뉴는 18번 이상의 원정을 감행하여 서유럽을 정복하고 정치적 통일을 달성하였다. 또한 그 실력을 배경으로 로마 교황권과 결탁하여 그리스도교의 수호자 역할을 하여 서유럽의 종교적 통일을 이룩하였다. 샤를마뉴 시대에 이르러 개화한 유럽 문화는 유럽의 역사적 발전의 기초가 되었다. 그의 명성을 잘 나타내 주는 것 가운데 하나는 슬라브어의 '왕'이라는 단어가 그의 이름에서 나온 것이라는 사실이다. 체코어 '크랄', 폴란드어 '크롤' 등은 샤를의 라틴어 명칭 '카롤루스' 에서 나온 것이다.

신성 로마 제국의 창시자

글 · 버나드 버크

 Charlemagne the Great _ **샤를마뉴 대제**

샤를마뉴는 샤를 대왕이라는 뜻이다. 신성 로마 제국의 초대 황제이자 프랑스 왕인 샤를 1세가 바로 그 사람이다. 그는 서유럽의 그리스도교 세계를 거의 전부 통일한 인물이며, 문화적으로는 카롤링거 왕조의 문예 부흥을 일으켰다. 중세 유럽에서 그는 그리스도교의 왕과 황제의 전형으로 널리 추앙을 받았다.

샤를마뉴의 출생지는 알려진 바가 없다. 그는 아버지 페핀 3세가 왕이 되기 7년 전인 서기 742년에 아헨_에 라 샤펠에서 태어났다. 어머니 베르타는 레옹 백작 샤리베르의 딸이다.

그의 소년 시절에 관해서도 알려진 것이 전혀 없다. 다만 어려서부터 정치 실무에 끌려들어간 듯이 보인다. 왜냐하면 서기 753년 겨울 12세 때 그는 아버지를 찾아온 교황을 영접하기 위해 파견되었다는 기록이 있기 때문이다. 당시 로마는 롬바르드족의 위협을 받고 있었는데 교황 스테파누스 2세가 프랑스의 지원을 요청하려고 온 것이었다. 그때 교황은 페핀 3세의 머리에 기름을 발라 주어 왕으로 공인해 주었다.

760년부터 페핀 3세는 프랑스 남부를 진압하는 군사 작전을 개시했는데 샤를마뉴도 프랑크족의 일반 관습에 따라 아버지의 원정에 동행했을 것이다. 그러나 실제로 그가 전투 현장에 등장한 것은 반란을 일으킨 아퀴텐 공작을 상대로 전쟁이 다시 벌어졌을 때였다.

서기 768년 페핀 3세가 죽자 샤를마뉴는 동생 카를로만과 함께 유럽에서 가장 강력한 왕국을 둘로 나누어서 각각 군주가 되었다. 페핀이 창시한 프랑스의 카롤링거 왕조는 피레네 산맥, 알프스 산맥, 지중해, 그리고 대서양으로 둘러싸인 방대한 영토를 다스리고 있었던 것이다.

그러나 그러한 천연적 경계선만 가지고는, 설령 공동 군주 두 명이 단결한다 해도, 독일 쪽 국경을 침범하는 야만족을 완전히 격퇴시키기란 불가능했다. 야만족의 침입은 프랑크족이 갈리아 지방에 왕국을 세울 때부터 시작되었다. 그 후 북유럽의 인구가 너무 많아진 결과 새로운 집단의 침입이 계속되었다.

샤를마뉴의 지위를 더욱 위태롭게 만든 것은 동생의 은근한 적대감, 그리고 매우 사나운 아퀴텐 공작 훗날드의 반란이었다. 그러나 다행하게도 샤를마뉴는 위태로운 정국을 타개할 만한 천재성을

Charlemagne the Great · 89

구비하고 있었다. 동생이 지원을 거부했음에도 불구하고 그는 단독으로 훗날드의 반란군을 격파했다. 그는 용기와 군사적 천재에 못지않게 너그러운 관용을 베풀어 패배한 반란군 지도자를 사면해 주었다.

▮ 색슨족을 제압하다

롬바르디아 왕 데시데리우스가 로마 교황이 다스리던 영토의 커다란 일부를 점령하자 샤를마뉴는 교황을 지지했고 그래서 롬바르디아와 적대 관계에 들어갔다. 어머니 베르타는 화해를 목적으로 그를 롬바르디아 왕의 딸과 결혼시켰다. 그러나 얼마 지나지 않아 샤를마뉴는 이렇게 자기에게 강요된 아내를 싫어하게 되었고 수아비아의 귀족의 딸 힐데가르드와 결혼하기 위해 아내와 이혼했다.

서기 771년에 동생 카를로만이 죽자 샤를마뉴는 동생이 지배하던 영토의 왕으로 선출되었다. 조카들은 나이가 너무 어려서 당시와 같은 혼란기에 왕관을 쓸 수가 없는 처지였다. 카를로만의 미망인 길베르가는 즉시 달아나서 데시데리우스의 보호 아래 들어갔다. 데시데리우스의 왕궁은 프랑크족의 군주를 적으로 삼는 모든 사람의 공동 피난처였던 것이다.

그러나 샤를마뉴는 색슨족이 제기하는 한층 더 절박한 위험에 대처하지 않으면 안 되었다. 색슨인들이 독립된 여러 부족장의 지배를 받는 대신에 단일한 지도자 아래 단결한다면 그 결과는 프랑스에게 치명적이 될 수도 있었다.

그러한 위험을 확신하게 된 샤를마뉴는 야만인들을 철저히 굴복시킬 결심을 하고는 군대를 움직였다. 그리고 색슨족의 위대한 영웅 헤르만을 모신 유명한 신전 이르만술레를 점령한 다음 파괴해 버렸다.

이르만술레의 명칭은 원래 헤르만사울레다. 이것은 '헤르만의 기둥' 이라는 뜻이다. 그 신전은 헤르만이 로마의 바루스 장군이 지휘하던 로마 군단들을 전멸시킨 업적을 기념하기 위해 건축된 것이었다. 물론 세월이 흐름에 따라 영웅의 이름도 변했고 신전을 세운 이유도 기억에서 사라졌다.

색슨족은 너무나 영리해서 강력한 적을 상대로는 정면 대결을 절대로 하지 않았다. 그리고 자주 있었던 일이지만, 막다른 골목에 몰리게 되는 경우 그들은 거짓으로 굴복하고는 지킬 생각이 전혀 없는 맹세를 하여 적의 자비를 구했다.

그런데 샤를마뉴가 색슨족과 싸우던 현장을 떠나지 않으면 안 될 새로운 사태가 다른 곳에서 벌어졌다. 그는 부하 장군들에게 일부 군대를 맡겨 두고는 색슨족을 잘 감시하라고 지시했다.

샤를마뉴가 색슨족과 전투를 하는 동안 롬바르디아 왕 데시데리우스는 그 기회를 이용하여 하드리아누스 1세 교황이 다스리는 지역을 약탈하고 있었다. 교황은 자신의 위태로운 처지를 샤를마뉴에게 알렸다. 거대한 규모의 군대를 소집한 뒤 샤를마뉴는 그 일부를 직접 지휘하여 알프스 산맥의 체니스 산을 넘어 이탈리아로 진격했다.

한편 나머지 부대를 이끄는 그의 삼촌 베르나르 공작은 역시 알프스 산맥의 요비스 산을 넘어 이탈리아로 들어갔다. 요비스 산은 이때부터 성 베르나르 준령이라고 불리게 되었다. 전혀 예상하지 못한 곳에서 적이 나타나기는 했지만 데시데리우스는 군대를 이끌고 맞서려고 나섰다. 그러나 제대로 공격도 해보지 못한 채 측면이 무너지자 그는 허겁지겁 롬바르디아 왕국의 수도 파비아로 달아났다.

샤를마뉴는 도주하는 적을 추격했다. 그러나 파비아의 방어가 워낙 강해서 함락시키기가 쉽지 않다고 판단하자 군대의 일부를 동원해서 그 도시를 포위해 버렸다. 그리고 나머지 부대를 이끌고 그는 베로나로 향했다. 그리고 베로나를 점령한 다음 다시 파비아로 돌아갔다. 포위는 여러 달 걸렸다.

서기 774년, 이윽고 부활절이 다가오자 그는 포위망을 풀지 않은 채 자기 자신은 로마의 보호자 또는 총독의 자격으로 로마를 방문하기로 결심했다. 그는 이탈리아의 모든 도시를 마치 개선장군처럼 통과했다.

그리고 로마에서는 교황의 영접을 받았다. 교황과 로마 시민은 로마를 롬바르디아의 폭정에서 구해 준 그에게 열광적으로 감사의 뜻을 표시했다. 하드리아누스 교황과 젊은 샤를마뉴 사이의 우정은 그들이 죽을 때까지 조금도 변치 않았다.

로마의 보호자라는 지위를 확고하게 만든 샤를마뉴는 가톨릭교회에 막대한 재산과 영토를 기증한 뒤 파비아로 돌아갔다. 이제 그는 파비아를 빨리 함락시켜야만 하는 상황에 처하게 되었다. 그가 현장을 떠난 틈을 이용해서 색슨족이 다시금 그의 국경 지대를 유린하기 시작한 것이다.

파비아는 서기 774년 여름에 항복했다. 샤를마뉴는 쇠로 만든 롬바르디아 왕관을 썼다. 다음해 그는 색슨족을 향해 진군하여 가는 곳마다 적을 격파했다. 색슨족에게는 항복하는 길만 남게 되었다.

얼마 지나지 않아 롬바르디아에서 반란이 일어나 샤를마뉴는 다시 롬바르디아로 갔다. 그는 다시금 승리를 거두었는데, 이번에는 색슨족이 들고 일어나는 바람에 다시금 색슨족을 정복하러 가지 않을 수 없었다. 종전과 마찬가지로 그는 색슨족을 격파했는데 색슨족은 재기가 불가능할 정도로 큰 타격을 입었다.

거듭되는 패배로 실망한 수많은 색슨족 귀족이 자기네가 믿던 신들에 대한 신앙을 버린 뒤 온 가족과 함께 그리스도교의 세례를 받았다. 서기 775년부터 777년 사이의 일이었다. 색슨족의 귀족들은 샤를마뉴에게 충성을 맹세했다.

▌스페인에 진격하다

샤를마뉴는 계속되는 전투의 수행만 해도 감당하기 벅찬 일이었지만 국가의 행정 전반에 걸친 통치 행위도 직접 잘 처리했다. 전국을 12개 주로 나누고 각 주마다 공작을 주지사로 임명했으며 공작 밑에 백작들을 두었다. 백작은 자기가 맡은 구역의 심판관이었다.

그리고 공작들과 백작들이 충실하게 일하도록 만드는 수단으로 그는 자신의 심복들을 수시로 지방에 파견해서 그들을 감시했다.

교회의 중대한 문제들 또는 왕궁의 고위 관리들에 관한 사항은 왕 자신 또는 왕궁 책임자가 직접 재판장의 역할을 했다.

이제 그는 스페인으로 눈을 돌렸다. 스페인을 점령한 최초의 아랍인 정복자들의 후손들이 내전을 벌인 것이다. 강력한 지방 영주의 하나인 이븐 알 아라비가 샤를마뉴의 지원을 요청했다.

서기 778년 여름 그는 군대를 끌고 스페인으로 들어가 승리를 거둔 다음 사라센인들과 가스코뉴인들의 침입을 막는 완충 지대를 설치했다. 그러나 사라고사를 포위했지만 함락시키는 데는 실패하여 후퇴하게 되었다.

그 무렵 가스코뉴의 공작 루포는 그를 미워하고 있었다. 라인 강 일대에서 발생한 새로운 위기를 타개하기 위해 샤를마뉴가 스페인을 떠나게 되자 루포 공작은 피레네 산맥의 협곡에 복병을 두었다가 그를 죽이려고 했다.

샤를마뉴 자신은 군대의 일부를 이끌고 무사히 협곡을 빠져나갔지만 뒤따라오던 군대는 롱스발 계곡에서 섬멸당했다. 기사도 문학의 전설적 영웅으로 이름을 남긴 롤랑이 전사한 것은 이때였다. 분노한 왕이 복수하려고 했지만 그의 적들은 이미 험한 산악 지대인 자기네 영토로 달아나 숨어 버린 뒤였다.

한편, 비티킨트가 지휘하는 색슨족의 군대가 다시 국경 지대를 짓밟고 있었는데 그들의 위세는 과거와 달리 대단했고 또 가장 잔인했다. 그러나 샤를마뉴는 아데른 강을 건너서 퇴각하려는 그들을 거의 전멸시킴으로써 그들의 잔혹한 행위에 대해 보복했다. 얼마 지나지 않아 그는 그들을 완전히 굴복시킨 듯이 보였다.

　그러나 이탈리아에서 긴박한 여러 가지 사태가 발생하여 그가 이탈리아로 떠나자마자, 그동안 덴마크로 철수해 있던 웨스트팔리아인들의 위대한 지도자 비티킨트가 반기를 들고 삭소니아 지방의 모든 주민들을 선동했다. 비티킨트는 시기를 참으로 적절하게 선택했다. 그는 샤를마뉴보다는 못한 인물이었지만 샤를마뉴의 그 어느 장군보다도 훨씬 더 유능했다. 그래서 그는 프랑크족 군대를 가는 곳마다 격파했다.

　그 소식을 들은 샤를마뉴는 서둘러서 북쪽 국경 지대로 돌아갔다. 전세가 즉시 역전되었다. 샤를마뉴의 이름만 들어도 겁을 내는 색슨족이 예전처럼 굴복했다. 그리고 지킬 생각도 없는 맹세를 했고 또 인질들도 보냈다. 색슨족의 인질들은 맹세를 어길 경우에 받을 사형을 조금도 두려워하지 않았다.

▌색슨족 4,500명을 처형하다

　이번에는 샤를마뉴가 철저한 복수를 하기로 결심했다. 샤를마뉴의 입장에서 볼 때, 세례를 받고 충성을 맹세했음에도 불구하고 다시 봉기한 색슨족의 행동은 정치적으로는 반역이고 종교적으로는 배교와도 같은 것이었다. 너그러운 조치로는 달성할 수 없었던 목적을 무시무시한 위협으로 달성하기 위해 그는 프랑크족에 대해 가장 심한 적개심을 품고 또 가장 잔인하게 행동한 색슨족 4,500명을 넘기라는 조건을 달았다. 그리고 그들을 하루 동안에 모조리 처형했다. 서기 782년의 일이었다.

그렇게 가혹한 조치를 취했어도 그는 기대하던 효과를 얻지 못했다. 서기 792년 색슨족은 다시 봉기했다. 그리고 너무나도 철저하게 패배한 결과, 전투 지역을 살아서 벗어난 색슨족 군사는 극소수에 그쳤다. 전투와 약탈에 대한 참을 수 없는 욕망 때문에 색슨족은 여전히 기회를 노렸다. 색슨족의 지도자들 가운데 가장 인기가 높은 비티킨트와 알비온은 거듭되는 패배에도 불구하고 서기 804년까지 끈질기게 대항했다.

샤를마뉴는 18번 이상 출정했다. 그러나 그는 무력보다는 정책으로 그들을 굴복시켜서 그들이 그리스도교 신앙을 받아들이게 하는 데 성공했다. 비티킨트는 샤를마뉴가 지켜보는 가운데 주교들로부터 세례를 받았고 삭소니아 지방 전체가 그리스도교를 받아들였다. 휴전이 비록 오래 가지는 않았지만 그들이 세례를 받은 것은 반가운 일이었다.

아내 힐데가르드가 죽은 지 얼마 지나지 않아서 샤를마뉴는 프랑크족 귀족의 딸 파스트라다와 결혼했다. 그 결혼 때문에 지도적 위치에 있는 귀족들이 불만을 품고 반란을 일으켰다. 그러나 샤를마뉴의 상대도 되지 않는 그들은 패배하여 뿔뿔이 흩어졌다. 목숨을 구하려고 숨었지만 처벌을 피할 도리가 없었다.

차례로 잡혀온 그들에 대해 샤를마뉴는 두 눈을 뽑거나 직위를 강등시킨 다음, 단 한 명도 죽이지 않은 채 모조리 귀양을 보냈다. 그렇게 엄한 처벌을 했는데도 소규모의 반란은 그치지 않았다. 많

샤를마뉴가 지켜보는 가운데 세례를 받는 비티킨트_파울 투만 그림

은 지역에 아직 중앙정부의 통치력이 충분히 미치지 못하고 있었던
것이다. 그러나 샤를마뉴는 지혜와 정력적인 활동으로 전국을 압도
했다.

▍문화의 발달을 촉진하다

샤를마뉴는 잠시 평화가 깃들이자 백성들의 교육과 순화에 몰
두했다. 전국을 순회하면서 제도를 개선하고 법을 개정했으며 학문
을 장려하고 교회와 수도원을 많이 건축했다. 그리스도교는 그의
원대한 목적들을 달성하기 위해 가장 강력한 수단이었다. 전쟁의
승리 못지않게 그는 그리스도교의 전파에도 성공했다.

동방의 제국을 제외하면 프랑스가 이제 유럽에서 가장 문명이
발달한 나라가 되었다. 심지어는 로마마저도 숙련된 기능공들을 프

랑스에서 구해 갔다. 한편 상업, 도로, 기술도 대단히 진보했다. 대리석 기둥들과 거대한 돌 십자가들이 프랑스인들이 만든 마차에 실려서 전국 각지로 수송되는 경우가 흔했다.

사치품도 상당히 많이 생산되었고 거기 필요한 기술도 발전했다. 풍부한 장식이 된 금과 은으로 만든 화병들, 은으로 만든 식탁들, 팔찌들, 귀고리들, 고급 아마포로 만든 식탁보들이 귀족의 저택에서 흔히 눈에 띄었다. 무기의 수출을 금지하는 가혹한 법이 시행된 것으로 미루어 볼 때 프랑스인들이 쇠를 다루는 기술이 매우 발전되어 있었다는 것은 분명하다.

▌각종 반란을 평정하다

샤를마뉴는 평화로운 시기를 잘 이용했다. 그러나 그 기간은 그리 길지 않았다. 서기 788년 그는 바바리아의 공작 타실로가 일으킨 반란을 진압하러 떠나야만 했다. 포로가 되어 사형 선고를 받은 타실로는 샤를마뉴에게 용서해 달라고 빌었다. 피를 흘리기를 싫어하는 샤를마뉴는 사형을 종신징역으로 낮춘 뒤 그를 수도원에 가두어 버렸다.

한편, 퇴위된 롬바르디아 왕 데시데리우스의 아들 아달기수스가 이탈리아를 공격하려는 음모를 꾸몄다. 아달기수스는 동로마 제국의 이레네 황후에게 몰래 지원을 받을 뿐만 아니라, 베네벤툼의 공작과 비밀 동맹도 맺고 있었다.

그러나 얼마 후 베네벤툼의 공작은 반역보다는 충성이 자기에게 더 유리하다는 사실을 깨닫고는 아달기수스를 배신하여 그림월드가 지휘하는 프랑스군에 붙었다. 이어서 벌어진 전투에서 아달기수스를 지원하던 동로마군은 전멸하고 아달기수스는 역사의 무대에서 사라졌다.

그 다음에는 아틸라가 지휘하던 훈족의 일파인 아바르족의 침입이 있었다. 원래 훈족은 아틸라 밑에서 단결했지만 그가 죽은 뒤에 분열된 상태였다. 그러다가 얼마 지나지 않아 아바르족이 터키족에게 밀려 고향에서 쫓겨난 뒤 유럽 북부에 나타났다. 그들은 재빨리 넓게 퍼지면서 세력을 키우고 영토를 차지했다.

그들은 반란을 일으킨 바바리아의 공작 타실로를 지원했다. 타실로가 패배하고 또한 자신들도 프랑크족 군대에게 여러 번 패배했음에도 불구하고 그들은 전투를 포기하지 않고 난폭한 대항을 계속했다. 그리고 엄청난 타격을 받은 뒤 후퇴하여 한동안 잠잠하게 지냈다. 그것은 거대한 세력을 지닌 적과 다시 맞설 만한 자기네 세력을 회복하기 위한 것이었다. 샤를마뉴로서도 군사력을 보충하기 위해 평온한 시간을 원했다.

그러나 그에게는 휴식이 허락되지 않았다. 아바르족을 격퇴하자마자 그에게는 새로운 적이 등장했다. 슬라브족의 일파인 웰레타베족이 나타난 것이다. 그들은 엘베 강에서 발트 해에 이르는, 독일 북부의 브란덴부르크와 포메라니아 근처에 거주하는 종족이었다.

샤를마뉴에게는 그들이 그리 대수로운 적은 아니었다. 그러나 그들이 일시적이나마 침입에 성공하는 경우, 샤를마뉴에게 굴복하기는 했지만 여전히 원한을 품고 있는 색슨족의 반란을 자극할 우려가 컸다. 그래서 샤를마뉴는 조금도 시간을 끌지 않고 즉시 군대를 움직여 웰레타베족을 분쇄했다. 그런 다음에는 그들에게 관용을 베풀었다. 그 후 그들은 샤를마뉴에게 충성을 바쳤다.

이어서 샤를마뉴는 헝가리를 지배하는 아바르족의 세력을 꺾어야 할 필요성을 느꼈다. 아바르족은 헝가리를 기이한 수단으로 방어하고 있었다. 그들은 헝가리 전체를 아홉 겹의 이중 목책으로 둘러쌌다. 그 목책이란 7미터 높이의 통나무로 엮은 울타리다. 역시 7미터나 되는 폭의 목책과 목책 사이는 돌과 석회로 채운 다음 흙으로 덮고 맨 위에는 풀을 심었다. 64킬로미터 떨어진 곳에 다른 목책이 둘러쌌다. 그런 식으로 둘레가 점점 줄어드는 목책이 아홉 겹이고, 한가운데의 원형의 지대에는 수백 년 동안의 약탈로 모은 그들의 모든 재산을 쌓아두고 있었다. 신빙성이 없는 이야기이긴 해도 당시의 사정을 역사가는 그렇게 기록하고 있다.

평소와 마찬가지로 행운은 샤를마뉴의 편이었다. 그는 가장 외곽에 위치한 세 겹의 목책을 무력으로 점령한 다음 라아브 강이 다뉴브 강과 합류하는 지점까지 모든 지역을 파괴했다. 한편 그의 아들 페핀은 다른 지역에서 아바르족의 군대를 만나 철저하게 격파했다. 그러나 불행하게도 기병들이 타는 말들 사이에 전염병이 발생하여 수천 마리씩 죽었다. 샤를마뉴는 퇴각하지 않을 수 없었다. 그러나 경악과 공포심에서 깨어나지 못한 아바르족은 그의 뒤를 추격할 엄두도 내지 못했다.

불안정한 평온 상태가 계속되는 동안 서기 792년에는 샤를마뉴를 암살하고 왕권을 뺏으려는 음모가 진행되었는데 여기에는 샤를마뉴의 곱사등이 아들 페핀도 관련되어 있었다. 음모는 곧 발각되었고 음모에 가담한 자들은 모두 처형되었다. 그러나 샤를마뉴는 페핀을 죽을 때까지 수도원에 가두었다.

▌ 해적의 격퇴

암살 음모를 모면하자마자 그는 색슨족이 다시 반란을 일으켰다는 보고를 받았다. 아바르족과 손을 잡은 색슨족은 샤를마뉴의 조카 테오도릭이 지휘하는 프랑크족 군대를 크게 격파했던 것이다. 엎친 데 덮친 격으로 중대하면서도 불길한 소식이 그에게 왔다.

얼마 전에 그가 아바르족과 싸울 때 이탈리아 왕인 자기 아들 페핀에게 지원군을 끌고 오라고 지시했다. 페핀은 베네벤툼의 공작 그림발드와 전투 중인데도 불구하고 샤를마뉴의 지시에 주저함 없이 복종했다. 그러한 즉각적인 복종에 대해서 보상한다는 의미로 이탈리아에 있던 페핀을 지원하기 위해 자기 아들이자 아퀴텐 왕인 루이를 파견했다. 그런데 루이가 자리를 비운 틈을 이용하여 사라센인들이 침입하여 나르본까지 진출했던 것이다.

샤를마뉴의 군대가 반격에 나섰다. 그러나 사라센인들은 성공에 만족하고 엄청난 분량의 약탈품과 함께 자기네 영토로 돌아가서 한동안 잠잠했다. 드디어 샤를마뉴는 색슨족 토벌에 전념할 수 있게 되었다.

그때까지 취했던 조심스러운 조치가 모두 질서 유지에 효과가 없다는 것을 깨달은 그는 어마어마한 숫자의 색슨족을 본거지에서 매우 멀리 떨어진 곳으로 분산시켰다. 수많은 남녀와 어린아이들이 프랑스 각지에 흩어지게 되었고 브라반트와 플란더스 각지에도 많은 색슨족이 강제로 이송되었다. 793년경의 일이었다. 그리고 이 무렵에 프랑크족은 북부 유럽 출신의 해적들과 전투를 벌이기 시작했다.

그의 주요 업적은 아랍인들이 피레네 산맥 이북으로 진출하는 것을 막았다. 훈족의 일파인 아바르족의 세력을 분쇄했으며, 색슨족을 정복하고 자기 왕국의 긴 해안선을 북부 유럽 출신의 해적으로부터 안전하게 보호했다는 것이다. 그리고 위대한 인물이라는 면에서는 그와 쌍벽을 이루는 유일한 인물인 이슬람제국의 지배자 하룬 알 라시드와 친교를 맺었다.

한번은 그가 어느 항구에 도착했을 때 마침 해적들이 상륙하려던 참이었다. 그들은 왕이 그곳에 있다는 말을 듣자 겁에 질려서 그대로 달아났다고 한다. 멀리 떠나가는 해적선들을 바라보면서 그는 눈물을 흘렸다. 평소에 보지 못하던 광경이었기 때문에 모든 귀족이 놀랐다. 그때 왕은 이렇게 말했다.

"저 더러운 야만인들을 내가 두려워하기 때문에 우는 것이 아니다. 나는 내가 살아 있는데도 불구하고 저놈들이 감히 내 왕국의 해안선에 나타난 것이 슬퍼서 우는 것이다. 내가 죽은 뒤에 저놈들이 내 백성에게 끼칠 불행을 나는 예견하기 때문이다."

샤를마뉴가 가장 중요하게 여긴 정책의 목표는 교황의 권위를 지지하는 것이었다. 그리고 그는 야만 세계를 계몽하고 교화시키는 데 가장 효과적인 수단, 그리고 유일한 수단이 그리스도교의 전파라고 믿었다.

서기 799년 5월 교황으로 선출되지 못해서 불만을 품고 있던 캄풀루스 추기경과 파스칼 추기경이 레오 교황을 칼로 난자하여 교황의 직무를 수행할 수 없게 만들려는 음모를 꾸민 적이 있다. 그들의 손아귀에서 벗어난 교황이 샤를마뉴에게 호소했다. 그러자 음모를 꾸몄던 추기경들은 교황이 야만적인 여러 범죄를 저질렀다고 고발했다.

서기 800년 11월 로마에 간 샤를마뉴는 추기경들을 모아 놓고 교황의 혐의에 대해 재판을 하려고 했다. 그러나 추기경들은 교회법의 규정을 들어서 자기들은 자기들보다 지위가 높은 교황을 재판할 권리가 없다고 말했다. 그래서 레오 교황에게는 오래된 관습에 따라 스스로 자신의 범죄 혐의를 벗어도 좋다는 허락이 내렸다. 야만적인 범죄를 저지른 적이 결코 없다고 교황은 공개적으로 맹세를 해야만 했던 것이다.

▌ 신성 로마 제국의 탄생

교황은 동로마 제국에 대항해서 서부 유럽에 황제를 세울 필요가 있었다. 그러한 정책의 동기는 한두 가지가 아니었다. 서기 800년 성탄 때 샤를마뉴는 로마의 성베드로 대성당 미사에 참석했다.

샤를마뉴 대제와 신하들

로마인들의 간청에 따라서 그는 로마 귀족들이 입던 옷자락이 긴 옷을 입고 있었다. 자신에게 부여될 예정인 호칭에 대해 전혀 눈치 채지 못하는 상태였다고 한다.

그가 높다란 제대 앞에 꿇어 있다가 막 일어서려고 할 때 갑자기 레오 교황이 그에게 다가가서 서유럽 황제의 관을 씌워주었다. 참석했던 모든 사람이 환호했다.

"로마인들의 위대하고 평화로우신 황제, 하느님으로부터 왕관을 받으신 샤를 아우구스투스께서는 만수무강과 승리를 누리소서!" 신성 로마 제국은 그렇게 시작되었다.

오랜 세월에 걸쳐서 적대 관계에 있던 서유럽과 동로마 제국을 화해시키기 위해 샤를마뉴는 동로마의 여자 황제 이레네에게 청혼을 했다. 이레네는 서기 797년 자기 아들을 폐위시킨 뒤 두 눈을 뽑아버리고 자기가 황제의 자리에 앉은 여자였다.

이레네는 샤를마뉴의 청혼을 거절할 생각이 없었다. 그러나 반대 세력의 압력에 못 이겨 결혼 대신 평화 협정이 추진되었다. 협상이 진행되는 동안에 이레네는 재무대신 니체포루스의 손에 폐위되고 말았다. 니체포루스는 그녀에게 단 한 푼도 주지 않았다. 그래서 그녀는 물레를 돌리는 노동을 하여 먹고살아야 하는 처지로 전락했다. 그리고 니체포루스는 샤를마뉴와 평화 협정을 기꺼이 체결했다.

가끔 국경 밖의 야만인들이 말썽을 피우기는 했지만 이제 샤를마뉴는 평화 시대를 즐기게 되었다. 그의 왕궁이 위치한 아헨_에 라 샤펠은 794년 이후 서유럽의 정치와 문화의 중심지가 되었다. 그런데 아직 기력이 넘치는데도 불구하고 그는 죽음을 준비하기로 결심했다.

서기 806년 그는 아들들에게 왕국의 영토를 분할해 줄 계획을 세웠다. 그의 지혜와 정의의 산물인 그 제의에 왕자들과 백성이 전폭적으로 찬성했다.

그러나 오래 살면 으레 불행이 따르는 법이다. 그가 말년에 이르는 동안 그의 아들들과 충성스러운 신하들이 먼저 죽었다. 광대한 그의 왕국을 물려받은 것은 루이 왕자 하나뿐이었다. 평온한 나날을 보내던 그는 갑자기 늑막염에 걸렸고 얼마 지나지 않아 아헨의 왕궁에서 죽었다. 서기 814년 1월 28일의 일이었다. 그의 나이는 72세였고 왕으로 통치한 기간은 47년이었다.

그의 시체는 그가 생전에 건축했던 성당에 안치되었고 중세가 계속되는 동안 독일과 프랑스의 백성들은 그를 성인으로 추앙했다. 독일 황제 바르바로사 프레데릭 1세가 1165년 대립교황 파스칼 3세에게 샤를마뉴를 성인으로 공인하는 시성식을 요청하자 대립교황은 이를 승인했다. 그래서 현재는 그를 비공식적이긴 해도 성 샤를마뉴라고도 부른다.

그의 프랑크 왕국이 분열된 뒤 동프랑크_독일와 서프랑크_프랑스의 군주들은 각각 샤를마뉴의 후계자로 자처했다. 나폴레옹도 그의 후계자로 자처했다. 2차 대전 이후 등장한 통일된 서유럽 그리스도교 세계를 건설하자는 아이디어도 샤를마뉴를 모델로 삼은 것이다.

그의 명성을 잘 나타내 주는 것 가운데 하나는 슬라브어의 '왕'이라는 단어가 그의 이름에서 나온 것이라는 사실이다. 체코어 '크랄', 폴란드어 '크롤' 등은 샤를의 라틴어 명칭 '카롤루스'에서 나온 것이다.

Nebuchadnezzar
네부카드네자르

❀

기원전 630~562년, 재위 기원전 605~562년

네부카드네자르의 운명은 지상의 위인들과 강력한 군주들이 겪은 재앙 가운데 가장 비극적인 것이었다. 예언자 다니엘의 기록에 따르면 그는 왕궁에서 걸어가면서 "내가 건설한 이 위대한 바빌론은"이라고 말하고 나자마자 갑자기 무시무시한 형태의 광기에 사로잡히고 말았다. 그리스인들이 "늑대인간"이라고 부르는 정신병에 걸린 것이다. 그것은 환자가 자신을 늑대 또는 들판의 야수라고 착각하는 괴상한 정신병이었다.

바빌로니아 제국의
전성기를 이룬 황제

글 · 클레런스 쿡

 Nebuchadnezzar _ **네부카드네자르**

아시리아는 메소포타미아 북부 티그리스 강가에서 일어나 기원 전 9세기와 8세기에 전성기를 누렸다. 그러나 사르다나팔루스 대왕 이 죽은 뒤 수도 니니베가 메디아인들에게 함락됨으로써 기원전 612년에 멸망했다. 그리고 광대하던 제국의 영토는 분할되어 여러 정복자들의 차지가 되고 말았다.

그 무렵, 바빌론 시를 수도로 하는 바빌로니아 지방은 아시리아 의 지방 영주였던 나보폴라사르가 다스리고 있었는데, 메디아인들 의 지원을 받은 그는 독립된 군주가 되어 칼데아 왕국을 건설했다. 그리고 자기 맏아들 네부카드네자르를 메디아 왕의 딸 아무히아와 결혼시켜 두 나라 사이의 동맹을 강화했다.

네부카드네자르는 기원전 630년경에 태어났지만 그 이전에 태어났다고 추정하는 설도 있다. 그의 이름은 나부여, '나의 정통적 계승을 보호하라' 는 뜻이다.

아시리아가 분열되자 이집트에서 유프라테스 강 북부에 이르는 시리아, 페니키아, 팔레스티나를 포함한 넓은 지역이 나보폴라사르의 지배 아래 놓이게 되었다. 그러나 이 지역의 주민들은 새로운 지배자를 달가워하지 않았다. 따라서 그에게 대항하기 위해 새로운 동맹국을 모색하던 중 이집트가 가장 적절하다고 생각했다.

이집트는 아시리아에게도 맞서는 강적이었지만 바빌로니아에 대해서도 마찬가지 입장이었다. 바빌로니아도 이집트도 지중해와 동방을 연결하는 무역 통로를 단독으로 지배하고 싶어했던 것이다. 이집트는 지중해를 끼고 있었고 양쪽이 탐내던 지역과 더 가까운 곳에 위치하고 있다는 점에서 바빌로니아보다 더 유리했다.

이집트는 자신에게 유리한 점을 대담하게, 그리고 고도의 술수를 발휘하여 잘 이용했다. 그러나 나보폴라사르는 자신의 왕권이 튼튼하다는 자신감을 얻은 뒤, 이집트의 야심을 꺾고 문제의 지역에 대한 단독 지배권을 확립하기로 결심했다.

그 일은 쉬운 것이 아니었다. 이집트 왕 네코는 팔레스티나, 페니키아, 그리고 시리아의 일부 등 지중해 연안 지대를 3년 동안 지배하는 한편, 승리를 거듭하며 아시리아를 향해 올라가고 있었다. 그러다가 카르멜 산의 주요 협곡으로 연결되는 메기도 평원에서 작은 유다 왕국의 군대가 그의 길을 가로막았다. 치열한 전투 끝에 이집트군은 유다군을 격파하였다. 유다 왕 요시야는 여기서 전사했다.

네코 왕의 이집트군은 카르케미시를 향해 전진을 계속했다. 카르케미쉬는 유프라테스 강 상류의 여러 도강 지점 가운데 하나를 방어하기 위해 마련된 중요한 요새였다. 피비린내 나는 전투의 결과 이집트군이 그 요새를 점령했다. 이제 네코 왕은 바빌로니아 북쪽과 서쪽의 전략적 요충을 모두 손아귀에 넣게 되었다.

‖ 유다 왕국을 멸망시키다

기원전 607년 네부카드네자르는 바빌로니아군의 총사령관이 되어 이집트 왕을 격퇴시킬 임무를 받았다. 곧장 카르케메시로 진격한 그는 이집트군을 공격하여 눈부신 승리를 거두었다. 그 후 전투에 전투가 거듭되었지만 그는 번번이 이집트군을 격파하여 시리아, 페니키아, 팔레스티나 등 이집트 왕이 차지했던 모든 영토를 뺏었다. 그리고 이집트 영토로 쳐들어가 전투를 벌이고 있을 때 아버지가 죽었다는 보고를 받게 되었다.

나보폴라사르는 기원전 605년 8월 16일에 죽었던 것이다. 그는 군대를 이끌고 강행군으로 신속하게 바빌론으로 돌아가 3주 이내에 왕으로 즉위하고 자신의 왕권을 강화했다. 그때 시리아인, 페니키아인, 유태인, 이집트인 등 정복된 지역의 수많은 포로들이 끌려갔는데, 구약의 다니엘 예언서의 저자로 알려진 다니엘도 포로의 무리에 포함되어 있었다. 다니엘이 남긴 기록 덕분에 바빌로니아의 이 위대한 군주에 관한 지식이 후세에 전해지게 되었다.

기원전 604년 6월부터 3년에 걸쳐서 그는 시리아와 팔레스티나를 정복하는 전쟁을 벌였다. 기원전 601년 그는 이집트군과 정면 대결을 벌였을 때 막대한 타격을 입었다. 이때 유다 왕국이 반기를 들었는데 그는 기원전 597년 3월 16일 예루살렘을 점령하고 여호야긴 왕을 바빌론으로 끌고 갔다.

이집트와 오랜 기간에 걸쳐 벌였던 그의 모든 정복 전쟁 가운데 가장 흥미로운 것은 유태인 정복일 것이다. 유태인들은 독립을 위해 있는 힘을 다해서 싸웠다. 그러나 만일 정복을 당해서 속국이 된다면 바빌로니아의 지배보다는 이집트의 지배를 택하겠다는 것이 유태인들의 심정이었다.

오랜 기간 동안 자기 조상들이 이집트에서 노예로 살았고 그 때문에 온갖 고통을 겪었으며 이집트 탈출과 사막의 방황이라는 쓰라린 기억도 남아 있었지만, 비옥한 토지와 온화한 기후 그리고 맛있고 풍부한 음식을 갖춘 이집트에서 보낸 시절을 잊을 수는 없었던 것이다.

번영과 불행 속에서도 이스라엘 백성은 이집트를 동경했다. 한편 야훼 하느님을 등지고 나일 강의 우상들을 섬기던 배신자들을 향해 예언자들이 단죄하던 말은 가장 무섭고 날카로운 것이었다.

예루살렘 주민들은 바빌로니아에 대항해서 세 번이나 반란을 일으켰고, 네부카드네자르는 세 번 그들을 정복하여 잔인한 복수를 했다. 정복할 때마다 그는 주민들을 노예로 끌어갔고 예루살렘에 막대한 피해를 주는 한편 그 저항의 힘을 더욱 약화시켰다. 유대인

들은 매번 이집트의 원군이 오기를 기대했지만 그것은 허망한 기대
에 불과했다. 이집트는 꺾어진 갈대와 같이 이스라엘을 지원할 힘
이 없었다.

▌ 바빌론의 도시 건설

네부카드네자르는 유다 왕국을 속국으로 만든 뒤 연달아서 세
명의 왕을 세웠는데 유다의 왕들은 차례로 그에게 반기를 들었다.
첫 번째 왕은 죽을 때까지 바빌론의 감옥에 갇혔다. 두 번째 왕은
쇠사슬에 묶여 끌려갔고 아마도 살해되었을 것이다. 세 번째 왕은
예루살렘 함락 직후 탈출을 시도하다가 잡힌 뒤 자기 아들들이 살
해되는 장면을 억지로 보게 되었다. 바빌로니아 군사들은 잔인하게
그의 눈을 멀게 만들었고 쇠사슬로 묶어 끌고 가서 바빌론 감옥에
처넣었다. 마지막 반란 때 예루살렘의 포위는 18개월 동안 계속되
었다. 이때 도시는 철저히 파괴되어 폐허로 변했다.

예루살렘은 기원전 586년 8월에 다시 점령되었다. 그 이전의 반
란 때 이미 귀족들, 병사들, 기술자들, 대장장이들이 모두 포로로
끌려갔고 왕궁의 모든 보물과 성전에 바쳐진 금과 은으로 만든 기
물이 모조리 약탈당했기 때문에 마지막 반란에 대한 보복이 닥쳤을
때는 더 이상 피해를 볼 것도 없었다.

예루살렘 성벽은 모조리 헐리고 유일한 자랑거리인 성전은 파
괴되었다. 오랜 포위 공격에도 살아남았던 주민 전부가 포로로 끌
려가 바빌론의 유대인 숫자를 더욱 증가시켰다. 네부카드네자르는

기원전 582년에도 대규모의 유대인 포로를 끌어갔다. 이제 예루살렘에 남은 유대인들은 포도즙을 짜는 일꾼들, 가난한 농부들을 비롯한 천민들 극소수가 고작이었다.

네부카드네자르는 군사 전략에 탁월했을 뿐만 아니라 외교에서도 비상한 재능을 발휘했다. 그는 소아시아의 메데아 왕국과 리디아 왕국 사이의 분쟁을 대사 나보니두스를 파견하여 중재해 주는 수완을 발휘하기도 한 것이다.

네부카드네자르는 정복 전쟁을 끝내고 권력의 경쟁 상대를 모두 굴복시킨 다음, 광대한 영토의 왕국을 확보하고 바빌론과 그 주변 일대의 건설 사업에 몰두했다. 43년에 걸친 그의 재위 기간이 끝났을 때 바빌론은 유프라테스 강 양쪽에 400평방 마일에 이르는 지역, 즉 런던의 다섯 배에 해당하는 지역을 차지하는 대도시가 되었다.

게다가 바빌론은 세 겹의 벽돌 성벽으로 둘러싸였다. 가장 안쪽의 성벽은 꼭대기의 폭이 28미터에 높이는 100미터인데 성벽 꼭대기에서는 4대의 전투용 마차가 나란히 달릴 수 있을 정도였다. 성벽마다 백 개의 성문이 뚫려 있었는데 청동으로 된 성문 틀에는 청동으로 만든 성문이 설치되었다.

유프라테스 강이 바빌론 시로 들어가고 나가는 지점에서는 성벽이 강의 흐름을 따라 이어졌기 때문에 도시 전체는 성벽으로 둘러싸인 두 부분으로 나누어지게 되었다. 도시의 두 지역을 돌기둥으로 구성된 다리 하나로 연결했는데 그 다리는 내리닫이 철창문이 방어했다. 그리고 성벽에 뚫린 성문을 통해서만 접근이 가능하게 되어 있는 강변의 여러 부두 사이를 나룻배가 오갔다.

네부카드네자르의 웅장하기 이를 데 없는 왕궁은 다리 한쪽 끝의 드넓은 지역을 차지했다. 가운데 뜰에는 '공중에 매달린 정원들'이 설치되었다. 이것은 바빌론 도시의 최고 자랑거리였고 세계의 불가사의들 가운데 하나였다. 남아 있는 기록들을 살펴도 이 정원들에 관한 정확한 개념을 파악하기는 힘들다.

그러나 정원을 가꾸는 기술로 유명하던 당시 동방의 정원사들이 최고의 기술을 발휘하여 각종 나무들을 심은 밭들이 위치한 정원들을 27미터 높이의 아치들이 떠받치고 있었던 것으로 추측된다. 이 정원들은 고향 메디아를 그리워하는 아무히아 왕비를 기쁘게 하기 위해 만들어졌다는 말이 전해지지만, 그렇게 높은 정원들을 만든 이유는 낮은 지대에 들끓던 모기떼를 피하기 위한 것이라고 보는 것이 좀더 타당한 설명이 될 것이다.

화려하고 장엄한 건물들이 도시의 넓은 광장들을 장식했다. 그 가운데 가장 중요한 것은 신전들이었

바빌로니아 제국의 공중 정원

다. 특히 티로와 예루살렘에서 약탈한 전리품으로 가득 찬 벨 신의 신전은 네부카드네자르가 가장 자신 있게 내세우는 자랑거리였다. 그 신전은 8층으로 건축되었고, 맨 꼭대기에는 높이가 13미터나 되고 순금으로 만들어진 벨 신의 신상이 우뚝 솟아 있었다. 7층으로 건축된 다른 벨 신의 신전이 있었는데 각층의 에나멜을 칠한 벽돌은 각각 태양계 행성의 색깔로 되어 있었다. 맨 꼭대기 층의 푸른색은 화성 또는 나보폴라사르의 수호신 네보에게 바쳐진 색깔이었다.

그러나 네부카드네자르의 행정적 업적 가운데 가장 큰 업적은 거대한 운하의 확장이었다. 이 운하 덕분에 황폐하던 바빌로니아 평원이 나일 강 주변 지역에 못지않게 비옥한 농토로 변하여 동방의 곡창 지대가 된 것이다. 바빌로니아 평원을 종횡으로 누비는 이 운하에는 유프라테스 강과 티그리스 강의 강물이 동시에 흘렀고 운하 자체는 농업뿐만 아니라 해운에도 중요한 역할을 했다. 운하의 한 줄기는 이미 니니베와 바빌론을 연결하고 있었고 네부카드네자르가 건설한 다른 줄기의 운하는 길이가 640킬로미터나 되어 바빌론을 걸프만과 연결했다.

광기에 사로잡히다

네부카드네자르의 운명은 지상의 위인들과 강력한 군주들이 겪은 재앙 가운데 가장 비극적인 것이었다. 예언자 다니엘의 기록에 따르면, 그는 왕궁에서 걸어가면서 "내가 건설한 이 위대한 바빌론은"이라고 말하고 나자마자 갑자기 무시무시한 형태의 광기에 사로잡히고 말았다. 그리스인들이 "늑대인간"이라고 부르는 정신병에 걸린 것이다. 그것은 환자가 자신을 늑대 또는 들판의 야수라고 착각하는 괴상한 정신병이었다. 광기가 심한 경우에는 환자가 자신을 맹수로 착각하고, 증세가 조금 약한 경우에는 평범한 들짐승으로 착각한다. 네부카드네자르의 광기는 너무나도 극심하여 그는 4년 동안 왕궁에서 추방되고 사람들로부터 완전히 격리된 채 홀로 들판을 헤매면서 황소처럼 들판의 풀을 뜯어 먹었다.

"그의 몸은 밤하늘의 이슬에 젖었고, 털은 독수리의 깃털처럼 자랐으며 손톱들은 새의 발톱과 같았다."

소처럼 풀을 뜯어 먹는 네부카드네자르
_조르주 로셰그로스 그림

이러한 기록은 다른 문헌에는 없고 오직 다니엘의 기록에만 나오지만, 네부카드네자르의 활동을 바위에 새긴 기록과 일치한다. 그 기록은 이렇다.

"4년 동안 왕의 지위는 내 마음을 기쁘게 하지 못했다. 왕국의 모든 영토 안에 나는 권력의 높은 곳을 건축하지 않았고 왕국의 보물을 쌓지도 않았다. 바빌론에서는 나 자신을 위해서도 제국의 영광을 위해서도 건물을 짓지 않았다. 나의 주님이며, 내 마음의 기쁨인 벨 마르두크를 숭배하는 장소이자 내 제국의 수도인 바빌론에서 벨 마르두크를 경배할 때 나는 그를 찬미하는 노래를 부르지 않았고 그의 제단에 희생물을 바치지 않았다." 그리고 자기에게 가장 가까운 것에 관해 다시금 언급하려는 듯이 그는 이렇게 이었다. "4년 동안 나는 운하를 파지 않았다."

세월이 흐르면서 왕의 광기의 검은 구름이 지나가고 건강과 이성이 회복되었다. 이러한 회복에 관하여 왕 자신이 한 말이라고 기록한 다니엘의 기록을 믿는다면, 우리는 동방의 이 전제 군주가 종교적 감수성이 극도로 긴장된 상태에 있었음을 인정할 수밖에 없다.

그러한 상태는 왕 자신이 벨 마르두크에게 열정적인 사랑의 표현을 한 일, 그리고 왕이 측근에 두었던 다니엘과 유대인 청년들, 그리고 그들이 자신들의 종교에 바친 헌신에 대해 왕이 표시한 동정심에 비추어 볼 때 짐작이 가능하다.

왕은 다니엘과 다른 유대인 청년들을 탁월한 미모와 지능과 적응력 때문에 자기에게 개인적으로 봉사하도록 할 목적으로 포로 가운데서 선택했다. 그러나 그들은 종교적 확신이 너무 강하고 또 용기가 너무 넘쳐서 바빌로니아의 종교를 받아들이거나 아니면 정략적인 위장으로 자신들의 종교적 감정을 숨길 수가 없었다.

한편 왕은 그들이 자기네 종교 예식을 따르는 것을 허용했다. 다만 왕궁 사람들은 자기들이 잡아온 포로들, 증오의 대상인 유대인 포로들이 자기들보다 높은 자리에 올라 권력과 권위를 행사하는 것을 보고 분노하여 끈질기게 다니엘과 유대인 청년들을 모함했는데,

왕은 왕궁 사람들의 요구를 일부만 들어주었을 뿐이다.

　　원수들의 증오에도 불구하고 다니엘은 자기가 원하는 종교 생활을 평온하게 하도록 왕의 허락을 받았다. 반면에 무죄한 다니엘과 그의 동료 유대인 청년들, 즉 사드락, 메삭, 아베드네고를 죽이려고 가마솥을 불에 달구어 두었던 모함의 무리는 오히려 그 가마솥에서 죽는 형벌을 받고 말았다.

　　왕은 유대인 청년들이 믿는 신이 직접 불가마에서 그들을 보호하는 것을 자기 눈으로 본 것처럼 말했다. 또는 왕이 뜨거운 종교적 신심에 휩싸여 실제로 그러한 장면을 보았는지도 모른다. 어쨌든 왕은 직접 개입하여 유대인 청년들을 불가마에서 구출했던 것이다.

　　광기가 치유된 이후 네부카드네자르가 어떤 활동을 했는지에 관해서는 알려진 것이 거의 없다. 다니엘의 기록은 네부카드네자르에서 갑자기 벨사자르로 넘어가 버리고 다시는 네부카드네자르에 관해 언급하지 않았다. 역사의 기록도 역시 침묵을 지킨다. 역사가 전해 주는 것은 그가 기원전 562년 8월 또는 9월에 죽고 왕위를 아들에게 넘겨주었다는 사실 뿐이다. 그의 아들은 이름이 아멜 마르두크인데 이것은 네부카드네자르가 자기 백성의 신에게 바친 경건한 신심을 증명하는 것이다.

　　그러나 근대사에서는 네부카드네자르가 신앙심이 없는 정복자로 잘못 소개되고 있다. 나폴레옹이 그와 비교되기도 한다. 그리고 그의 광기에 관한 이야기는 베르디의 오페라 〈나부코〉, 그리고 윌리엄 블레이크의 그림의 테마가 되었다.

Saladin
살라딘

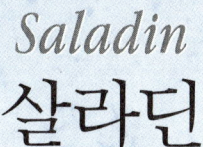

❧

1137~1192년

살라딘은 이슬람교도 가운데 가장 완벽한 기사였다. 그는 전투에서는 무시무시하게 싸웠
지만 승리했을 때는 한없이 너그러웠다. 약속은 반드시 지켰고, 자신이 믿는 종교에는 충실
했다. 그는 훌륭한 인격과 넓은 마음, 고상한 정신의 소유자였다. 무수한 사람들 가운데 별
처럼 빛나는 극소수의 인물 중의 하나가 바로 살라딘이다. 그의 이름은 아직도 살아 있고
또 영원히 죽지 않을 것이다. 그의 생애는 인류의 모범이고, 그의 역사는 기념비인 것이다.

이슬람 세계를 통일한
관대한 군주

글 · 월터 베선트

 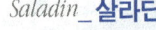 

*Saladin*_ **살라딘**

이슬람 역사의 수많은 술탄, 군주, 정복자들 가운데 불멸의 이름을 남긴 인물은 두 사람이다. 〈천일야화〉에 등장하는 하룬 알 라시드와 십자군 전쟁 때 등장하는 살라딘이다. 하룬은 선하고 정의로운 전제군주의 전형인 반면, 살라딘은 이슬람 종교의 수호자, 기사, 군사 지도자, 군주, 탁월한 행정가이며, 두려움을 모르는 인물이다. 살라딘은 자기를 따르는 백성뿐만 아니라 수많은 적들에게서도 사랑과 신뢰를 받았다.

▌쿠르드족 출신의 영웅

30년에 걸친 그의 전쟁과 승리의 인생 항로에서 예루살렘의 정복과 라틴 왕국의 타도는 에피소드에 불과했다. 살라딘 자신의 관점에서 본다면 가장 중요한 에피소드도 아니었다. 이집트 역사, 시리아 역사, 이슬람교 역사에는 십자군의 역사보다도 살라딘의 업적이 더 많은 페이지들을 장식하고 있다.

그가 하틴 전투에서 십자군을 완전히 격파하고 팔레스티나 일부에 자리 잡고 있던 그리스도교 왕국을 정복한 사실은 누구나 잘 알고 있다. 그러나 그가 이슬람교 최대의 교리적 분열을 막고 이집트를 정통 교리에 복귀시킨 사실을 아는 사람은 별로 없다.

당시에는 그것을 불가능한 일이라고 여겼을 뿐만 아니라 이슬람교 역사에서는 가장 중대한 문제였는데, 그것을 살라딘이 해결한 것이다. 우리는 이 위대한 인물의 공적을 공정하게 평가하려면 서방의 눈이 아니라 동방의 눈으로 살펴보아야만 한다.

그의 이름은 유수프 이븐 아유브이다. 그것은 욥의 아들 요셉이라는 뜻이다. 쿠르드족의 유명한 가문의 후손인 그는 1137년 메소포타미아의 타크리트에서 태어났다. 그가 태어나던 날 밤에 그의 아버지 나짐 아딘 아유브는 가족들을 이끌고 알레포로 이사했다. 그 후 살라딘은 어린 시절을 발베크와 다마스쿠스에서 보냈다. 그는 자라면서 특별한 재능을 보여 주지는 않았고 군사 훈련보다는 이슬람 종교 서적 연구에 더 몰두한 편이었다.

살라딘의 아버지는 시리아의 술탄이자 군주로서 유명한 누레딘의 추종자였다. 누레딘은 오랫동안 굴욕을 감수하고 지내다가 잃어버렸던 마호메트의 명성을 일부나마 회복하고 십자군이 점령하고 있던 많은 요새를 탈환함으로써 자신의 후계자들이 한층 더 눈부신 업적을 이루도록 길을 열어 주었다.

▋ 이슬람 세계의 분열

당시 이슬람교의 최고 권위는 칼리프인데 카이로에서 통치하는 시아파의 파티마 가문과 바그다드에서 통치하는 수니파의 압바스 가문이 각각 칼리프를 자처하여 분열되어 있었다. 두 가문의 권위는 이미 땅에 떨어진 상태였다. 게다가 신학적, 교리적 심각한 대립은 여전히 계속되고 있었다. 이슬람 세력의 부흥을 위해서는 교리적 분열 상태가 완전히 해소되는 것이 절대적으로 필요했지만 그럴 가망성은 전혀 보이지 않았다.

누레딘이 세력을 확장할 무렵, 두 진영 가운데 약한 쪽은 이집트의 파티마 가문이었다. 파티마 가문의 마지막 칼리프는 권력 투쟁을 일삼는 실권자들의 손에서 놀아나는 장난감으로 전락하여 사치스러운 왕궁에서 비열한 허수아비 생활을 하고 있었다. 이집트가 지배하던 시리아는 이제 일부는 파티마 가문에 적대하는 이슬람교도들이, 일부는 그리스도교도들이 점령하여 완전히 이집트에서 떨어져 나갔다.

파티마 가문의 파멸은 이집트의 수상 자리를 둘러싸고 샤와르와 다르감이 일으킨 내분이 그 직접적 원인이었다. 열세에 몰린 샤와르는 누레딘에게 지원을 요청했고 지원의 대가로 이집트 1년 세금의 3분의 1을 바치기로 약속했다.

누레딘은 아사드 아딘 쉬르쿠를 사령관으로 삼아 원군을 이집트에 파견했다. 쉬르쿠는 젊은 살라딘의 삼촌이었기 때문에 살라딘으로서는 두각을 나타낼 첫 번째 좋은 기회였다. 살라딘은 쉬르쿠의 부하 장수로 참가했다. 시리아군은 다르감의 군대를 손쉽게 격파한 뒤 샤와르를 다시금 수상 자리에 앉혔다.

역사에서는 흔하게 보는 일이지만, 샤와르는 목적을 달성한 뒤에 마음이 변했다. 막대한 돈을 시리아에 바치기가 싫었던 것이다. 그리하여 쉬르쿠가 발베크 시를 점령하고는 그 도시를 담보로 잡았다. 그러자 샤와르는 예루살렘의 왕 아말릭 1세에게 지원을 요청했다. 당시 예루살렘은 제1차 십자군의 결과 프랑크족을 중심으로 하는 그리스도교도들이 점령한 라틴 왕국의 수도였다.

아말릭 1세는 십자군을 지휘하는 여러 왕들 가운데 가장 지혜롭지는 않더라도 가장 용감한 인물이기는 했다. 일석이조의 이득을 얻을 좋은 기회라고 판단한 그는 즉시 자기 군대를 파티마 가문의 군대에 합류시켜 쉬르쿠를 이집트에서 물러가게 만들었다.

그러나 쉬르쿠는 새로운 군사들을 모으기 위해 작전상 철수한 것뿐이었다. 그는 다음해 이집트를 다시 침입했다. 그의 조카 살라딘은 알렉산드리아를 점령했다. 그 후 십자군과 이집트군이 연합 세력을 형성하여 공격했지만 살라딘은 3개월 동안 무난히 방어하는 데 성공했다.

드디어 평화 협정이 체결되었다. 조건은 십자군과 시리아군이 모두 이집트에서 철수하고, 양측은 각각 이집트의 1년 세금 가운데 일부를 받는다는 것이었다. 군대의 철수는 약속대로 이행되었다. 그러나 십자군의 아말릭 1세도, 시리아의 누레딘도 이집트가 돈을 보내리라고는 기대하지 않았다.

동시에 두 왕은 똑같은 야망을 품었다. 그것은 바로 이집트 정복이었다. 그들은 파티마 가문의 권력이 이미 하나도 남지 않았다는 사실을 깨달은 것이다. 그리고 이집트를 손쉽게 정복할 수 있다는 것도 깨달았다. 십자군의 왕 아말릭 1세는 산속의 작은 도시를 떠나서 화려하고 사치스러운 수도를 손에 넣겠다는 야망을 품었다.

그가 거느린 기사들은 이미 동방 생활에 익숙해져서 서양의 거친 풍습을 잊어버린 지 오래인 데다가 군사적으로 허약한 이집트의

살라딘_구스타브 도레 그림

이슬람교도들이 누리는 사치를 질투의 눈길로 바라보고 있었다. 예루살렘을 그리스도교의 종교적 수도로 삼아 사제들에게 넘겨준 뒤 카이로를 그리스도교 왕국의 수도로 삼는다면 참으로 멋진 일이 될 거라고 보았다.

한편 시리아의 술탄 누레딘으로서는 이집트와 시리아를 통합하여 이슬람의 통일을 이루고 그 연합된 힘을 몰아 팔레

스티나의 그리스도교 왕국을 멸망시킴으로써 성지를 탈환하고 싶은 마음이 간절했다. 야망을 품는 것은 좋다. 그러나 문제는 야망을 실현시키는 방법이었다.

아말릭 1세가 깨닫지 못한 점이 하나 있었다. 그것은 어느 쪽이든 먼저 군대를 움직이는 쪽이 진다는 사실이었다. 먼저 움직이는 쪽은 다른 두 쪽을 적으로 삼아 상대해야만 하기 때문이다. 그런데도 아말릭 1세가 먼저 군대를 동원했다. 그것은 최대의 실책이었다.

단기간에 걸친 전투의 결과, 쉬르쿠는 전투의 승리를 거두었을 뿐만 아니라 이집트의 지배자가 되었다. 예루살렘의 라틴 왕국을 멸망시키는 것도 가능하게 되었다. 다만 그 일은 충분히 군사력을 강화한 뒤에 결행하려고 연기했을 뿐이다.

∥ 종교적 통일 성취

1169년 마지막 승리를 거둔 직후에 쉬르쿠가 죽자 31세인 그의 조카 살라딘이 뒤를 이었다. 이제 그의 호칭은 살라딘_종교의 방패, 알 말리크 알 만수르_승리의 왕, 아미르 알 야유쉬_군대 총사령관가 되었다.

아직은 완전히 타도되지 않고 있던 파티마 가문의 칼리프는 그를 이집트 수상으로 임명했다. 다시 말하면 행운의 살라딘은 이집트뿐만 아니라 파티마 가문의 칼리프도 지배하게 된 것이다. 그리고 그보다 더욱 중요한 의미가 있다. 만일 예루살렘의 왕이 살라딘의 지위의 중요성을 깨달았다면 자신이 시리아의 술탄 누레딘의 신하임을 인정했을 것이다.

살라딘

살라딘은 이집트를 이슬람교 정통으로 복귀시키기 위한 첫 번째 조치를 취했다. 이것은 일종의 종교적 쿠데타로, 금요일에 바치는 기도문 안에 들어 있던 파티마 가문의 칼리프의 이름을 없애고 그 대신 압바스 가문의 칼리프의 이름을 넣은 것이다.

그러나 아무도 이의를 제기하지 않았다. 이집트인들은 자신들의 종교 지도자인 파티마 가문의 칼리프를 철저히 경멸하고 있었던 것이다. 1171년에 이윽고 살라딘은 대담하게도 이집트의 시아파 칼리프 제도를 폐지하고 오로지 바그다드에 있는 수니파 칼리프만이 정통 칼리프라고 선포했다. 그의 선포는 너무나도 조용히 받아들여져서 아랍의 역사가들은 "염소의 털끝 하나도 움직이지 않았다."고 기록했다.

파티마 가문의 마지막 칼리프는 며칠 뒤에 죽었다. 그것은 역사에도 흔한 경우의 하나지만 바로 가장 편리한 시기에 닥친 죽음이었다. 살라딘이 마지막 칼리프의 목을 졸라 죽이라고 명령했을까? 그럴지도 모른다. 그러한 조치는 게임의 규칙에도 맞고 완전히 합법적인 것으로 인정되고 있었다.

시리아의 술탄 누레딘은 1174년에 죽었다. 살라딘은 소규모의 정예 부대를 이끌고 신속하게 진군하여 시리아 왕궁에 도착한 다음, 누레딘의 어린 아들을 돕는 섭정을 시작했다. 그러다가 얼마 지나지 않아 살라딘 자신이 최고 통치자가 되었다.

그는 시리아, 북부 메소포타미아, 팔레스티나, 이집트 등지의 모든 이슬람교도들을 통합하는 작업에 몰두했는데, 탁월한 외교 수완을 발휘하는 한편 필요할 때는 군사력을 단호하고도 신속하게 사용하여 자신의 목적을 달성했다.

그는 속임수를 쓰지 않았고, 방탕하거나 잔인하지도 않았으며, 훌륭한 인격과 관대한 마음의 인물이면서도 의지력이 강한 군주였다. 그의 명성은 점차 널리 퍼져나갔다. 그가 등장하기 이전에는 이슬람 세력이 대립과 분열에 빠져서 십자군 세력에 제대로 대항하지 못하고 있었다. 그러나 살라딘의 지배가 확립되자 그들은 단결하여 막강한 세력을 이루게 되었다.

살라딘의 확고한 결의는 오로지 한 가지 목표, 즉 '지하드'_거룩한 전쟁로 향하고 있었다. 그리스도교 세계가 십자군을 내세웠다면, 이슬람 세계는 '지하드'를 내세운 것이다. 그는 이슬람교 연구를 장려하고 많은 대학교 건물과 모스크를 건축했다. 그리고 '지하드'에 관한 저술을 학자들에게 지시하기도 했다.

1187년 7월 4일 살라딘은 북부 팔레스티나의 티베리아스 근처인 하틴에서 벌어진 전투에서 십자군을 철저하게 격파했다. 그 승리의 여세를 몰아 살라딘의 군대는 그리스도교도들이 지배하던 예루살렘 왕국을 거의 전부 차지하게 되었다.

▌ 예루살렘 입성

그해 10월 2일 드디어 그는 예루살렘에 입성했다. 예루살렘을 88년 동안 지배하던 프랑크족이 항복한 것이다. 이제 십자군이 점령하고 있는 곳은 세 개의 도시뿐이었다. 이제 살라딘은 이슬람교의 통일, 그리고 예루살렘에 있던 라틴 왕국의 멸망이라는, 자기 생애의 가장 중요한 업적 두 가지를 모두 달성한 것이다.

1189년 살라딘은 난공불락_難攻不落의 티레를 공격했지만 함락시키지 못해서 군사적 명성에 오점을 남겼다. 그리고 그는 예루살렘 탈환을 목적으로 하는 제3차 십자군이 유럽에서 일어날 것을 예측하지 못했다.

사자왕 리처드가 1192년 10월 팔레스티나를 떠났을 때 살라딘과 제3차 십자군의 전쟁은 무승부로 끝났다. 그것은 사실상 십자군의 패배와 살라딘의 탁월한 능력을 의미했다. 사자왕 리처드, 필립 아우구스투스, 프레데릭 2세, 키프로스의 왕들, 성 요한의 기사들이 끊임없이 도전했지만 그리스도교 세계는 예루살렘을 영원히 잃고 말았다.

살라딘의 기사도 정신과 명성에 관해서는 그 기록이 산더미처럼 많다. 예를 들면 십자군이 예루살렘을 처음 점령했을 때 그들은 예루살렘 안에 있던 사람을 하나도 남김없이 살해했다. 그래서 그들이 탄 말의 무릎까지 올라올 만큼 거리에는 피의 강물이 흘렀다.

그와는 매우 대조적으로, 살라딘은 예루살렘을 점령한 뒤 단 한 명도 살해하지 않았다. 그리스도교 포로들이 지불할 보석금이 더 이상 나올 가망이 없자 그는 수천 명을 무료로 석방 조치했다.

통곡하는 과부들과 아버지를 잃은 소녀들에 대해 그는 자기 군사들이 절대로 손을 대지 못하게 금지하는 한편 그들에게 돈이 든 주머니를 나누어주었다. 그리고 예루살렘에서 철수할 때는 여자들을 세 무리로 나눈 다음, 각각 호위 부대를 배치했다.

그러자 이상한 광경이 벌어졌다. 걸어가던 여자들과 아이들이 지치자 승리한 이슬람 군사들이 말에서 내려 걸어가고 대신 여자들과 아이들을 자기 말에 태웠다. 아이를 팔에 안고 가는 군사들도 있었다.

다른 예를 들면 사자왕 리처드는 살라딘을 만났을 때 충성 서약

살라딘 시대의 예루살렘

을 거부했다. 그 대신 그는 존경과 충성의 증거로 자기 오른손을 살라딘에게 내밀었다. 그런데 이 유명한 장면을 유화로 그린 화가가 없다니 이상한 일이 아닐 수 없다.

십자군을 격퇴한 뒤 다마스쿠스로 돌아간 살라딘은 얼마 지나지 않은 1193년 3월 4일에 죽었다. 57세였다.

살라딘은 처음부터 군인이었고, 평생을 전쟁터에서 살았다. 이슬람교도 가운데 가장 완벽한 기사인 그는 전투에서는 무시무시하게 싸웠지만 승리했을 때는 한없이 너그러웠다. 약속은 반드시 지켰고, 자신이 믿는 종교에는 충실했다. 살라딘과 더불어 이름을 들만한 유일한 적은 사자왕 리처드였지만, 살라딘은 리처드보다도 더 넓은 마음과 더 고상한 정신의 소유자였다.

무수한 사람들 가운데 별처럼 빛나는 극소수의 인물 중의 하나가 바로 살라딘이다. 그의 이름은 아직도 살아 있고 또 영원히 죽지 않을 것이다. 그의 생애는 인류의 모범이고, 그의 역사는 기념비인 것이다.

Elizabeth I
엘리자베스 1세

❖

1533~1603년

여왕은 훌륭한 솜씨로 백성들의 마음을 사로잡았다. 말은 솔직하게 했고, 모든 공식 행사에서 친절하고 우아하게 행동했으며, 화해를 주도하고, 누구나 쉽게 접근하도록 허용했던 것이다. 여왕은 과거의 모든 전임자들이 누리지 못했던 엄청난 인기를 얻었다. 그녀의 젊음, 우아함, 현명함, 용기, 재능은 남자들에게서는 존경을 끌어냈고, 여자들에게는 긍지의 원천이 되었다. 그녀의 권위는 국민의 선택과 사랑으로부터 나오는 것이었다.

영국 최대의 번영을 이룬 여걸

글 · 새뮤얼 L. 냅

*Elizabeth I*_ **엘리자베스 1세**

영국의 가장 위대한 군주 가운데 하나인 엘리자베스 1세는 1533년 9월 7일 템스 강변의 그린위치 궁전에서 태어났다. 아버지는 변덕스러운 폭군 헨리 8세고, 어머니는 경솔하고 불운한 앤 불린이다. 어머니의 불행한 운명 때문에 엘리자베스의 어린 시절은 불행했다.

헨리 8세는 엘리자베스가 두 살 때 그녀의 생모 앤 불린을 처형했던 것이다. 그러나 그녀는 충분한 보살핌 속에서 제대로 교육을 받고 자랐다. 헨리 4세는 아기인 엘리자베스의 특출한 능력과 장래성을 간파했던 것이다.

왕은 어린 공주의 보모로 챔퍼넘 부인을 임명했다. 첫 번째 가정교사 윌리엄 그린덜은 고전을 가르쳤는데 그녀의 진도는 빨랐다.

그리고 다른 선생들에게 외국어를 배웠다. 11세 때 프랑스어 시를 영어 산문으로 번역했고, 12세 때는 영어 문장을 라틴어, 프랑스어, 이탈리아어로 번역했다.

아버지 헨리 8세

1548년 그린덜이 페스트로 죽었다. 이 무렵 엘리자베스는 라틴어, 프랑스어, 이탈리아어에 능숙하고 그리스어 실력도 상당했으며 음악에도 조예가 깊었다.

헨리 4세가 죽고 그녀의 오빠인 에드워드가 즉위했는데 에드워드는 그녀를 매우 좋아했다. 그래서 왕은 그녀에게 학문과 문학의 길을 계속하도록 권유했다. 그녀의 요청에 따라 케임브리지 대학교의 저명한 학자 로저 애스컴이 가정교사가 되었다.

어머니 앤 블린

애스컴은 그녀에게 그리스어로 된 아테네의 웅변, 법률, 관습 등을 가르쳤다. 신학교수인 그린덜 박사에게는 복잡한 신학 논쟁에 관해 열심히 배웠다. 에드워드 국왕의 짧은 재위 기간 동안 엘리자베스는 그렇게 조용한 생활을 계속했다. 그것은 훗날 유럽의 정치 무대에서 주역을 맡게 되는 준비 과정이었다.

▌감옥에 갇히다

1553년 7월 에드워드가 죽고 가톨릭 신도인 메리가 여왕이 되었다. 메리 여왕은 처음에 엘리자베스를 정중하게 대우했으나 엘리자베스가 메리에게는 눈엣가시였다. 엘리자베스가 왕위 계승권자이며 개신교 세력의 대표 격이었기 때문이다. 그녀는 결국 1554년의 반란 사건과 관련된 혐의로 감옥에 갇히고 가혹한 대우를 받았으며 생명의 위협마저 느꼈다. 그러나 메리의 남편 필립의 중재로 그녀의 상황은 호전되었다. 그녀는 필립의 도움을 늘 고맙게 여겼다.

"하느님께 봉사한다."는 표어 아래 메리 여왕은 5년 7개월 동안 자기 백성인 개신교도들을 고문하고 화형에 처했다. 편견, 고집, 살육의 통치는 1558년 11월 메리가 죽음으로써 끝났다. 영국을 위해서는 다행한 일이었다. 메리 여왕이 죽기 며칠 전에 의회는 이미 소집되어 있었다. "엘리자베스 여왕 만세!"라는 함성이 상원과 하원을 뒤흔들었고 백성들은 열광적으로 환호했다.

엘리자베스 시대가 나라에는 번영을, 여왕 자신에게는 영광을 주었지만 그 시작은 그다지 순탄하지 못했다. 메리의 죽음을 알게 되었을 때 엘리자베스는 해트필드에 있었다. 며칠 후 그녀는 런던으로 가서 환호하는 군중 속을 행진했다. 런던탑에 들어간 그녀는 정적들의 모함과 악의 때문에 죽음의 위협에 떨던 죄수 시절과 온 국민의 기쁨과 희망을 업은 여왕으로서 개선하는 자신의 오늘을 대비하면서 착잡한 감격을 느꼈다.

그녀는 무릎을 꿇고 하느님께 감사했다. 자신이 런던탑에서 구출된 것은 사자굴에서 다니엘이 구출된 것에 못지않는 기적이라고 그녀는 선언했다. 새 여왕은 자신을 거슬러 저질러졌던 모든 범죄를 모두 불문에 부치기로 했다. 그래서 가장 강력한 정적들마저도 친절하고 정중하게 맞이했다. 그러한 관용은 그녀의 명성을 높였고 또 그러한 결단은 참으로 현명한 것이다.

그녀는 교황청에 대사를 파견해서 자신의 즉위 사실을 알렸다. 조급한 성격의 교황은 오만한 태도로 영국에 대해 터무니없이 막대한 대가를 요구했다. 그래서 여왕은 이미 몰래 준비했던 자신의 계획을 관철시키기로 결심했다. 영국 내 가톨릭 세력과 화해한다는 취지에서 여왕은 메리 여왕이 임명했던 가톨릭 신자 각료 11명을 유임시키는 한편, 그들의 세력을 견제할 목적으로 개신교 각료 8명을 새로 임명했다. 개신교 각료 가운데 니콜러스 베이컨 경은 국새 담당, 윌리엄 세실 경은 국무장관이 되었다.

▌점진적 종교개혁

세실은 국민 대부분이 메리 여왕의 잔인한 통치 때문에 본심을 숨기고는 있지만 헨리 4세 때부터 마음속으로는 종교 개혁에 찬성한다고 여왕에게 자신 있게 말했다. 여왕은 세실의 의견에 찬성했다. 그러나 안전하고 점진적인 조치들을 통해 조금씩 개혁의 방향으로 나아가기로 결심했다.

그것은 현명한 판단이었다. 우선 앞으로 드러낼 자신의 의도를 약간 내비치고 최근의 박해와 탄압으로 위축되고 흩어진 개신교 신자들을 격려한다는 의미에서 여왕은 외국으로 추방된 사람들을 모두 불러들였다. 그리고 종교적 이유로 감옥에 갇혔던 사람들을 모두 석방하여 신앙의 자유를 주었다. 또한 여왕은 종교 예식을 변경하여 모든 기도문과 성경을 교회에서 영어로 낭송하도록 명령하고 자기 앞에서는 성체현시를 금지했다.

그러한 여왕의 조치가 곧 중대한 변화를 초래할 것이라고 내다본 주교들은 여왕의 대관식 집전을 거부했다. 어려움이 없지는 않았지만 결국 칼리슬 주교가 대관식 집전을 승낙했다. 런던 시민들의 환호 속에 여왕이 행진을 했다. '진리'를 상징하는 소년이 개선 아치에서 내려와 여왕에게 성서를 바쳤다. 여왕은 그 성서를 가슴에 껴안은 채 그날 자신에게 바쳐진 모든 예식과 선물 가운데 그것이 가장 귀중한 것이라고 선언했다.

1559년 여왕은 개신교를 국교로 선포하고 미사를 금지했지만 가톨릭 신도들에게 관용을 베풀었다. 그러나 1570년 교황 비오 5세가 여왕에 대한 영국 국민들의 충성 의무를 해제한다고 선언하자 사태는 급변했다. 가톨릭교도들에 대한 가혹한 박해가 시작되었다.

▌민심을 얻다

한편 여왕은 가장 훌륭한 솜씨로 백성들의 마음을 사로잡았다. 말은 솔직하게 했고, 모든 공식 행사에서 친절하고 우아하게 행동했으며, 화해를 주도하고, 누구나 쉽게 접근하도록 허용했던 것이다. 여왕은 자기 주위에 구름같이 모여든 시민들을 매우 기쁘게 여겼다.

여왕은 과거의 모든 전임자들이 누리지 못했던 엄청난 인기를 얻었다. 그녀의 젊음, 우아함, 현명함, 용기, 재능은 남자들에게서는 존경을 끌어냈고, 여자들에게는 긍지의 원천이 되었다. 그녀의 권위는 합법적 원천인 국민의 선택과 사랑으로부터 나오는 것으로 보였다.

하원은 여왕에게 국가 통치의 무거운 짐을 함께 질 배우자를 선택해 줄 것을 가장 겸손한 자세로 요망했다. 동시에 이러한 요망이 결코 불쾌하게 받아들여지지 않기를 바란다는 뜻을 표명했다.

여왕은 단순히 결혼을 권유하는 의회의 뜻은 불쾌한 것이 아니지만 그 문제에 관해서 더 간섭한다면 독자적인 군주인 자신에 대해 신하들로서 취할 예의에 어긋날 것이라고 말했다. 그리고 자신은 영국을 남편으로 선택해서 결혼했으며 영국인들은 모두 자신의 자녀들이라고 말했다. 또한 자신의 비석에는 "여기 처녀로 살다가 죽은 여왕 엘리자베스가 누워 있다."고 새겨 주기를 희망했다.

물론 여왕에게는 여러 명의 애인이 있었다. 대법관이자 상원 의장인 크리스토퍼 해턴, 모험가이자 역사가인 월터 롤리 경, 젊고 성미가 급한 에섹스 백작, 그리고 레스터 백작, 로버트 더들리 경 등이다. 여왕은 특히 더들리를 사랑했다. 에섹스 백작은 1601년 반란 혐의로 처형되었다.

▌ 메리 여왕의 처형

1568년 스코틀랜드의 메리 여왕이 불행하게도 엘리자베스의 손아귀에 들어가고 말았다. 메리는 당연히 받아야 할 대우를 받지 못

엘리자베스에게 도전하는 메리 스튜어트_카울바흐 그림

했다. 참다못한 메리는 행운을 얻은 엘리자베스를 공개적으로 심하게 비난했다. 엘리자베스는 왕위계승권을 가진 메리를 질투하는 한편, 메리의 미모와 영향력이 자신의 인기를 압도할까 두려워했다.

1580년 교황 그레고리우스 13세는 엘리자베스를 저 세상으로 보내는 것은 죄가 아니라고 선언하기도 했다. 엘리자베스는 메리를 18년 동안 감옥에 가두었다. 그리고 1587년에는 자신에 대한 암살 미수 혐의로 메리를 교수대에서 처형하고 말았다.

이 처사는 엘리자베스에게 영원한 오점으로 남았다. 다음해 메리의 남편이며 스페인 국왕인 필립이 영국의 왕위를 차지할 목적으로 무적함대를 파견했지만 영국 해군은 무적함대를 완전히 격파했다.

엘리자베스 여왕은 나이가 들어 체력이 떨어지고 여전히 일정도 바빴지만 자신이 좋아하는 취미인 편지 쓰기를 멈추지 않았다. 거의 60세에 이른 1592년에 여왕은 옥스퍼드 대학교를 두 번째 방문하고 떠나기 직전에 교수들에게 라틴어로 연설했다.

다음해 여왕은 보에티우스의 저술인 〈철학의 위안〉을 라틴어에서 영어로 번역했다. 아일랜드 문제로 바쁜 일정을 보내던 1598년에는 살루스투스, 호라티우스, 플루타르코스 등의 라틴어 저술을 역시 영어로 번역했다.

그러나 이제 엘리자베스 여왕은 공무에는 흥미를 잃었다. 여왕의 태양은 기울고 검은 구름이 그녀의 생활을 덮었다. 번영과 영광도 여왕에게는 무의미하게 느껴졌다. 치유가 불가능한 우울증에 사로잡힌 것이다. 마음의 번민 때문에 몸은 급속도로 허약해졌다. 남은 시간이 얼마 되지 않았다는 것이 분명히 보였다.

캔터베리 대주교는 오로지 하느님께 의탁하라고 충고했다. 여

왕은 그렇게 하겠다고 대답했다. 그리고 곧 몇 시간 동안 혼수상태
와 같은 잠에 빠졌다. 이윽고 여왕은 별다른 고통 없이 숨을 거두었
다. 1603년 3월 24일의 일이었다. 당시 여왕의 나이는 70세이고 재
위 기간은 45년이었다. 여왕의 유언에 따라 스코틀랜드의 제임스
6세가 뒤를 이었다.

▌ 탁월한 군주

여왕에 대한 친구들의 칭송과 적들의 비난은 비슷비슷하다. 군
주로서 여왕이 보여 준 활동, 정신력, 관용, 현명함, 신중함, 경계심,
솜씨는 그 어느 군주보다도 뛰어났고 최고의 찬사를 받을 자격이
있다.

교황 식스투스 5세는 여왕을 "강한 팔을 가진 여인" 이라고 항상
불렀고 군주로서 통치할 자격이 있는 세 명 가운데 하나로 꼽았다.
물론 교황이 생각하는 나머지 두 명은 교황 자신과 프랑스의 앙리
4세였다.

앙리 4세는 영국인에게 이렇게 말한 적이 있다. "당신들의 여왕
은 행운을 타고 태어났다. 그녀는 매우 행복하게 자기 나라를 다스
리고 있다. 그리고 제2의 알렉산더를 세상에 내보내기 위해 오로지
나와 결혼하기만 원하고 있다."

여왕의 성격과 능력도 영국을 통치하기에 적절한 것이었다. 자
제력이 강하고 자신의 감정을 조절할 줄 아는 여왕은 문자 그대로
군계일학群鷄一鶴이었다. 만용을 부리지 않으면서도 용기를 발휘했

다. 전쟁 때는 투지와 임기응변과 왕성
한 활동력을 보여 주는가 하면, 평화와
고요한 생활을 사랑했다.

여왕은 재산에 대한 탐욕이 없고 검
소했다. 그것은 재산의 축적보다는 자
신의 독자성을 더 사랑한 결과였다. 여
왕은 결코 재산과 보물을 긁어모으지
않았다. 여왕의 총애는 한결같아서 변
함이 없었지만 자기가 좋아하는 신하
들의 영향력에 결코 좌우되지 않았다.

엘리자베스 1세

그것은 강한 의지력의 소산이었다. 각료들의 선택에서는 현명함을,
그리고 그들을 지원하는 면에서는 강한 의지력을 보여 주었다.

여왕의 통치가 지나치게 엄하고 강압적이며 관용이 부족하다는
비판이 있을 수도 있지만 아무리 훌륭한 장점들이라 해도 다른 장점
들과 조화되지 못하게 마련이라는 점, 그리고 권력이란 사람을 악
으로 유혹하고 부패시키는 속성이 있다는 점을 고려해야 할 것이다.
불성실은 아마도 여왕의 인격에서 가장 큰 오점이고 통치 기간 중에
일어난 모든 골치 아픈 사건들의 직접적인 원인이었을 것이다.

종교적 대립과 투쟁의 소용돌이를 가라앉히는 유일한 방법인
철학적 관용을 베풀지는 않았다 해도 여왕은 유럽의 다른 나라들을
황폐하게 만든 신학 논쟁으로부터 영국 백성을 자신의 상식과 현명
함으로 구출하고 보존했던 것이다.

국내와 해외의 적들로부터 시달리는 한편, 유럽의 가장 강력하고 비양심적인 군주들을 상대하면서 엘리자베스 여왕은 강력한 내각의 도움을 받아 적들의 목적을 좌절시키고, 그들을 불안에 떨게 하며 적의 영토 안에서 약탈을 했다. 그러므로 자신의 위엄은 조금도 손상 받지 않은 채 고스란히 보존할 수 있었다.

여왕보다 더 어려운 여건 아래에서 군주가 되는 데 성공한 경우는 없다. 또 재위 기간 동안 여왕만큼 내내 성공과 번영을 거둔 군주도 없다.

영국의 기본법과 국민의 자유에 관해서만은 엘리자베스 여왕을 칭송하는 것은 전혀 근거가 없는 말이다. 여왕은 선대로부터 물려받은 국왕의 특권들을 그 어느 군주보다도 더 자의적으로 행사했던 것이다. 그러나 헨리 8세와 메리 여왕의 시대와 비교할 때 엘리자베스 시대는 황금 시대였다고 말할 수 있을 것이다.

Oliver Cromwell

올리버 크롬웰

1599~1658년

그가 등장하기 전 50년 동안 영국은 유럽의 정치 무대에서 베네치아나 삭소니아 정도의 취급을 받고 있었다. 그러나 크롬웰은 영국을 유럽의 강대국의 하나로 단숨에 승격시켰다. 그는 바다와 육지에서 스페인군을 격파했고 영국을 바다의 왕자, 개신교 이익의 대변자로 만들었다. 백성들이 그에게 품은 감정은 혐오와 경탄과 두려움이 합친 것이었다. 그의 정권은 지나친 압제를 피하는 현명함이 있었고, 아무도 감히 도전하지 못하게 만들 정도의 힘과 세력을 유지했다.

영국의 유일한
군사 정권 지도자

글 · 토머스 B. 매컬리

 Oliver Cromwell _ **올리버 크롬웰**

    군사 지도자이자 정치가로서 탁월한 재능과 강력한 개성을 발휘한 올리버 크롬웰은 1653년부터 1658년까지 영국, 스코틀랜드, 아일랜드 공화국 연방의 보호자인 국가원수였다. 왕이 없던 당시 그는 왕보다도 더 큰 권력을 행사하면서 영국을 다시금 유럽 열강의 지위에 올려놓았다.

    또한 독실한 칼뱅파 신도인 그의 군사적, 정치적 승리는 영국과 북미 대륙에서 청교도 세력이 막강한 영향력을 미치는 데 크게 기여했던 것이다. 그는 분명히 독재자였지만 영국의 오랜 내란을 끝내고 안정과 번영의 길을 확립한 애국자이기도 했다.

▌극단파의 지도자가 되다

그는 1599년 4월 25일 영국 동부의 헌팅턴에서 외아들로 태어났다. 그의 아버지 로버트는 지주로서 엘리자베스 여왕 시절 의회의 의원이었는데 그가 18세 때 죽었다. 한편 그의 어머니는 89세까지 장수했다.

그는 케임브리지 대학에서 공부했는데 학과 공부보다는 야외 스포츠, 특히 사냥을 좋아했다. 그의 부모와 스승은 모두 개신교 신자였다. 특히 그의 스승은 열렬한 칼뱅파 교도로서 그의 종교적 신앙심에 많은 영향을 끼쳤다. 그는 성서를 탐독했고 월터 롤리가 저술한 〈세계의 역사〉를 애독했다. 그는 30세 때 자신이 참된 신앙심을 얻었다고 사촌에게 고백한 바도 있다.

그는 1620년 런던 상인의 딸과 결혼해서 5남 4녀를 두었다. 1628년 그는 의회 의원으로 선출되었지만 다음해 찰스 1세가 의회를 해산하고 그 후 11년 동안 의회를 소집하지 않았다. 1640년 그는 다시금 의원으로 선출되어 13년 동안 계속된 '장기 의회'에서 활동하기 시작했다. 그는 국교를 반대하지는 않았지만 주교 제도의 폐지를 추진했다.

유럽의 종교개혁 시대인 16세기 영국 의회 내에는 극소수이기는 하지만 극단파가 등장했다. 종교적으로는 그들을 독립교회파라고 부른다. 그들은 모든 그리스도교 집단은 각각 자신의 종교 문제를 결정할 권리가 있다고 믿었다. 그리고 교황 제도, 감독 제도, 장로 제도의 폐지를 주장했다. 정치적으로 그들은 왕권의 제한에 만족하지 않고 새로운 형태의 국가 건설을 추구했다.

왕당파와 의회가 전쟁을 벌인 지 2년이 지나자 그들이 다수파는 아니지만 가장 강력한 세력으로 성장했다. 과거의 의회 지도자들 가운데 일부는 죽고 나머지는 국민의 신망을 잃었다. 핌은 플란태지넷 가문의 무덤에 묻혔다. 햄든은 루퍼트의 강력한 기병들과 맞서서 영웅적인 모범으로 장병들의 용기를 북돋우려 했지만 헛수고에 그치고 전사했다. 베드포드는 의회에 충실하지 못했다. 노덤벌랜드는 우유부단했다. 에섹스와 그의 참모들은 군사 작전에 관해 열의도 능력도 없었다. 이러한 상황에서 열성적이고 단호하며 타협을 모르는 독립교회파는 의회와 의회 군대 내에서 두각을 나타냈던 것이다.

그리고 그들의 지도자가 바로 올리버 크롬웰이었다. 그는 원래부터 군인이 아니었지만 나이 40세가 넘어서 영국 의회 소속 군대의 지휘관 자리를 수락했다. 에섹스나 그와 유사한 자들이 풍부한 군사 경험에도 불구하고 간파하지 못했던 점을 크롬웰은 천재적 통찰력으로 즉시 알아챘다. 왕당파의 힘이 어디에 있는지, 그들을 압도하는 유일한 방법은 무엇인지 깨달은 것이다.

▌ 의회군대의 혁신

그는 의회 군대의 재조직이 필요하다고 판단했다. 또한 그 목적을 위해서 풍부하고 훌륭한 인적 자원이 있다는 사실도 알았다. 그 인적 자원은 왕당파의 화려한 군대를 구성하는 사람들보다 눈에 덜

뜨이기는 하지만 한층 더 강한 것이었다. 단순한 용병들로 부대를 채울 것이 아니라 신분이 확실하고 사람됨이 착실하며 신앙심이 깊고 국민의 자유를 열렬히 수호하려는 사람들로 채워야 할 필요성이 있었다.

크롬웰은 그러한 사람들을 모집하여 자신의 연대를 재편성했다. 그리고 영국 역사상 가장 엄격한 기강을 세우는 한편, 그들의 재능과 도덕관을 크게 자극하여 잠재력을 최대한으로 발휘하도록 했다. 1643년 크롬웰은 대령이 되자 정예 기병대를 조직하기 시작했다. 그리고 엄한 군기를 유지했다. 1644년 그는 중장으로서 맨체스터 지구의 부사령관이 되었다.

1644년의 사태는 크롬웰의 우수한 능력을 입증했다. 국왕의 군대에 대항해서 남쪽에서 에섹스의 지휘를 받던 의회 군대는 연달아 수치스러운 패전을 계속했다. 그러나 그해 7월 북쪽에서 크롬웰이 거둔 마스턴 무어 전투의 승리는 다른 곳에서 겪은 모든 손해를 상쇄하고도 남았다. 그 승리는 왕당파에게도 타격이 컸지만 그때까지 의회를 지배하던 장로교회파 세력에게 가장 심각한 타격이 되었다.

크롬웰의 주도 아래 의회 군대가 완전히 재편되었다. 에섹스를 비롯한 구식의 지휘관들이 모두 제거되었다. 용감한 군인이기는 해도 이해력과 결단력이 모자라는 페어팩스는 명목상 총사령관에 불과하고 군대 지휘의 실권은 크롬웰이 차지했다. 크롬웰은 자기 연대를 조직하던 바로 그 원칙에 따라 의회 군대 전체를 서둘러서 개편했다.

그 후 전세는 역전했다. 용기 면에서는 왕당파의 기병대나 의회 군대나 마찬가지였지만 열의와 사기는 의회 군대가 월등히 우세했다. 반면, 왕당파 군대에는 기강이 전혀 없는데 비해 의회 군대는 기강이 매우 엄했다. 크롬웰의 군대는 에섹스의 군대와 전혀 다른 종류의 사람들로 구성되었다고 하는 말이 널리 퍼졌다.

▌ 국왕 찰스 1세의 처형

1645년 왕당파 군대와 의회 군대는 네이스비에서 처음 전투를 벌였다. 크롬웰의 기병대가 왕당파 기병대를 격파했다. 이어서 의회 군대는 라운드헤즈에서 결정적인 승리를 거두었고 그 후에도 승리를 거듭했다.

몇 달 지나지 않아 의회의 권위가 영국 전체에 미치게 되었다. 1646년 봄, 국왕 찰스 1세는 스코틀랜드로 달아났다. 스코틀랜드인들은 그들의 성격에 어울리지 않게 왕을 영국으로 되돌려 보냈다.

의회의 다수파인 장로파는 독립교회파를 견제하기 위해 군대를 해산하려고 했다. 그러나 일반 병사들이 평등파와 손을 잡고 대항했고, 중견 지휘관들과 독립파는 독자적인 태도를 보여 군대 자체도 분열의 위기를 맞이했다.

이때 크롬웰이 강권을 발동하여 군대의 통일과 기강을 유지했다. 1648년 8월 크롬웰의 군대는 찰스 1세와 협상을 벌이던 장로파 위원들을 의회에서 추방했다. 그리고 찰스 1세는 1649년 초에 처형되었다.

영국은 이제 국왕이 없는 공화국, 자유국이라는 전무후무한 정치 체제로 들어갔다. 그러나 그것은 사실상 크롬웰이 군대의 힘을 업고 실시한 독재 체제였다. 의회가 군대의 힘에 굴복한 1647년 여름부

찰스 1세의 관을 여는 크롬웰_P. 들라로슈 그림

터 계산하면 군사 독재는 크롬웰이 죽을 때까지 13년 동안이나 계속된 것이다. 크롬웰은 먼저 의회 군대 내부의 적인 평등파를 1949년 5월에 모두 처형했다.

의회는 예전의 적인 왕당파 세력보다도 자신들을 보호하던 크롬웰의 의회 군대를 더 무서워하게 되었다. 국왕의 공개 처형 이후 각지에서 반란이 일어났다. 스코틀랜드의 대군도 국경을 넘어 남하했다. 찰스 1세의 아들이 망명지인 네덜란드에서 찰스 2세로 즉위했다.

그러나 의회 군대는 간단히 격파될 존재가 아니었다. 페어팩스가 수도 런던 주위를 진압하는 동안, 크롬웰은 웨일즈 지방을 휩쓸면서 성들을 폐허로 만든 다음, 스코틀랜드 군대를 향해서 진격했다. 크롬웰은 숫자가 훨씬 많은 적을 철저히 격파해 버렸다. 스코틀랜드의 정세는 완전히 변해서 국왕 반대파가 실권을 장악했다. 크롬웰은 런던으로 개선했다.

크롬웰과 독립교회파 세력은 아일랜드와 스코틀랜드를 미워했다. 아일랜드는 가톨릭 신자들의 나라였고 스코틀랜드는 장로교 신자들의 나라였다. 둘 다 찰스 2세의 정통성을 인정하고 있었다.

▌아일랜드 · 스코틀랜드의 정복과 학살

크롬웰은 먼저 아일랜드를 몇 달 만에 정복했다. 그곳은 지난 500년 동안 학살을 거듭했어도 영국에 굴복하지 않았던 곳이다. 성자의 군대를 자처하는 크롬웰의 군대는 신앙의 적인 아일랜드를 황무지로 만들 정도로 철저히 파괴했고 도시의 시민들을 잔인하게 학살했다.

영국인에 대한 아일랜드인들의 원한은 이때부터 시작되었다. 그리고 영국인과 개신교 신자가 그곳에서 압도적 우위를 차지하게 만들려는 정책을 썼다. 수많은 아일랜드 사람들을 유럽이나 서인도제도 등에 강제 이주시켰다. 그 대신 수많은 영국인과 칼뱅교회 신자들을 아일랜드로 이주시켰다.

정식으로 연합왕국 군대의 총사령관으로 취임한 크롬웰은 이제 스코틀랜드로 방향을 돌렸다. 그곳에는 젊은 찰스 2세가 장로교 신자라고 고백한 뒤 자리를 잡고 있었다. 두 차례의 전투에서 크롬웰은 스코틀랜드 군대를 거의 전멸시켰다. 찰스 2세는 간신히 목숨을 건져서 달아났다. 유서 깊은 스튜어트 왕조의 스코틀랜드가 왕도 아닌 크롬웰에게 비참하게 굴복했다. 왕국도 교회도 1651년 9월에 완전히 정복된 것이다.

독립교회파 의원들로 구성된 소위 '잔당들의 의회'가 의회 군대와 대립했다. 처음에 크롬웰은 두 세력의 화해를 시도했지만 결국은 군대 편을 들어서 1653년 4월 군대를 동원해서 의회를 점령했다.

이제 크롬웰은 국왕과 상원과 하원의 모든 권력을 손에 넣었다. 그의 권력을 제한하는 것은 오로지 군대뿐이었다. 그런데 공화주의자가 주류인 그 군대는 자체 모순에 빠져 있었다. 국민의 자유를 확보하겠다고 일어선 그들이 왕정보다 더 강력한 일인 독재 체제를 설립한 것이다. 물론 그들은 자기들의 지도자가 왕이 되는 것을 절대로 용납하지 않았다.

▮ 왕보다 더 강한 독재 권력

13년 전에 장기 의회에 참석했을 때의 크롬웰에 비하면 독재 권력을 쥔 크롬웰은 엄청나게 변한 인물이었다. 그는 연속적인 혁명의 소용돌이 속에서 주역으로 활동해 온 것이다. 그리고 비상한 정치 교육을 받았다. 그는 독립교회파 정당의 정신적 지주이자 실질적인 지도자였다. 군대를 지휘하고 전투에서 승리했으며 조약을 협상하고 왕국들을 타도하고 통치했다.

세상을 보는 눈이 그동안 달라지지 않았다면 오히려 그것이 더 이상한 일일 것이다. 여러 가지 개혁 방안들이 국민의 일반적 여론에 거스르는 것도 보았다. 여론을 무시하려면 끊임없이 칼로 다스리지 않으면 안 된다고 내다보았다. 이제 국민들은 자기들이 사랑하던 과거의 의회 정치가 회복되기를 바라고 있었다.

왕관을 거절하라고 간청하는 크롬웰의 딸_슈라더 그림

크롬웰도 그렇게 하고 싶었다. 양원제를 바탕으로 하는 왕정이 복구되기만 한다면 누가 왕이 되어도 좋다고 생각하는 왕당파 의원들이 크롬웰을 왕으로 추대하려는 움직임을 보였다. 그러나 군대는 그가 왕이 되는 것을 결사반대했다. 결국 왕국의 보호자라는 직위를 가진 크롬웰은 의회를 두 번이나 해산하고 말았다.

군대는 크롬웰에게 절대적인 충성을 바쳤다. 그래서 겉으로는 공화국 체제이면서도 크롬웰이라는 사실상의 절대군주가 다스리는 체제를 유지하게 되었던 것이다. 다만 크롬웰의 현명함, 절제와 관용으로 전제군주제의 폐단이 약간 완화되었을 뿐이다.

크롬웰은 전국을 12개 군사 관할 구역으로 나누고 각 구역을 사령관에게 맡겼다. 반란은 일어날 때마다 사령관들에 의해서 신속하게 진압되었다. 왕당파든 공화주의자든 아무도 감히 반기를 들 엄두를 내지 못하는 공포 분위기가 형성되었다. 그래서 크롬웰에 대한 암살 음모가 끊이지 않았지만, 그의 정보망과 경호가 워낙 물샐 틈 없이 튼튼해서 암살을 당하지는 않았다.

▮ 법의 공정한 집행

그가 만일 잔인하고 방탕하며 탐욕이 지나친 군주였다면 국민들은 절망감에서라도 반기를 들 용기가 생겼을 것이다. 그러나 그의 통치는 일반 대중이 목숨과 재산과 가족의 운명까지 도박에 걸 정도로 참을 수 없는 것은 아니었다. 스튜어트 왕조 시대보다 세금이 더 무겁기는 했지만, 다른 나라의 세금 그리고 영국의 담세 능력에 비하면 무거운 것도 아니었다.

국민의 재산은 안전했다. 질서도 유지되었고, 법은 크롬웰 자신과 정권의 안전이 위협받을 때에만 무시되었다. 법은 과거 달리 누구에게나 공정하고 정확하게 적용되었다. 종교개혁 이후 영국의 어느 정권보다도 크롬웰 정권은 종교적 박해를 가장 적게 했다.

물론 가톨릭 신자들은 불행하게도 온정의 대상이 되지 못했다. 그러나 성공회 성직자들은 정치적 설교를 하지만 않는다면 종교 예식을 집전할 수 있었다. 13세기 이후로 공개적 종교 예식을 금지 당했던 유태인들마저도 런던에 그들의 공회당을 건축할 수 있었다.

크롬웰은 대외 정책에서 눈부신 성공을 거두었다. 그래서 그를 가장 미워하는 정적들마저도 마지못해 그를 인정하지 않을 수가 없었다. 왕당파 세력은 그가 합법적 왕이 되기를 바랐다. 공화주의자들은 그가 자유를 뺏는 대신에 영국의 영광을 되찾아 주었다고 인정했다. 그가 등장하기 전 50년 동안에 영국은 유럽의 정치 무대에서 베네치아나 삭소니아 정도의 취급을 받고 있었다.

그러나 크롬웰은 영국을 유럽의 강대국의 하나로 단숨에 승격시켰던 것이다. 그는 바다와 육지에서 스페인군을 격파했고 영국을 바다의 왕자, 개신교 이익의 대변자로 만들었다. 교황마저도 가톨릭 국가의 군주들에게 인도주의와 자제를 권유하지 않을 수가 없었다. 만일 개신교 신자들에게 호의를 보이지 않는다면 영국 해군의 대포가 로마 교황청 바로 앞에 있는 산탄젤로 성을 포격할 것이라고 그가 선언했기 때문이다.

사실, 크롬웰 자신을 위해서나 자기 가족을 위해서도 그는 유럽에서 종교적 전면 전쟁의 발발을 원했을 것이다. 그 전쟁이 일어나면 영국 국민은 그를 지지할 것이고 그는 승리할 것이다. 그러나 크롬웰은 자신의 군사적 천재를 유럽이라는 무대에서 발휘할 기회를 얻지 못했다.

생전에 그의 권력은 안전했다. 백성들이 그에게 품은 감정은 혐오와 경탄과 두려움이 합쳐진 것이었다. 아무도 그의 정권을 사랑하지 않았다. 그러나 그의 정권을 가장 미워한 사람들에게도 미움보다는 두려움이 더 컸다.

그의 정권이 좀더 사악한 것이었다면 아무리 강해도 타도되었을 것이다. 그리고 좀더 약한 것이었다면 아무리 장점과 업적이 많다 해도 역시 타도되었을 것이다. 그의 정권은 지나친 압제를 피하는 현명함이 있었고, 아무도 감히 도전하지 못하게 만들 정도의 힘과 세력을 유지했다.

1658년 9월 크롬웰은 독감에 걸려서 얼마 후에 조용히 죽었다. 그때 나이 59세였다. 그 후 셋째 아들이 그의 뒤를 이었다.

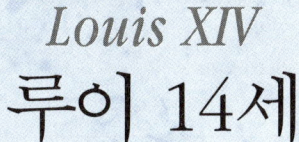

Louis XIV
루이 14세

1638~1715년

루이 14세는 위대한 왕이었다. 그러나 위대한 인간은 아니었다. 그가 죽은 뒤 파리 의회는
그의 유언장을 무효로 선언하고 실권을 잡았고 모든 개혁 조치를 봉쇄했다. 그는 국가의
모든 권력을 독점했지만 결국은 스스로 무덤을 파고 말았다. 신교도 박해, 유언장, 그리고
궁정과 백성의 격리 등은 왕조의 멸망을 재촉했던 것이다. 그는 프랑스의 영광과 번영을
원했지만 백성들의 복지는 안중에도 없었다.

절대군주의 상징

글 · 올리버 옵틱

Louis XIV_ **루이 14세**

　루이 14세가 1638년 9월 16일 태어났을 때 파리 시민들은 그의 출생을 열광적으로 환영했다. 프랑스 국민들은 그를 하늘이 내려준 아기라고 불렀다. 당시 국왕 루이 13세는 부르봉 왕가의 최초 왕인 앙리 4세의 아들이었다. 그는 스페인 왕 필립 3세의 딸과 결혼했지만 22년 동안 별거 생활을 했기 때문에 태자를 두지 못하고 있었다. 그들은 서로 사이가 좋지 않았던 것이다. 그래서 루이 14세의 출생은 대단히 이례적인 사건이기도 했다.

　루이 13세는 용감한 인물이고 장점도 많았다. 그러나 프랑스 왕국을 다스리기에는 연약하고 무능한 군주였다. 그는 리슐리외 추기경을 수상으로 임명했다. 강인한 정치가인 추기경은 사실상 프랑스

의 지배자가 되었다. 왕은 당대의 가장 위대한 정치가인 추기경의
능력을 충분히 인정하는 한편 그를 두려워하기도 했다.

그 당시 왕비는 유럽에서 가장 뛰어난 미인 가운데 한 사람이었
는데 리슐리외를 몹시 미워했다. 프랑스를 유럽 열강의 하나로 발
전시킨 뒤 리슐리외는 마자랑 추기경을 자신의 후임자로 지명하고
1642년에 죽었다. 그는 백성들의 헌법상 자유를 탄압하고 그들에게
전쟁을 수행하기 위해 무거운 세금을 지웠다.

태자 루이 14세가 태어난 지 2년 후 다른 왕자가 태어났는데 그
는 훗날 오를레앙 공작이 되었다. 루이 13세가 리슐리외보다 1년 뒤
인 1643년 5월에 죽었을 때 루이 14세는 다섯 살이었다. 그래서 왕
비가 섭정이 되었고 마자랑 추기경이 수상의 역할을 계속했다. 루
이 14세는 국왕이긴 했어도 허수아비였다.

현재 왕궁이라고 불리는 파리의 건물은 원래 리슐리외 추기경
의 저택이었는데 추기경은 죽을 때 왕에게 기증했다. 그 후 왕비와
두 왕자가 거처하는 별궁이 되었던 것이다. 다섯 살의 루이 14세는
리슐리외가 사용하던 방을 차지했다. 마자랑 추기경도 그곳에서 살
았다. 프랑스 국민의 대부분은 추기경을 싫어했고 어린 루이 14세
도 그를 몹시 미워했다.

▌ 마자랑 추기경의 수완

루이 14세는 마자랑을 "키 큰 터키인"이라고 부른 적이 있는데
그 사실을 알게 된 왕비는 아들을 불러서 심하게 꾸짖었다. 왕비는

마자랑 추기경을 좋아하고 있었던 것이다. 추기경이 왕비와 내연의 관계였다고 믿는 사람들도 많았다.

마자랑은 역사상 가장 능란하고 교활한 외교관들 가운데 하나였다. 그는 원래 이탈리아 출신으로 교황청의 군대와 외교단에서 근무했다. 이때 리슐리외가 그를 발탁하여 프랑스로 데리고 갔으며 그의 국적을 프랑스로 바꾼 것이다. 그는 왕궁의 그 누구보다도 아첨에 능숙했고, 명목상으로만 왕권을 행사하는 여왕이 가장 아끼는 인물이 되었다. 또한 가장 어려운 정치적 역할을 가장 능숙한 솜씨로 해내는 한편 자신의 목적을 달성하기 위해 프랑스 국민과 귀족들의 미움을 샀다.

리슐리외는 국민의 대표들로부터 권한과 자유를 많이 박탈했는데 마자랑 당시의 의회는 그것을 회복하려고 시도했다. 마자랑은 그들을 체포하라고 명령하여 드디어 1648년에 프롱드 내란이 벌어지게 되었다. 그것은 조직적인 군대의 전투가 아니라 폭동의 연속이었다. 그 여파로 왕비를 비롯한 왕족들을 생제르맹으로 피하지 않을 수 없었다. 그때 어린 왕을 왕궁의 근위대가 보호했다.

마자랑은 수치스럽게 파리에서 쫓겨나기는 했지만 1653년에 결국 승리했다. 그리고 한때 반란을 성공으로 이끌었던 콩데를 체포했다. 군대가 성취하지 못한 것을 외교로 성취한 마자랑은 1년 만에 파리로 돌아온 뒤 자신의 권력 기반을 튼튼하게 만들어 죽을 때까지 권력을 잘 유지했다.

국내외적으로 마자랑이 발휘한 교묘한 조종과 음모 덕분에 프랑스의 영향력은 유럽 전체에 미치고 그가 죽은 뒤에도 승리를 거두는 발판이 마련되었다. 마자랭의 이러한 정치와 음모 속에서 어린 루이는 성장했다. 노련한 마자랭은 국민과 귀족들의 증오를 완화하여 최소한의 우호 관계를 유지했다. 루이 14세도 역시 그에 대한 미움을 감춘 채 그의 탁월한 능력을 존경하게 되었다.

▌혼란의 소용돌이 속에서 자라다

루이는 정치적 혼란과 내란의 소용돌이 속에서 자랐다. 궁중 하인들의 손에 맡겨진 그는 사실상 버림받은 아이나 다름이 없었다. 어린 루이는 주위에 아무도 없을 때 연못에 빠져 익사할 뻔한 일도 있었다. 매우 인색한 마자랭 추기경은 어린 왕의 옷장, 가구, 내복, 침대보까지 감시했기 때문에 어린 루이의 침대보는 누더기였다고 한다.

루이는 영리해서 자신이 왕으로서 제대로 대접을 받지 못한다는 사실을 깨달았다. 그는 병정놀이와 격한 운동을 싫어했다. 반면에 왕국을 다스리는 군주로서 자기에게 필요한 것이 무엇인지 잘 깨달아 사교술을 연마하고 항상 신사의 태도를 지켰다. 또한 승마를 매우 좋아해서 말 타는 솜씨가 뛰어났다.

내전이 계속되어 그는 피신을 거듭하다가 12세가 되어서야 파리에 영구히 정착할 수가 있었다. 이 시기의 모든 사건과 체험으로 그가 깊은 인상을 받은 것은 틀림이 없다. 당시 어린 왕과 그 주위의 어린 귀족 아이들 사이에는 선물을 주고받는 관습이 있었다. 그러한 선물들 가운데 하나가 황금으로 만든 벼룩이 끄는 대포였는데 어린 루이의 취향을 알려 주는 좋은 징표다.

또 한 가지의 선물은 모든 수술 도구가 든 상자인데 매우 가볍고 작은 것이었다. 이것은 전쟁의 참혹함을 상징하는 것이었다. 그리고 황금과 루비로 장식된 소형의 마노 칼이 있었다. 어린 귀족 아이한 명이 이 세 가지를 그에게 선물로 주었고 루이는 그 아이에게 자신이 직접 사용하던 격발식 활을 빌려 주었다.

루이를 돌보던 여자 가정교사는 그 귀족 아이에게 이렇게 말했다. "왕이 빌려 주는 것은 그냥 주는 것과 같다." 어린 루이는 용돈이 매우 제한되어 있어서 귀족 아이가 준 선물처럼 값비싼 선물을 줄 수가 없었다. 그래서 자기가 받은 용돈을 기꺼이 그 귀족 아이에게 주었다. 귀족 아이는 그것을 다이아몬드나 금 덩어리보다 더 귀중한 것처럼 고이 간직했다.

프롱드 내란

백성들은 프롱드 내란에 지쳤다. 그래서 1651년 9월 7일 나이 14세인 루이가 정식으로 군주의 역할을 개시했을 때 백성들은 그다지 기뻐하지도 않았다. 루이는 그 나이의 다른 소년들보다 교육을 덜 받은 상태였고 거대한 왕국을 다스릴 능력도 없었다. 마자랑 추기경은 일부러 그에게 교육을 제대로 시키지 않았던 것이다. 나라의 모든 일은 종전대로 왕의 이름으로 섭정인 왕후가 맡았는데, 사실상 왕권을 행사한 것은 왕후 뒤에 있는 마자랑 추기경이었다.

프롱드 내란은 8년 동안 계속되었다. 프롱드 세력은 백성들에게 무거운 세금을 부과하는 왕궁과 귀족 세력에 대항해서 싸운 것이다. 프롱드란 돌팔매라는 뜻인데 정부를 비판하는 사람을 의미했다. 섭정을 통해서 마자랑이 제의한 과세 안건이 의회에서 부결되자 마자랑은 의원 여러 명을 체포해서 감옥에 가두었다.

정부를 반대하는 세력에는 왕의 삼촌인 콩데 공작도 가담했다. 콩데는 무력으로 반란을 일으켰지만 튀렌에게 패배했다. 백성들과 귀족들은 오랜 내전에 신물이 났다. 마자랑 추기경이 노련한 정치 수완을 발휘해서 평화를 회복했다. 1653년에 일반 사면이 공포된 것이다.

어린 루이는 종교 교육을 충분히 받았고 왕궁의 예법을 잘 알았으며 군대를 사열할 정도의 군사적 지식은 있었지만 통치에 관해서는 전혀 지식이 없었다. 나라가 어떻게 돌아가는지에 관해서는 어린 왕에게 일부러 알려 주지 않았기 때문이다.

튀렌이 콩데군의 아라성을 포위했을 때 루이는 현장에 있었다. 콩데군의 패배로 프롱드 내란도 끝이 났지만, 일부 프롱드 세력이 스페인의 지원을 요청해서 프랑스와 스페인이 전쟁을 벌였다. 평화 협정이 1659년에 체결되었는데, 그 조건 가운데 하나는 루이와 마리 테레즈의 결혼이었다.

마리 테레즈는 스페인 왕 필립 4세의 딸이었다. 그들은 다음해 결혼했다. 마리 테레즈는 착하고 아름다운 여자였지만 지능이 모자라고 '위대한 루이'의 왕비로서는 부적격이었다. 루이는 그녀를 매

루이 14세의 초상화

우 친절하고 정중하게 대했지만 그다지 좋아하지는 않았다.

그의 사생활은 매우 부도덕하고 방탕했다. 그를 둘러싼 타락한 귀족들은 그의 방탕을 오히려 조장했다. 물론 자기 어머니나 리슐리외 추기경, 마자랑 추기경을 비롯한 당시의 최고위층 사람들보다 더 방탕한 것은 아니었다.

1661년 3월 루이가 23세가 되었을 때 마자랑 추기경이 죽었는데 추기경은 18년 동안 프랑스를 망쳐 놓았다. 18년 가운데 10년은 루이가 명목상이지만 왕권을 행사하던 기간이었다. 마자랑은 루이가 자신의 의견이 있기는 하지만 통치할 능력은 없다고 판단했던 것이다. 마자랑이 죽기 직전에 루이가 그를 방문하여 마지막 충고를 들었는데 마자랑은 이렇게 말했다.

"폐하께서는 자기 자신을 존중하십시오. 그러면 다른 사람들이 폐하를 존경할 것입니다. 앞으로는 다른 수상을 절대로 임명하지 마십시오. 능력 있고 헌신적인 사람의 도움이 필요하신 경우, 무슨 일에나 콜베르를 활용하십시오." 루이는 마자랑의 충고를 따랐다. 마자랑은 아마도 젊은 왕의 의도를 간파했을 것이다.

▌ 마자랑 추기경의 부정축재

마자랑 추기경의 유산은 어마어마하게 많았다. 물론 그것이 정직한 방법으로 모아진 것이라고 믿는 사람은 거의 없었다. 정치적으로 필요한 경우에는 돈을 아낌없이 썼지만 그는 평소에 매우 탐욕이 강하고 인색했다.

그가 죽기 직전에 그의 고해신부는 부정부패로 모은 모든 재산을 원래의 주인들에게 돌려주지 않는 한 그의 영혼이 영원한 벌을 받을 것이라고 경고했다. 그러자 마자랑 추기경은 자신의 모든 재산은 국왕의 은덕으로 주어진 것이라고 대답했다.

5,000만 프랑으로 추산되는 그의 재산은 당시의 기준으로 볼 때 천문학적 숫자의 재산이었다. 그는 대부분의 재산을 자신의 남녀

루이 14세의 행렬

조카들에게 물려주었고 일부 왕족들에게는 선물을 보냈으며 국왕에게는 '마자랭'이라고 불리는 18개의 커다란 다이아몬드를 기증했다.

리슐리외 추기경과 마찬가지로 마자랭 추기경도 센 강변에 궁전과 같은 저택을 지었는데 죽을 때 국가에 바쳤다. '마자랭 궁'이라고 불리던 그 건물에는 프랑스 아카데미가 들어섰다. 그는 구텐베르크가 인쇄한 최초의 성서 25권 가운데 한 권을 소유했는데 그것은 한때 2만 달러에 팔리기도 했다.

▌내가 곧 국가다

그때까지 방탕한 생활로 세월을 보내던 루이는 마자랭이 죽은 뒤부터 직접 나라의 모든 일을 돌보기 시작했다. 그는 모든 부처의 업무를 완전히 손아귀에 쥐고 능숙하게 통치하여 죽을 때까지 계속 했기 때문에 프랑스 국민은 물론 유럽의 모든 나라가 놀라지 않을 수 없었다.

그는 즉시 국가 재정을 검토했고 마자랑이 충고한 대로 콜베르를 재무장관에 임명했다. 콜베르는 국고를 축내면서까지 막대한 재산을 차지한 푸케의 후임자가 되었다. 루이는 단호하게 자신의 뜻을 관철시켰다. 공금을 횡령한 푸케가 국왕을 위해 성대한 파티를 열었을 때 루이는 그 파티가 끝나자마자 그를 체포하여 종신 징역에 처했다.

콜베르는 왕을 실망시키지 않았다. 그가 건의한 조치들은 즉시 국가 재정을 향상시켰다. 상업의 발전을 자극하고 광범위한 제조업 분야를 확립하며 국고를 세금으로 채웠던 것이다. 프랑스는 유럽에서 가장 번영하는 나라가 되었다. 루이는 모든 권력을 독차지한 절대군주가 되었다. "내가 곧 국가다."라는 그의 말은 그의 당대에 완전히 현실로 이루어진 것이다.

그는 자신이 원하는 대로 얼마든지 전쟁을 개시하고 또 평화를 이룩했다. 그는 '루이 대왕'이라는 칭호를 받을 자격이 있었다. 그의 통치 말기에는 그가 시작한 전쟁들 때문에 국가 재정이 심각한 위험을 받았고 전쟁에서도 항상 승리를 거둔 것은 아니었다.

▌ 국가 재정의 파탄

광대하고 사치스러운 베르사유 궁전과 주변의 부속 건물들은

루이 14세와 몰리에르의 아침식사_장 레옹 제롬 그림

10억 프랑 이상이나 낭비한 어리석은 짓이고 국가 재정을 파탄으로
몰아간 주요 원인 가운데 하나라고 비판을 받았다. 콜베르가 죽은
뒤 루이는 지나치게 낭비하는 대신 루부아를 거느린 채 콜베르가
모아두었던 국고금을 탕진해 버렸다.

　마리 테레즈 왕비가 1683년에 죽자 루이는 멩트농 부인과 비밀
리에 결혼했다. 멩트농은 당시 절름발이에다가 불구자인 시인 스카
롱의 미망인이었는데, 스카롱은 그녀를 극도의 빈곤으로부터 구출
한 사람이었다. 멩트농 부인은 루이에 대해 막강한 영향력을 발휘
했는데 그것은 왕에게 불행한 일이었다. 그녀가 비록 왕이 가까이
한 대부분의 여자들보다 낫기는 했지만 편견과 고집이 너무 심한
여자였기 때문이다.

　평생 동안 루이는 왕궁의 예법을 매우 엄격하게 유지했다. 그는
자신이 왕국의 절대적 소유자이며 모든 신하들의 생사에 관한 중재

자라고 여겼다. 그는 매우 규칙적인 일상생활을 했다.

　베르사유 궁전과 예법은 나름대로 이유가 있었다. 그것은 과거 40년 동안 11번이나 내란을 일으킨 귀족들을 왕궁에 불러 모아 화려한 파티에 참석시키고 도박과 방탕으로 재산을 탕진하게 만드는 수단이었다. 결국 루이 14세는 귀족들의 세력을 완전히 꺾고 절대 군주로 군림할 수 있게 된 것이다. 동시에 그것은 어떤 면에서는 프랑스 전체의 국력이 약화되었다는 것을 의미했다.

　그는 시인들, 작가들, 미술가들을 보호하고 그들의 문화 예술 활동을 장려했다. 특히 그는 극작가이자 배우인 몰리에르를 매우 좋아했다. 극작가나 배우 가운데 국왕과 함께 저녁식사를 한 사람은 몰리에르 하나뿐이다. 루이 자신은 농담을 한 적이 없다. 그러나 몰리에르의 재치 있는 대화를 몹시 즐겼다.

▎ 프랑스의 몰락

　루이 14세의 말기는 영광과 번영이 절정에 이르렀던 시기와는 너무나도 대조적이었다. 그는 개신교도들에게 신앙의 자유를 인정하여 오랜 내전을 끝냈던 낭트 칙령을 1685년에 철회했다. 개신교도들에 대한 무자비한 박해가 시작되자 수많은 기술자들이 국외로 탈출했다. 그때부터 프랑스의 몰락이 시작되었다.

　1700년에 스페인 계승 전쟁이 일어났다. 프랑스 군대의 거듭되는 패배는 그의 군사적 명성에 먹칠을 했다. 국고는 거의 텅 비었고, 정치범이든 아니든 각종 혐의자들에 대해 신속하게 재판하고 처벌하는 재판소 때문에 민심을 완전히 잃었다. 그러나 그는 죽을 때까지 중재자이자 절대권력자로 군림했다.

극심한 고통을 겪은 뒤 그는 1715년에 죽었다. 77세였다. 그의 시체가 생드니 대성당에 안치될 때 시민들은 야유를 보냈다. 그는 위대한 왕으로 죽었다. 그러나 위대한 인간은 아니었다. 그가 죽은 뒤 파리 의회는 그의 유언장을 무효로 선언하고 실권을 잡았고 모든 개혁 조치를 봉쇄했다. 그 결과, 프랑스 혁명은 불가피한 것이 되고 말았다.

루이 14세는 국가의 모든 권력을 독점했지만 결국은 스스로 무덤을 파고 말았다. 신교도 박해, 유언장, 그리고 궁정과 백성의 격리 등은 왕조의 멸망을 재촉했던 것이다. 그는 프랑스의 영광과 번영을 원했지만 백성들의 복지는 안중에도 없었다.

Benjamin Franklin
벤저민 프랭클린

✤

1706~1790년

불멸의 명성을 얻기 위해서는 탁월한 재능이 필요하다. 그러나 프랭클린의 생애는 평범한 재능을 가지고도 근면과 끈기로 노력하면 후대의 추앙을 받을 수 있다는 것을 증명해 준다. 프랭클린의 능력은 눈부신 것이라기보다 유용한 것이었다. 그의 과학적 발견은 인내와 끈기의 결과였다. 근면과 절제는 초기 성공의 바탕이 되었다. 사생활에서나 공적 활동에서 보여 준 그의 독립 정신은 근면과 절제에서 나온 것이었다.

미국 독립 당시 위대한 외교관

글 · 하인리히 게프켄

 Benjamin Franklin _ **벤저민 프랭클린**

불멸의 명성을 얻기 위해서는 일반적으로 탁월한 재능이 필요하다. 그러나 프랭클린의 생애는 평범한 재능을 가지고도 자기 재능을 현명하게 발휘하고 근면과 끈기로 노력하면 자신의 조국과 국민을 위해 위대한 봉사를 할 수 있고, 따라서 후대의 추앙을 받을 수 있다는 것을 웅변적으로 증명해 준다.

그는 새로 독립한 미국에서 조지 워싱턴 다음으로 유명한 인물이었다. 독립선언서에 참여했으며, 독립전쟁 때는 프랑스의 군사적, 재정적 지원을 얻어낸 외교관으로 활약했다.

현재 사용하는 안경은 그의 아이디어에서 나온 것이다. 또한 벽난로를 대신하는 난로를 처음 만들어냈으며, 북미 대륙에서는 처음으로 소방서, 도서관, 보험회사, 대학, 병원 등을 설립했다.

▌인쇄소에서 일하다

그는 1706년 1월 17일 미국 매사추세츠 주 보스턴에서 태어났
다. 비누와 양초 제조업을 하는 집안에서 열일곱 명의 자녀 가운데
열 번째 아들이었다. 아버지는 처음에 그를 목사로 만들 생각을 했
지만 자신의 수입으로는 학비를 댈 수가 없다고 판단했다. 그리하
여 소년 프랭클린이 기초 공부를 마치자 집에 데려다가 자신의 직
업에 조수로 부렸다.

어린 프랭클린은 양초 제조업을 몹시 싫어했고 뱃사람이 되는
것이 간절한 소원이었다. 그의 친구들이 말리는 바람에 바다로 나
가는 것을 포기한 그는 인쇄소를 운영하던 맏형 제임스의 사무실에
가서 견습을 시작했다.

자서전에서도 밝힌 대로 12세 때 인쇄소에 들어간 그는 얼마나
열심히 일을 했는지 얼마 지나지 않아서 모든 업무를 구석구석 파
악했고, 맡은 일을 신속하게 처리한 뒤 남는 시간에는 공부를 했다.

그러던 어느 날 많은 장서를 가진 애덤스가 공부를 좋아하는 그
의 태도에 주목하여 자신의 장서를 어린 프랭클린이 마음대로 읽을
수 있도록 허락했다. 그 장서 가운데 시집이 몇 권 들어 있었는데 시
집을 읽고 자극을 받은 프랭클린은 나름대로 시를 쓰기 시작했다.

그의 시 두 편을 맏형 제임스가 인쇄해서 길에서 팔았다. 그러나
프랭클린이 고백하듯 그것은 운도 맞지 않는 엉터리였고 그의 아버

지가 심하게 조롱했기 때문에 그는 시를 포기했다. 그러나 훌륭한 영어 문장가가 되겠다는 야망은 버리지 않았다. 영어 작문을 정말 열심히 공부한 덕분에 상당한 자신감을 얻을 수 있었다.

프랭클린의 식욕에 대한 극기와 자제력은 근면 못지않게 놀라운 것이었다. 16세 때 그는 채식주의를 권고하는 책을 읽고 나서 채식 주의자가 되기로 결심했고, 형이 주는 식사비의 절반만 사용해 식 사를 해결했다. 그렇게 식사를 적게 하면서도 그는 생활에 문제가 없었을 뿐만 아니라 절약한 돈으로 필요한 책들을 살 수가 있었다.

얼마 후 그는 자신의 문장 실력을 시험할 기회를 만났다. 1720년 그의 형이 〈뉴 잉글랜드 커런트〉라는 신문을 발행했다. 그것은 미 국에서 두 번째로 창간된 신문이었다. 정기간행물이 매우 드물던 당시 그 신문은 보스턴 지식층의 대부분을 발행인의 집으로 끌어들 였다. 그들의 대화, 특히 신문에 글을 기고한 여러 필자들에 관한 그들의 평가는 프랭클린의 문학적 야망에 다시 불을 붙였다.

그는 익명으로 여러 편의 글을 신문에 기고했는데 그 글들이 신 문에 게재되어 호평을 받았다. 그 글의 필자에 관한 다양한 추측은 탁월한 재능과 천재성으로 명성이 자자한 사람들의 이름만 거론했 다. 그런 것을 보고 프랭클린은 몹시 기뻐했다.

그래서 자신이 필자라고 형에게 비밀을 털어놓았지만 기대와는 달리 인정도 격려도 받지 못했다. 그의 형 제임스는 난폭한 성격이 었다. 그는 동생을 가혹하게 다루었고 주먹으로 때리는 일도 자주 있었다.

신문에 게재된 글이 당국의 비위를 거슬러서 제임스가 한 달 동안 감옥에 갇혔고 그 운영을 벤저민이 맡게 되었다. 감옥에서 나온 제임스는 화가 머리끝까지 뻗쳐서 〈뉴 잉글랜드 커런트〉라는 제호로 신문을 더 이상 발행하지 못한다고 금지했다. 프랭클린은 자기 이름으로 신문을 발행하기 위해 도제 계약을 취소하고, 그 대신 그가 남은 견습 기간 동안 형을 위해 일한다는 비밀 계약을 맺었다. 그러나 얼마 지나지 않아 다시금 분쟁이 생겨서 프랭클린은 불리한 조건들을 감수한 채 형의 인쇄소를 떠나고 말았다.

그런 일로 보스턴의 인쇄업자들은 프랭클린에 대해 좋지 않은 감정을 품게 되었고, 거기서 일자리를 구할 수 없게 된 그는 뉴욕으로 가서 새로운 일자리를 찾기로 결심했다. 그러나 아버지가 반대할 것이 뻔했다. 그래서 프랭클린은 여비를 마련하기 위해 자기 책들을 팔아야 했다.

▌뉴욕에 가다

당시 미국은 인구가 매우 적었다. 대중교통 수단도 없고 여관도 드물었으며 그 시설도 매우 나빴다. 그러나 프랭클린은 어려운 여건을 참고 견디는 데 익숙해져 있어서 심한 불편에도 불구하고 새로운 풍경을 즐겁게 감상하면서 여행했다.

뉴욕에 도착했지만 그곳의 인쇄업자들은 그를 고용할 필요가 없었다. 그래서 그는 필라델피아까지 가서 케이머라는 인쇄업자의 사무실에 취직했다. 그는 여가를 이용해서 문학을 열심히 공부했다.

그의 점잖은 외모와 세련된 대화 솜씨가 곧 사람들의 주목을 받은 덕분에 그는 저명인사들에게 소개되었다. 특히 펜실베이니아 주 총독 윌리엄 케이스 경은 그를 자주 식탁에 초대했다. 총독은 그에게 독자적인 회사를 차려서 경영하라고 권했다.

젊은 프랭클린은 보스턴의 아버지에게 경제적 지원을 요청했지만 아무 소용이 없었다. 그러자 총독은 그에게 런던으로 건너가서 큰 출판사들과 관계를 맺어 보라고 권하고 곧 소개서와 추천서를 보내 주겠다고 약속했다.

그는 배를 타고 런던으로 건너갔다. 그러나 총독이 약속한 편지들은 오지 않았다. 런던에 도착한 그는 외톨이 신세가 되어 자기 힘으로 앞길을 개척해야만 했다. 곧 취직한 그는 동료 직원들에게 근면과 절제의 모범을 보여 주었는데 많은 동료들이 도움을 받았다. 또한 그는 회의론적 경향을 보이는 소책자를 발간하였는데 그 덕분에 몇몇 저명인사들에게 소개되었다.

그러나 그들과 사귄 것이 자기 일생에서 가장 큰 잘못이라고 그는 나중에 탄식했다. 영국에 18개월 가량 머문 다음 필라델피아에 돌아온 그는 데넘이 경영하는 회사의 사무 직원으로 일했다. 데넘이 죽은 뒤에는 과거에 모셨던 케이머를 찾아가 다시 취직했다.

그 무렵 그는 자기 나이 또래들을 모아서 토론회를 조직했는데 거기서는 주로 도덕, 정치, 자연철학에 관한 문제들을 논의했다. 여기서 벌어진 토론은 점차 정치적 중요성을 높였고 독립전쟁 때 일반 국민의 정신을 일깨우는 데 큰 영향력을 발휘했다.

▌신문을 발행하다

프랭클린은 케이머와 다투고 나서 헤어져 메레디스라는 젊은이와 동업으로 신문 발행을 시작했다. 그것은 케이머의 신문과 논조가 반대인 신문이었다. 메레디스는 사업을 돌보지 않았다. 그래서 친구들의 도움을 얻어 프랭클린은 동업 계약을 취소하고는 신문 발행을 혼자 맡아서 하게 되었다. 변함없는 근면과 절약의 습관 덕분에 그는 상당한 재산을 모았다. 그리고 필라델피아에 처음 갔을 때 만났던 리드 양과 결혼했다.

1732년 그는 〈가난한 리처드의 연감〉을 발간하기 시작했다. 그것은 실천적 도덕에 관한 중요한 가르침 때문에 즉시 유명해졌다. 연감은 단행본으로 출간되어 오랫동안 미국과 영국에서 대단한 호평을 받았다. 필라델피아 시민들은 정직하고 현명한 인물로 명성을 얻은 그에게 공직을 맡기기로 결정했다. 그는 시민총회 서기, 우체국장, 시의회 의원에 임명되었고 총독은 그를 치안판사로 임명했다.

이제 그는 사업 운영에 필요한 시간을 제외하고는 모든 시간을 지역의 편의 시설에 관한 일에 바쳤다. 필라델피아의 가장 좋은 건물들과 기관들 가운데 일부는 그의 노력으로 결실을 본 것이다. 재산이 늘어감에 따라 그는 과학 연구와 정치 활동의 주요 역할을 하는 데 더 많은 시간을 바칠 수 있게 되었다.

▌번개를 이용한 전기 실험의 성공

그의 명성이 해외까지 알려진 것은 과학 연구 덕분이었다. 1746

년 스코틀랜드에서 보스턴에 온 스펜스 박사가 몇 가지 실험을 공개적으로 했을 때 프랭클린은 전기에 관해 주목했다. 스펜스의 단편적 실험들은 체계도 없고 아무런 결론도 얻지 못한 것이었다. 프랭클린은 런던의 친구로부터 받은 유리 튜브와 기구들을 사용하여 스펜스 박사의 실험을 반복해서 그 실험의 정당성을 입증했다.

그는 곧 독자적인 형태의 조사 방법을 고안해 냈다. 그리고 결국은 전기학의 기반이라고도 할 수 있는 위대한 발견을 했다. 즉 전기에는 플러스 상태와 마이너스 상태가 있다는 것을 발견한 것이다.

당시 유럽에서 주요 과학자들이 설명할 수 없었던 라이텐의 작은 유리병의 현상을 프랭클린은 전기의 성질을 이용하여 설명해 냈다. 연구 과정에서 그는 번개와 전류가 같은 것이라고 의심하게 되었다. 그는 직접적인 실험으로 그 가설을 증명하기로 결심했다.

그가 사용한 기구는 꼬리에 열쇠를 단 종이 연이 고작이었다. 천둥 번개가 치는 태풍이 닥쳤을 때 종이 연을 높이 날린 다음 매우 초조한 심정으로 결과를 기다렸다. 고통스러운 긴장의 시간이 지난 뒤 그는 줄에 붙은 필라멘트가 이리저리 움직이면서 전기 반응을 일으키는 것을 보았다. 연을 끌어내린 다음 손가락을 열쇠에 대자 강한 전기 스파크를 받았다.

그것은 실험의 성공을 알리는 증거였다. 열쇠에서는 스파크가 계속해서 일어났다. 라이텐의 작은 유리병은 어떤 충격을 받아서 전기로 충전이 되어 있었던 것이다. 번개와 전류가 동일한 것임을 여지 없이 입증한 것이다.

벤저민 프랭클린

프랭클린은 영국에 있는 친구 콜린슨에게 전기 실험에 관한 보고서를 가끔 보냈다. 영국 왕립학회에 제출하려고 했던 것이다. 그러나 저명한 그 학회에서 발간하는 회보에 게재되지 않자 콜린슨은 프랭클린의 원고를 케이브에게 주면서 〈신사들의 잡지〉에 게재하도록 권유했다. 케이브는 그것을 단행본으로 출간하기로 결심했다. 단행본은 출간되자 곧 전기학의 교과서로 널리 인정을 받았다.

프랭클린의 책은 프랑스어, 독일어, 라틴어로 번역되었다. 그의 실험은 반복되었고 프랑스, 독일, 심지어 러시아의 저명한 과학자들이 그의 이론을 입증했다. 회보에 게재하지 않은 것을 뒤늦게 후회한 영국 왕립학회는 프랭클린의 이론의 가치를 전폭적으로 인정했고 신청서나 회비를 받지 않은 채 그를 회원으로 받아들였다. 센트 앤드류스 대학교, 에든버러 대학교, 옥스퍼드 대학교에서 그에게 명예 법학박사 학위를 수여했다.

▎우체국 부책임자

1753년 그는 미국 식민지 전체의 우체국을 관리하는 부책임자가 되었다. 우체국은 그때까지 정부의 수입에 전혀 도움이 되지 않는데 그가 일을 맡은 이후에는 흑자가 증가하여 아일랜드 우체국 수입의 3배나 되었다. 또한 프랑스군과 인디언을 상대로 브래도크가 실시한 불운한 원정 때 프랭클린은 군대와 물자 수송을 위한 운송 수단을 자기 비용으로 제공했다.

그리고 지원군 법안의 성립에 주도적 역할을 했을 뿐만 아니라

인디언에 대한 방어 체제를 식민지 전체가 공동으로 구축하자는 제안을 했다. 이러한 여러 가지 공헌으로 그의 영향력과 인기는 크게 증가했다. 당시 펜실베이니아는 대지주들이 다스리는 체제였는데 그들은 런던 정부에 대해 면세 조치를 요구했다. 프랭클린은 그 문제를 해결하기 위해 여러 지방의 대리인 자격으로 영국에 파견되었다. 그는 모든 열성과 능력을 최대한으로 발휘했다. 그래서 매사추세츠, 조지아, 메릴랜드도 그를 대리인으로 임명했다.

1762년 미국으로 돌아온 그는 식민지 의회로부터 공식적으로 감사의 서한과 5,000파운드의 보상비를 받았다. 미국으로 돌아오기 직전 그는 유럽 대륙을 잠시 방문했는데 가는 곳마다 열렬한 환영을 받았다. 특히 루이 15세 궁전에서 성대한 환영을 받았다.

▌ 식민지 전체의 대표

1764년 미국 식민지 전체는 영국이 강제로 실시하려는 세금 제도에 위협을 느껴서 프랭클린을 영국에 파견하기로 결의했다. 이번에는 대리인이 아니라 미국 식민지 전체의 대표 자격을 주었다. 40년 전에 무일푼의 기능공으로 런던에 갔던 그가 이제는 식민지 전체의 대표로 다시 런던에 간 것이다.

그는 인지조례를 반대하는 청원서를 그렌빌 장관에게 정식으로 제출했다. 그러나 그렌빌이 조금도 기존 방침을 굽히려 하지 않는 것을 보고 프랭클린은 인지조례 반대운동에 열성을 다하여 조직하기 시작했다. 다음해 인지조례를 철회하자는 법률안이 영국 의회에 제출되었고 프랭클린은 하원에 가서 증언했다. 그의 증언은 결정적인 효과를 초래하여 결국 인지조례는 폐지되고 말았다.

그러나 영국 정부와 미국 식민지 사이에는 분쟁이 더욱 심해졌다. 프랭클린은 언제나 평화를 외쳤지만 미국 식민지의 이익을 강력하게 대변했다. 영국 정부는 고위 관직과 높은 보수를 약속하면서 그를 영국 정부 편으로 삼으려 했다. 그러나 위협이나 회유는 그에게 아무런 소용이 없었다.

정치 정세의 변화가 불가피해 보이는 전쟁을 피하게 만들 수도 있지 않을까 하는 기대로 그는 한동안 영국에 체재했다. 그러나 미국 식민지 의회의 청원이 거부되고 화해를 위한 채덤 경의 법안이 부결되었다. 프랭클린은 미국으로 돌아가서 공동 운명에 참여하기로 결심했다. 식민지의 반란을 선동했다는 혐의로 영국 정부가 자신을 체포할 것이라는 정보를 들은 그는 귀국을 서둘렀다. 그는 간신히 체포의 위기를 넘겼다. 미국에 도착한 그는 즉시 식민지 의회의 의원으로 선출되었다.

▌ 프랑스 주재 대사의 활약

미국이 독립을 선언한 직후인 1776년 9월 프랭클린은 프랑스에 파견되었다. 출범한 지 얼마 안 되는 미국에 대한 프랑스의 지원을 얻기 위한 것이다. 파리에 도착했을 때 그는 프랑스 정부의 공식적인 영접을 받지 못했다.

그러나 영국군의 패배에 관한 정보가 프랑스 정부를 격려했고 미국과 프랑스 사이에 공식적인 협의가 시작되어 1778년 2월 7일 조약이 체결되었다. 프랭클린은 미국이 외국과 최초로 맺은 조약에 서명한 것이다. 프랑스는 육군 1만 2,000명, 해군 3만 2,000명을 파견해서 조지 워싱턴을 지원했다.

독립전쟁이 끝날 때까지 프랭클린은 미국의 특명전권대사로서 프랑스에 주재했다. 영국은 파리조약에서 미국의 독립을 인정했는데 프랭클린은 그 조약에 서명했다. 모든 협상이 마무리된 1782년 11월 그는 곧 본국으로 소환되기를 바랐지만 그의 외교적 역할은 미국에게 너무나도 소중한 것이었기 때문에 미국 정부는 그를 2년 더 파리에 머물도록 했다. 그 기간 중에 그는 스웨덴, 프러시아와 조약에 관한 협상을 했다. 그의 관저에는 각계각층의 저명인사들, 특히 문학가와 과학자들이 몰려들었다. 79세에 그가 미국으로 떠날 때 파리 시민들은 몹시 섭섭하게 여겼다.

미국에서는 각종 명예가 그를 기다리고 있었다. 그는 펜실베이니아 주 지사, 그리고 미국 헌법을 기초한 연방 의회 의원으로 지명되었다. 그러나 나이도 많고 오랫동안 앓아 오던 담석증도 있어서 그는 은퇴하지 않을 수 없었다. 1790년 4월 17일 그는 조용히 숨을 거두었다. 84세였다. 프랭클린의 능력은 눈부신 것이라기보다 유용한 것이었다. 그의 과학적 발견은 인내와 끈기의 결과였다. 근면과 절제는 초기 성공의 바탕이 되었다. 사생활에서나 공적 활동에서 보여 준 그의 독립 정신은 근면과 절제에서 나온 것이었다.

Friedrich the Great
프리드리히 대왕

1712~1786년, 재위 1740~1786년

그는 신성 로마 제국의 붕괴에 주도적 역할을 했다. 지방의 군소 국가에 불과하던 프러시아를 유럽의 강대국으로 발전시켜 독일 통일의 길을 열었다. 그러나 부왕에 대한 반감으로 독일 문화를 싫어했으며, 프랑스 문학과 플루트 연주에 몰두하고 볼테르와 가깝게 지냈다. 평화를 사랑했지만, 전쟁을 치를 때는 가장 잔혹한 방법을 사용했다. 당대에 가장 뛰어난 군사 지도자였지만, 군인에게 요구되는 가장 중요한 덕목인 용기는 갖추지 못했다.

프러시아를 강대국으로
발전시킨 계몽군주

글 · 존 미첼

프리드리히는 탁월한 장점과 비열한 단점들을 많이 갖춘 매우 특이하고도 복합적인 인물이었다. 왕으로서는 위대했지만 한 개인으로서는 보잘것 없었다. 공무를 집행할 때는 항상 존경을 받았지만 사생활에 있어서는 결코 사랑을 받을 만한 인물이 못 되었다.

그는 공정하고 너그럽고 부지런히 일하는 군주였지만 개인적으로는 허영심이 강하고 인색하고 냉혹한 사람이었다. 사치를 좋아하는 기질을 타고나기는 했지만 실생활에서는 절제를 실천했다. 이기적인 쾌락주의자이면서 동시에 철저한 냉소주의자의 태도를 지녔다.

평화를 사랑하는 성품으로 평화를 유지하는 솜씨를 발휘하기도

했지만 전쟁을 치를 때는 가장 잔혹한 방법을 서슴지 않고 사용했다. 학식은 풍부했지만 미인들을 무시하고 자신의 모국어를 경멸했다. 그는 탁월하면서도 옹졸했다.

수많은 왕궁, 극장, 도서관, 박물관을 건축했지만 자신이 죽을 때는 문자 그대로 빈털터리였다. 당대에 가장 뛰어나고 성공적인 군사 지도자였지만 군인에게 요구되는 가장 중요한 덕목인 개인적 용기는 갖추지 못했다.

그는 신성 로마 제국의 붕괴에 주도적 역할을 했고 지방의 군소 국가에 불과하던 프러시아를 유럽의 강대국으로 발전시켜 독일 통일의 길을 열었다. 역사상 가장 위대한 군사 지도자 가운데 하나로 꼽히는 그는 나폴레옹에 앞서서 국가원수, 군대조직가, 총사령관이라는 세 가지 칭호를 겸했다.

또한 그는 모든 종교에 대한 관용과 계몽, 전제주의를 신조로 삼은 최초의 군주였고, 문서화된 최초의 독일 법률을 제정하고 다른 나라들보다 먼저 의무 교육을 실서했다. 그는 전제군주이면서도 자신은 "국가의 첫 번째 하인"이며 왕관은 "빗물이 새는 모자"라고 말했다. 그는 고문과 언론 검열도 폐지했다.

▌스파르타식 교육

'대왕'이라 부르는 프러시아의 군주 프리드리히 2세는 1712년 1월 24일 베를린에서 태어났다. 하노버 공국의 공주인 그의 어머니 소피는 영국 왕 조지 1세의 딸이자 영국 왕 조지 2세의 누이동생이

기도 했다.

어릴 때 그가 받은 교육은 주로 스파르타식 군사훈련이었다. 어린 시절 그가 가지고 놀던 장난감들은 그의 나이에 적합한 전쟁용 무기들이었다. 소총을 들 수 있는 나이가 되자마자 곧장 훈련장으로 내몰려서 당시의 모든 프러시아 장교들과 똑같이 복무했고 사병들이 겪는 어려움을 고스란히 겪어야만 했다. 심지어 그는 북유럽의 혹독한 겨울 추위 속에서도 왕궁의 보초를 서야 했다.

그는 전쟁에 관한 각종 과목도 공부했다. 루터교의 교리 교육이 강요되었고 라틴어, 철학, 시, 음악 등은 금지되었다. 그러나 그는 틈만 나면 프랑스의 시를 읽고 플루트를 부는 연습에 몰두했다. 그런 태도에 몹시 화가 난 왕이 그의 책을 난롯불에 집어던지고 플루트를 창문 밖으로 내던지는 일이 한두 번이 아니었다.

그의 아버지 프리드리히 1세는 엄격한 형식의 전술과 강인한 군사 조직의 독창적 창시자였다. 군복을 입힌 빈민들의 군대를 최초로 고안해 낸 인물이었기 때문에 시를 사랑하는 아들과 점차 사이가 멀어지게 되었다. 그래서 아들에게 '멋쟁이'라는 경멸적 의미의 별명을 붙이는 한편, "저 멋쟁이가 모든 것을 망쳐 버리고 말 것이다."라는 말을 자주 했다.

결국 왕은 태자인 자기 아들을 더욱 가혹하게 다루었다. 왕은 공개적으로 아들을 매질했고 자기 구두에 키스하게 만들었다. 참다못한 아들은 친구 두 명과 함께 왕궁을 탈출하여 영국으로 도망치려고 했지만 친구의 배신으로 실패했다. 1730년의 일이었다.

▌감옥에 갇힌 태자

그것은 비극적 사건이었다. 탈주병의 신분으로 태자 프리드리히는 감옥에 갇혔고, 그의 친구이자 조력자였던 카테는 그의 감방 창문 바로 밑에서 목이 잘렸다. 카테가 처형되는 동안 병사들은 태자의 머리를 위로 쳐들고 있어서 그가 친구의 처형 장면을 쳐다보지 않을 수 없게 만들었다. 그 무시무시한 장면이 18세인 태자의 마음에 어떤 인상을 남겼는지는 아무도 모른다. 그러나 그 인상은 매우 깊고 또 결코 지워지지 않는 것이었음에 분명하다.

왕은 카테를 처형한 뒤 곧장 태자에 대한 재판을 열려고 했다. 그러나 합스부르크 제국의 비엔나 내각은 물론 프러시아 내각의 대신들도 반대했다. 특히 강직하고도 정직한 왕궁 사제 라인베크 박사가 완강하게 반대해서 왕은 마지못해 재판을 취소했다. 실제로 왕은 프리드리히 태자를 처형할 작정이었는지도 모른다. 어쨌든 왕은 왕위 계승권을 차남에게 넘기라고 그에게 강요했다. 그러나 그는 한사코 그 강요에 동의하지 않았다.

재판을 면하기는 했어도 프리드리히 태자는 가혹한 처벌을 받았다. 그는 퀴스트린 요새에 갇힌 채 경리 책임자로 근무하지 않으면 안 되었다. 그리고 계산과 보고서 작성을 직접 자기 손으로 해야만 했다. 이때의 체험이 앞으로 군주가 될 그에게는 물론 많은 도움이 되었다.

18개월이 지나자 브룬스비크 베베른 공작의 딸 엘리자베트와 결혼하는 데 동의한다는 조건 아래 그는 요새에서 풀려나 베를린 근처 라인스베르크라는 작은 마을에서 살게 되었다. 그는 1733년 결혼했고, 다시금 프랑스 시인들의 시를 읽고 플루트 연주에 몰두했다.

또한 그는 프랑스 철학자들의 저술과 프랑스어로 번역된 고전들을 읽기 시작했다. 계몽주의의 대가 볼테르를 비롯한 외국인 학자들과 편지를 주고받기 시작한 것도 이때부터였다. 또한 그곳에서 그는 친구들을 모아 '베이야르 기사단'이라는 것을 조직했다. "두려움 없이, 흠잡을 것도 없이"라는 기사들의 슬로건도 정했다. 그러나 기사도를 꿈꾸는 그의 시도는 무의미한 것이었다. 그의 성격에는 기사다운 점이 전혀 없었기 때문이다.

라인스베르크에서 보내는 고요하고 철학적인 그의 생활이 다른 일로 중단된 것은 아버지를 두 번 방문했을 때, 그리고 1734년 외젠 왕자가 라인 강에서 군대를 지휘할 때 그곳을 찾아가 관람했을 때뿐이다.

▎ 프러시아 군대의 등장

프리드리히 1세는 1740년 5월에 죽었다. 그가 아들에게 물려준 군대가 처음 전쟁에 등장함으로써 근대사의 새로운 시대가 열렸다. 젊은 왕 프리드리히는 물려받은 군대의 탁월한 능력을 확신한 나머지 오스트리아군을 공격했고, 바로 그 군대의 우수성은 가난하고 이류에 속하던 프러시아 왕국을 유럽의 일류 국가로 변모시키는 지렛대 역할을 했다.

프러시아군의 결성과 발전 과정은 매우 흥미로운 것이다. 그를 위대하고 유명한 인물로 만들어 준 원동력도 프러시아군이었다. 물론 그는 다른 여러 면에서도 위대했지만 군사적 성공이 그의 다른 장점들을 빛나게 만든 것도 사실이다. 군사적 승리로 세계적인 명성을 얻지 못했더라면 "상수시_sans-souci: 근심 없는 왕궁의 철학자"라는 그의 별칭도 아무 의미가 없을 것이다.

태자 시절의 프리드리히는 군사에 관한 일을 그다지 좋아하지 않았다. 오히려 평화로운 생활을 좋아하는 성격이었다. 심지어는 볼프의 평화 철학에 어느 정도 동조하고 있었다. 프랑스 문학, 특히 프랑스의 시에 흠뻑 취한 생활을 했다. 따라서 새로 등장한 프러시아군에 대한 높은 평가, 그리고 그가 즉위했을 때 행운이 그에게 제공한 좋은 기회는 그를 전쟁터로 내모는 자극제 역할을 했을 것이다.

프리드리히는 전쟁터에서 명성을 얻기를 갈망했다. 그런데 기회가 일찍 찾아왔다. 그가 왕으로 즉위한 지 5개월 뒤인 1740년 10월에 카를로스 6세가 죽은 것이다. 남자로서는 합스부르크 가문의 마지막 후손인 카를로스 6세는 광대한 오스트리아 제국을 딸 마리아 테레지아에게 남겨주었다. 그녀는 후계자 지정에 관한 황제의 칙령을 인정하지 않는 자칭 후계자들을 물리치고 제국의 영토를 유지해야만 했다. 카를로스 6세는 칙령으로 오스트리아의 모든 영토를 자기 딸에게 물려준다고 선포했던 것이다.

프러시아의 프리드리히 1세는 그 칙령을 인정하지 않았기 때문에 칙령에 구애를 받을 필요가 없었다. 실레지아 공국의 소유권을 주장할 충분한 근거가 있던 그는 황제가 죽기만 하면 실레지아를 자기 손에 넣을 작정이었다. 필요하다면 무력을 동원해서라도 목적을 달성하기로 결심했다. 그러나 생전에 목적을 달성하지는 못했다.

▌ 오스트리아 계승 전쟁

카를로스 6세가 죽자마자 오스트리아 계승 전쟁이 벌어졌다. 젊은 왕 프리드리히는 아버지에게서 물려받은 군대를 몸소 이끌고 전투에 참가하기로 결심했다. 4만 명의 프러시아군이 실레지아에 진격해서 7주일 만에 석권했다. 오스트리아군은 전혀 전쟁 준비가 되어 있지 않았기 때문에 별다른 저항이 없었다.

다음해인 1741년 4월 10일이 되어서야 비로소 나이페르크 장군이 지휘하는 오스트리아군이 프러시아군과 맞서서 몰비츠 전투가 벌어졌다. 그것은 프리드리히가 직접 참가한 최초이자 마지막 전투였다. 평원은 눈에 덮여 있었다. 프리드리히 자신이 전해 주는 대로, 양측은 군사력도 비슷했고 포진하는 기술도 똑같이 서툴렀다. 그러나 전술가의 입장에서 본다면 포진법의 미숙 자체가 때로는 승리를 불러오는 것이다.

프러시아군의 맨 앞에 있던 3개 대대는 자리를 잡을 충분한 공간이 없어서 오른쪽 맨 끝으로 재배치되어 예비 부대로 남았는데, 바로 이 대대들이 그 전투에서 가장 결정적 순간에 오스트리아 기병대를 소총의 일제 사격으로 격퇴한 것이다. 평소에 오스트리아군은 프러시아의 전술을 비웃었다. 전투가 벌어지기만 하면 당장 프러시아군을 모조리 쓰러뜨릴 것이라고 큰소리쳤다. 이제 그 말을 증명할 좋은 기회가 온 것이다.

늘 하던 대로 포병 부대가 대포를 한참 쏘고 나자 터키 전쟁에서 숙련된 오스트리아 기병대가 맹렬한 속도로 달려가 프러시아군 오른쪽에 있던 기병대를 공격하고는 단숨에 무찔렀다. 최초의 공격에 승리한 여세를 몰아 그들은 프러시아 보병을 공격했다. 그러나 위에 언급된 3개 보병대대가 나타나 일제사격을 했다. 프러시아군 병사들은 자기 자리에서 꼼짝도 않은 채 빠른 속도로 사격을 계속했다.

지휘관이 사살되자 오스트리아 기병대는 사방으로 흩어져 달아났다. 이제 오스트리아 보병들은 가혹하게 훈련된 프러시아 보병과 맞서서 독자적으로 싸워야만 했지만 기병대보다 운이 더 좋을 리가 없었다. 오스트리아 보병이 총을 한 발 쏠 때 프러시아 보병은 세 발을 쏘아댔다. 양쪽 모두 무기를 다루는 솜씨가 서툴렀기 때문에 총을 많이 쏘는 쪽이 이기게 마련이었다. 몇 시간이 지나자 오스트리아군은 후퇴했다. 프러시아군이 승리한 것이다.

그런데 크고 작은 여러 공국의 소유권을 대담하게 주장하던 프러시아 왕, 용감한 병사들의 피로 얻은 빛나는 월계관의 주인인 승리자는 어디 있었던가? 역사의 기록은 정직할 수밖에 없다. 프리드리히 대왕은 몰비츠 전투 현장에서 달아나고 말았던 것이다! 프러시아 기병대가 격파당한 뒤에 이어진 살육과 소동과 혼란 속에서 그는 완전히 제 정신을 잃은 채 오펠른까지 멀리 달아났다.

그곳을 지키던 오스트리아군이 그를 향해 총을 쏘자 그가 이번에는 전투 지역 방향으로 다시 달아났다. 그리고 전투 지역에서 30킬로미터 떨어진 시골의 작은 여관에서 불안에 떨며 밤을 지냈던 것이다. 다음날 아침 데사우 군주의 부관이 도주했던 왕을 승리한 프러시아군 앞으로 데리고 갔다.

▎ 동맹국을 배신하다

오스트리아 계승 전쟁이 불붙자 마리아 테레지아는 광대한 영토의 각 방면에서 공격을 받았다. 바바리아, 프랑스, 삭소니아는 오스트리아 제국의 영토를 분할하여 차지하려고 했다. 그런데 프리드리히는 프랑스 등 동맹국들을 배신하여 오스트리아와 단독으로 강화했고, 실레지아를 손에 넣은 다음에는 전쟁에서 발을 뺐다. 그가 시간적 여유와 새로 얻은 전리품을 최대한으로 활용한 것은 말할 필요도 없다.

오스트리아군이 프랑스를 상대로 얻은 눈부신 승리, 그리고 점차 증강하는 마리아 테레지아의 세력에 프리드리히는 불안을 느꼈다. 그래서 오스트리아의 힘이 자기보다 우세해지기 전에 선수를 쳐서 꺾어 버리기로 작정했다. 오스트리아는 영국, 홀란드, 사르디니아, 삭소니아와 동맹을 맺었던 것이다.

이때 볼테르가 프랑스를 위해 그와 협상했는데 외교적 수완 이상의 힘을 발휘했다. 양측은 외교 문서를 산문뿐만 아니라 운문으로도 작성한 경우가 많았던 것이다. 영국의 조지 2세를 미워하던 프리드리히는 볼테르에게 "프랑스가 영국에 선전포고를 하면 내가 진군하겠다."고 말했고, 볼테르는 즉시 베르사유 궁정을 향해 출발했다. 그것은 1744년에 시작된 제2차 실레지아 전쟁의 신호였다.

8만 명의 프러시아군은 전투에서 다시 승리했다. 그러나 전반적인 결과는 프러시아에 그다지 유리하지 않았다. 프라하를 점령한 프리드리히는 보헤미아 그리고 실레지아의 일부에서 철수하지 않으면 안 되었다. 그 후 눈부신 승리를 거듭했다. 특히 호헨프라이트베르크에서 크게 승리했음에도 불구하고 그는 좋은 기회가 오면 서슴지 않고 단독으로 강화했다.

출정할 때 그는 프랑스 대사에게 "나는 당신들을 위해 게임을 하려고 하는데 만일 내가 이긴다면 우리는 이익을 절반씩 나눌 것이다."라고 말했다. 그는 그 약속의 가장 중요한 부분을 곧 무시했다. 1745년 12월 프러시아의 동맹인 프랑스군, 스페인군, 바바리아군이 전투를 하려고 출발했다.

그러나 프리드리히는 예전과 마찬가지로 동맹군에게 등을 돌린 채 단독으로 이미 삭소니아 및 오스트리아와 우호 조약을 맺은 뒤였다.

┃ 대왕의 칭호

33세인 그는 이때부터 대왕이라는 호칭으로 불리기 시작했다.

프리드리히 대왕_안투안 펜 그림

젊고 운이 좋은 그는 이제 자신의 왕국을 발전시키는 데 몰두하기 시작했다. 매우 빈약한 재정 상태에도 불구하고 그가 이룩한 탁월한 업적들은 크게 칭송을 받아 마땅하다.

이 무렵에 그는 왕궁을 새로 채운 신하들과 자기를 둘러싸고 있는 귀족들로부터 존경과 사랑을 받았다. 그의 기지, 행운, 활동, 심지어 특이한 태도와 복장과 장점들, 다시 말하면 그의 전체적 외모는 사람들에게 깊은 인상을 심어 주고 광범위한 호감과 지지를 일으켰다. 그 현상의 증거이자 결과는 모방이었다.

정통 신앙을 지니고 있는 수많은 사람들이 혼자 있을 때는 두려워 떨면서도 공개석상에서는 종교를 비웃었다. 그들은 왕이 무신론자라는 말을 들었기 때문이다. 코담배를 쳐다보기도 냄새 맡기도 지겨워하는 많은 사람들은 왕이 코담배를 좋아하기 때문에 자기도 코담배로 코와 입술을 더럽혔다.

그는 당대 최고의 명장으로 존경을 받았다. 몰비츠에서 보여 준 그의 비겁한 태도는 일반 대중에게 널리 알려지지 않은 상태였다. 그의 태도를 목격한 극소수의 사람들도 너무나 충성스럽고 또 그를 지지했기 때문에 과거를 회상하려고도 하지 않았다.

프리드리히 왕이 칭찬받을 만한 일을 많이 한 것도 사실이다. 예술, 학문, 상업, 농업이 장려되었다. 오데르 강 양쪽의 늪지대가 마른 땅으로 변하고 거기 130개가 넘는 마을이 새로 생겼다. 그는 학자들과 인재들을 베를린으로 초청했다. 연극, 오페라, 발레를 공연하는 극장들이 건축되었다. 일종의 독일식 베르사유가 브란덴부르크의 모래벌판에서 솟아났다.

'성문 밖의 전원 저택'은 프리드리히 빌헬름의 여름 별장이자 휴식처였는데 그것은 아들 프리드리히의 왕궁에 비하면 정원사의 오막살이에 불과한 것으로 곧 전락했다!

정부의 모든 기관과 조직은 그 어느 때보다도 더 효율적으로 운영되었다. 왕은 몸소 모든 일을 직접 감독했다. 그는 대신들과 정기

적으로 회의를 열지도 않았고 생전에 단 한 번도 만나 주지 않은 대
신도 있었다. 대신들은 조치할 사항들에 관한 간략한 보고서를 매
일 아침 그에게 올렸고 그는 보고서 여백에다가 지시 사항을 적어
넣었다. 한두 시간 안에 국가의 모든 일이 처리되었다.

그는 나머지 시간을 산문과 운문으로 문학 작품을 저술하는 일,
군대 사열, 식사, 대화 등으로 보냈다. 볼테르는 혐오감과 악의에
찬 자신의 회고록에 "프리드리히는 왕궁 신하들, 내각, 종교 조직을
전혀 상대하지 않은 채 나라를 다스렸다."고 기록했다. 프리드리히
가 탁월한 통치 능력을 발휘하던 이 시기에 볼테르는 베를린에 얼
마 동안 머물러 있었던 것이다.

▌7년전쟁

한편 오스트리아는 실레지아를 탈환하기 위해 프랑스, 러시아
와 동맹을 맺었고 스웨덴과 삭소니아가 거기 가담했다. 프랑스와
식민지 경쟁을 벌이던 영국은 프러시아를 지원했다. 그래서 1756년
에 7년전쟁이 시작되었던 것이다. 프리드리히는 종전과 같이 제일
먼저 선제공격을 감행했다. 그는 7만 명을 이끌고 삭소니아로 침입
한 것이다.

예전에 프러시아군의 고된 군사 훈련과 소총 사격 연습을 비웃
던 오스트리아군은 자신들의 어리석음의 대가를 수많은 전투에서
비싸게 치렀다. 그 덕분에 그들도 프러시아군 못지않게 정확한 이
동과 재빠른 사격을 할 수가 있게 되었다. 7년전쟁에서 오스트리아

군은 실력을 유감없이 발휘했던 것이다. 프러시아군이 약간 우세하기는 했지만 막대한 타격을 입었다. 그래서 전투 상황을 지켜본 사람들은 "이 군대는 예전의 오스트리아군이 아니다."라고 평했던 것이다.

평소에 프리드리히는 자기 신하들과 군사들에게 무한한 충성심을 강요했다. 그러나 삭소니아군을 포로로 잡았을 때는 전혀 다른 태도를 취하여 자기모순을 드러냈다. 동시에 다른 사람들의 감정을 완전히 무시하는 태도도 취했다. 항복한 포로들의 동의도 구하지 않은 채 그들을 모조리 프러시아군에 편입시켜 버렸는데 그것은 군복만 갈아입으면 삭소니아 군사들이 단숨에 자기에게 충성을 바치는 프러시아군이 될 수 있다고 생각한 것이다. 그러나 예상대로 그들은 즉시 탈주하고 말았다.

승리에 도취해서 오만해진 프리드리히는 비싼 대가를 치르고 프라하의 승리를 거둔 다음에는 많은 적군이 주둔해 있던 어느 도시를 점령하려고 포위했다. 그러나 그의 병력으로는 포위가 무리였다. 6만 명의 오스트리아군이 그의 포위를 풀기 위해 진격했다.

▌전투에서 패배하다

오만해진 프리드리히 왕은 오스트리아군의 절반도 안 되는 프러시아군을 가지고 정면대결을 했다. 그 결과 프러시아군의 참담한 패배는 프리드리히가 겪은 최초의 패배였다.

그때부터 프러시아 보병은 적군에 대한 평소의 우세함을 잃었고, 이제는 프리드리히 왕의 천재성, 그가 불러일으키는 자신감, 그리고 그에 대해 품고 있는 적의 두려움이라는 이점에만 의존하게 되었다.

7년전쟁이 시작된 지 2년 째 되던 해에 그는 라 모트 푸케에게 보낸 편지에서 "지난 전투에서 입은 막대한 타격 때문에 우리의 보병은 과거와 달리 엄청나게 약화되었다. 따라서 위험한 작전에는 동원해서는 안 된다."고 적었다.

다음해에는 역시 라 모트 푸케에게 보내는 편지에서 "우리 군사들이 겁을 먹지 않도록 조심하지 않으면 안 된다. 그들은 이미 상당히 겁을 내고 있다."고 적었다.

1757년 6월의 콜린 전투에서는 프리드리히의 특성을 잘 보여 주는 일화가 있다. 프러시아군의 왼쪽 부대들이 작전 계획에 따라 놀라운 질서를 유지하면서 왼쪽으로 비스듬히 전진하여 오스트리아군의 오른쪽에 거의 육박하고 있었다. 그때 프리드리히는 도저히 이해할 수 없는 이유로 인내심을 잃고는 보병을 지휘하고 있던 데사우의 군주 모리스에게 보병의 방향을 바꾸어 적진으로 돌진시키라는 지시를 내려 보냈다.

모리스는 연락 장교에게 목표 지점이 아직 확보되지 않았기 때문에 비스듬히 전진하는 것을 계속해야만 한다고 대답했다. 그러자 프리드리히가 당장 모리스에게 달려가더니 오만하고 강압적인 태도로 지시를 반복했다. 모리스가 상황을 설명하려고 하자 화가 치민 그는 칼을 빼어들고 위협적인 어조로 외쳤다.

"내 명령에 복종하겠느냐 말겠느냐?" 주변에 있던 장교들은 너무나 놀라서 얼굴이 파랗게 질렸다. 그들은 흥분과 분노를 참지 못하는 왕의 모습을 보고는 모리스가 중대한 잘못이라도 저질렀다고 여긴 것이다. 모리스는 절을 한 다음 그의 명령에 복종했다. 전투는 곧 프러시아군의 패배로 끝났다.

절대 권력을 지닌 군주이자 총사령관인 프리드리히는 잡다한 군사들로 구성된 적에 비해 유리한 점이 많았다. 그러나 적의 숫자는 엄청나게 많아서 프리드리히의 군대가 전멸 위기를 맞은 적이 한두 번이 아니었다. 실제로 그는 자살할 생각을 한 적도 한 번 있었다.

로스바흐 전투와 로이텐 전투에서 거둔 놀라운 승리로 프리드리히는 다시 활기를 찾았다. 로스바흐 전투의 승리는 그가 거둔 승

로이텐 전투 후의 프리드리히와 오스트리아인_캄프 그림

리는 아니었다. 그가 전황이 어떻게 돌아가는지 파악하기도 전에 카이틀리츠가 이끄는 기병대의 용기 덕분에 승리는 이미 프러시아 군이 거두었던 것이다.

그러나 로이텐에서는 그가 뛰어난 기지를 발휘했다. 전투가 한창 진행되고 있는데도 그는 데사우의 군주 모리스를 '원수'로 승진시켰던 것이다.

그는 영국, 헤세, 하노버가 파견한 군대의 지원을 받았고 영국의 지원금도 받았다. 프랑스, 오스트리아, 러시아, 스웨덴의 연합군과 싸우는 프러시아 왕 프리드리히가 지원군을 충분히 활용하기 위해서는 대단한 천재성과 용기가 필요했다. 그는 '대왕'이라는 호칭에 걸맞게 행동했다.

그는 최초의 두 전쟁 기간 동안, 그리고 세 번째 전쟁 로스바흐 전투 이전까지는 항상 전투 현장에서 멀리 떨어진 곳에 머물렀다. 전쟁의 추이를 전체적인 면에서 살펴보아야만 하는 총사령관의 입장에서는 그렇게 해도 괜찮을 것이다. 그가 직접 진지를 방어하거나 선두에 서서 공격할 필요는 없는 것이다.

그러나 로스바흐 전투 이후에는 사정이 달라졌다. 그는 전쟁의 성격과 여론 자체가 자신의 직접적 역할을 요구한다는 사실을 깨달았다. 그래서 그는 그 후 여러 번 연대장들이 당하는 위험에 자기 몸을 노출시켰다.

1759년 8월 쿠너스도르프 전투에서는 여기저기 흩어져서 싸우는 보병들을 한군데로 집결시키려고 하다가 그가 탄 말이 총에 맞아 쓰러졌다. 그 전투는 7년전쟁에서 가장 치열한 전투였고, 프러시아군은 가장 심한 타격을 입었다.

그리고 리크니츠에서 그는 종아리에 유탄을 맞기도 했다. 토르가우 전투에서는 새로 도착한 연대가 밀리기 시작하자 그들을 격려하려고 적의 일제사격을 향해 말을 몰고 나가다가 가슴에 총알을 맞았다. 얼마 동안 그는 숨조차 쉴 수가 없어서 죽은 듯이 보였다. 토르가우 전투는 극적으로 역전되어 프러시아군이 승리했다. 프리드리히에게는 그것이 마지막 전투였다.

▌ 유럽 열강의 반열에 오르다

7년전쟁은 1763년에 끝났다. 프러시아는 이미 획득했던 영토에 대해 국제적으로 공인을 받았고 유럽의 열강과 어깨를 나란히 겨누게 되었다. 그리고 독일이 통일되기 40년 앞서서 프러시아는 오스트리아를 젖히고 주도권을 행사하기 시작했다. 캐나다를 비롯한 많은 식민지를 영국에게 잃은 프랑스는 혁명에 이르는 길을 걷고 있었다.

전쟁을 모두 끝낸 뒤 프리드리히는 23년을 더 살다가 1786년에 74세로 베를린 근처 포츠담에서 죽었다. 폭우 속에서 군대를 열병하다가 걸린 감기가 원인이었다.

그는 죽는 날까지도 나라의 발전과 국민의 복지 향상을 위해 열심히 일했다. 프랑스 문학과 예술에 너무 심취한 나머지 모차르트를 비롯한 독일 작곡가들이나 젊은 괴테 등의 문학가들을 그리 좋아하지 않았으며 괴테를 셰익스피어 흉내를 내는 야만적인 자라고 혹평하기도 했다.

그의 사생활에 관하여는 퀴스트린_현재 폴란드의 코스트르진의 유부녀와 연애했다는 이야기도 있고, 친구 카테 그리고 심복 프레데르스도르프와 동성애 관계에 있었다는 소문도 있지만 역사적으로 확인된 바는 없다. 어쨌든 그는 당대의 놀라운 인물이었다. 그의 시신은 왕궁에 안치되어 있는데 훗날 나폴레옹이 그의 관 앞에서 경의를 표했다.

George Washington
조지 워싱턴

✤

1732~1799년

워싱턴을 카이사르, 나폴레옹 등과 더불어 천재적 장군으로 내세우는 것은 어불성설일 것이다. 그러나 그에게는 탁월한 조직의 재능이 있었다. 독립전쟁 때 그가 없었더라면 자유와 인권을 주장하는 민주 세력은 뿔뿔이 흩어지고 말았을 것이다. 미국이 건국된 뒤 8년 동안 연방정부를 유지했고, 극단적 세력이 일으키는 소요 속에서도 연방이 강화되는 데 필요한 시간을 벌었던 것이다. 그러한 일은 워싱턴만이 할 수 있었다.

미국 건국의 아버지

글 · 브래들리 T. 존슨

George Washington _ **조지 워싱턴**

장군, 정치가, 그리고 미국의 초대 대통령인 조지 워싱턴은 1732
년 2월 22일 버지니아 주 웨스트모어랜드 카운티의 브리지스 크리
크에서 태어났다. 워싱턴 가문의 사람들은 청교도혁명 이후 영국
중부의 노샘프턴에서 버지니아로 이주했다.

그의 아버지 어거스틴은 두 번 결혼했는데 갑자기 병에 걸려서
1743년에 죽었다. 그가 남긴 자녀들은 첫 번째 부인이 낳은 아들
둘, 그리고 두 번째 부인 메리 볼이 낳은 아들 넷과 딸 하나였다. 워
싱턴은 메리의 소생 가운데 장남이었다. 메리는 아들이 대통령이
될 때 생존해 있었다. 어거스틴은 자녀들에게 각각 상당한 토지와
재산을 유산으로 남겼고 그들이 어른이 될 때까지 모든 재산의 관

리를 미망인에게 맡기는 조치를 취해 두었다.

　조지 워싱턴의 어린 시절에 관해서는 알려진 것이 거의 없다. 벚나무와 도끼 이야기, 그리고 워싱턴이 싸움을 거절한 이야기 등은 메이슨 L. 윔스가 지어낸 것이다. 그는 버지니아 주의 일반 학교 가운데 하나인 시골 학교에서 공부했는데, 그것이 그가 받은 학교 교육의 전부였다. 거기서 가르친 것은 읽기, 쓰기 그리고 회계뿐이었다.

　그는 16세가 되기 전에 학교를 그만뒀는데, 마지막 2년 동안에는 기하, 삼각법, 측량을 공부하는 데 전념했다. 그는 대수를 응용하는 법도 배웠다. 그러나 영어 문법을 배웠는지는 의심스럽다. 로샹보가 지휘하는 프랑스군의 장교들이 미국에 머물러 있는 동안 조지 워싱턴은 프랑스어를 배우려고 시도했지만 뜻을 이루지는 못한 것으로 보인다.

　13세 때부터는 증서의 양식을 익히고, 도표를 작성하며 도식적 문서를 준비하는 연습을 시작했다. 학교를 그만두기 전에 보낸 마지막 여름에는 학교 건물 주변의 들판과 그 일대의 대규모 농장을 측량하기도 했다.

　한편 소년 시절부터 그는 학교 친구들을 모아 병정놀이를 즐겼는데 항상 지휘관을 맡았다. 그는 모든 종류의 운동에 열심이었고, 다른 소년들의 존경을 받아서 그들 사이에 다툼이 생기면 늘 중재자 역할을 했다. 또한 그는 담배 재배와 가축 기르는 일에 능숙했다.

　학교를 그만둔 뒤부터 1753년까지 워싱턴은 훗날 수행할 위대한 임무를 위해 자기도 모르게 준비하고 있었다. 1746년 그는 영국 해군에 들어가려고 시도했지만 어머니의 반대로 좌절되었다.

▌토지 측량

1748년과 1749년 사이의 겨울은 이복형 로렌스의 소유인 마운트 버논 저택에서 보내면서 수학 공부와 현장 측량 실습을 했다. 로렌스는 식민지 위원회 회원이자 페어팩스 경의 사촌인 윌리엄 핼리팩스의 딸과 결혼해서 살고 있었기 때문에, 이 무렵 조지 워싱턴은 페어팩스 경의 가족에게 소개되었다. 그때까지 페어팩스 경이 소유하고 있던 앨리게이니 산맥의 광대한 토지에 대한 측량이 한 번도 이루어지지 않았다.

젊은 워싱턴의 재능에 대해 호감을 품고 있던 페어팩스 경은 자기 토지의 측량 실무를 그에게 맡겼다. 첫 번째 일은 우선 포토맥 강의 남쪽 지류 일대의 토지를 측량하는 것이었는데, 갓 16세를 넘긴 워싱턴은 길도 없는 삼림 지대에서 만족할 만한 측량을 해냈다. 그래서 1749년 페어팩스 경의 도움 덕분에 그는 공인 측량사로 임명되었다. 그것은 그의 측량이 공신력을 가지고 그가 카운티의 관직을 맡을 자격이 있다는 것을 의미했다.

그 후 3년 동안 그는 겨울철을 제외하고는 자기 직업에 충실했다. 당시 버지니아 주에는 측량사가 별로 없어서 측량사는 일거리도 많고 보수도 두둑하게 받는 직업이었다. 그는 대부분의 시간을 앨리게이니 산맥에서 보냈다. 황야 생활은 몇 주 이상 견디기 어려웠기 때문에 중간 중간에 그는 체력 회복을 위해 정착민들이 거주하는 지역의 농장 등을 측량했다. 어린 나이에도 그는 상당한 재산을 모을 수가 있었고 정직성과 사업 수완 덕분에 식민지 주요 인사들의 신임도 얻었다.

그가 19세가 되었을 때 변경 지역은 인디언의 약탈과 프랑스 세력의 침투로 위협을 받고 있었다. 그래서 버지니아 주 정부는 주 전체를 여러 개의 군사 구역으로 나누고 각 구역마다 소령 계급의 지휘관을 배치했다. 1752년 11월 조지 워싱턴은 남부 지역을 맡는 지휘관이 되어 연봉 100파운드를 받게 되었다.

버지니아 주에는 서인도제도 등에 파견된 원정대에서 근무한 경력이 있는 장교들이 많았다. 워싱턴의 이복형 로렌스도 그러한 장교 가운데 하나였다. 워싱턴은 그들 밑에서 군사 훈련과 전략을 배웠고 배운 것을 자신의 임무 수행에 재빨리 응용했다. 한편 폐결핵으로 의사에게 요양을 권유받은 로렌스의 동반자로서 워싱턴은 바베이도스 섬에 간 적이 있다. 이때 그는 다양한 주제에 관해서 세밀하게 관찰한 기록을 남겼다.

로렌스는 1752년 7월에 죽으면서 미망인과 젖먹이 딸 그리고 재산 관리를 조지 워싱턴에게 맡겼다. 워싱턴에게 재산 관리는 복잡한 일이라 여러 달의 시간을 빼앗겼다. 그러나 그는 공무를 조금도 소홀히 하지 않았다.

로렌스의 딸 사라가 자손이 없이 죽자 워싱턴은 마운트 버논의 주인이 되었다. 버지니아 주의 가장 좋은 농장 가운데 하나를 나이

20세에 차지한 것이다. 그의 농장은 점차 확대되어 1,000만 평에 이르렀다. 그는 노예 제도를 반대하긴 했지만 실제로 노예를 약 50명 가량 농장에서 부렸다. 그는 승마, 여우 사냥, 댄스, 연극, 낚시, 당구, 카드게임, 경마를 즐겼다.

▌프랑스군과 싸우다

1753년 로버트 딘위디 총독은 북부 구역을 워싱턴에게 맡겼다. 1753년 캐나다의 프랑스군이 호수 지대를 건너 남하하는가 하면 뉴올리언스로부터는 무장한 프랑스계 주민들이 북쪽으로 올라오기 시작했다. 그들은 프랑스군과 합류하여 오하이오 강 상류에 정착할 작정이었다. 딘위디 총독은 프랑스군 지휘관에게 장교를 한 명 파견하여 무슨 권한으로 프랑스군이 영국 영토를 점령하는지 따지기로 결정했다. 그것은 프랑스군에게 보내는 최후통첩이었다.

그 임무에는 삼림 지대 여행에 익숙하고 인디언의 관습도 잘 알고 있는 신중한 사람이 필요했다. 어린 나이에도 불구하고 워싱턴이 선발되었다. 1753년 10월 31일에 윌리엄스버그를 떠난 그는 다음해 1월 16일에 돌아왔다. 프랑스인들이 영국 영토 안에 항구적 정착지를 만들 의도임을 그는 간파했다. 그리고 프랑스군 수비대가 엄하게 감시하는데도 불구하고 이리호 남쪽 25킬로미터 지점에 설치된 프랑스군 요새에 관해서 상세한 지도를 그려 가지고 왔다.

1754년 버지니아 식민지군은 6개 대대로 증가되어 프라이 대령이 사령관이 되고 워싱턴이 부사령관이 되었다. 워싱턴은 소규모의

3개 부대를 이끌고 오하이오 강의 프랑스 요새들을 공격하러 나섰다. 최초의 전투 활동은 매우 어려웠지만 유익한 경험도 주었다. 본부의 지원이 없는 워싱턴은 독자적으로 우수한 프랑스군과 대결해야만 했다.

그러나 그는 우호적인 인디언들의 도움을 받으면서 대담하게 전진했다. 그리고 그레이트 메도우스에 요새를 건설한 뒤 프랑스군 소규모 부대와 벌인 전투에서 이겼다. 얼마 후 프라이 대령이 죽자 워싱턴은 대령으로서 최고 지휘관이 되었다. 북 캐럴라이너 군대의 지휘관 이니스가 그의 상관으로 임명되긴 했어도 이니스는 한 번도 전투에 참가하지 않았던 것이다.

프랑스군 700명은 350명이 지키는 워싱턴의 요새를 포위하고 하루 종일 공격했다. 워싱턴은 중과부적으로 항복하였고, 프랑스군은 버지니아 민병대를 무장해제시킨 뒤 석방했다. 워싱턴은 명예롭게 퇴각했다.

▌주 군대 총사령관

1755년 워싱턴 대령은 브래도크 장군의 군사 작전에 개인 자격으로 참가하여 모논가헬라 전투에서 탁월한 용기를 발휘했다. 그 전투에서 브래도크 장군은 패배하여 전사했다. 그해 가을 23세에 불과한 그는 버지니아 주 군대 전체의 총사령관으로 임명되어 1758년까지 임무를 수행했다. 그러나 식민지 의회와 총독들의 우유부단 때문에 그는 대부분의 시간을 군기 확립에만 보내야 했다.

그러나 이때 쌓은 군사 경험이 훗날 크게 도움이 되었다. 그는 전쟁을 수행할 때 민병대가 아무 소용이 없다는 사실을 깨닫고는 민병대를 정규군 수준으로 재편해 주도록 건의했다. 그러나 민병대 장교들의 요구는 묵살되는 반면 정규군 장교들은 우대를 받았다. 1758년 말 워싱턴은 사임하고 실망감을 안은 채 자신의 소유인 마운트버넌 저택으로 돌아갔다. 그의 계급은 예비역 준장이었다.

다음해 1월 초 그는 두 자녀를 둔 과부 마르타와 결혼했다. 마르타는 워싱턴보다 몇 달 먼저 태어났고 버지니아 주에서 손꼽히는 재산가였다. 결혼 당시 워싱턴도 이미 넓은 토지를 소유하고 있었다. 자신의 자녀를 두지 못한 그는 마르타의 두 자녀를 매우 사랑했다. 그래서 양아들이 남긴 두 자녀를 자신의 아들과 딸로 입양해서 가계를 잇게 했던 것이다.

또한 결혼 후부터 워싱턴은 아내 소유인 요크 강변 화이트 하우스에 위치한 1,800만 평의 토지도 관리하게 되었다. 현재 백악관 일대의 땅은 워싱턴의 아내의 소유였던 것이다.

▌주 의회 의원

그는 주 의회의 의원으로 선출되어 버지니아 주의 저명인사들과 친밀한 관계를 유지했다. 그의 주된 취미는 사냥이었다. 옷은 런던에서 유행하는 최고급의 것을 수입해서 입었다. 의회에서는 발언을 별로 하지 않고 모든 사태를 면밀하게 주시하고 있었는데 중요한 일에 관해서는 누구나 그의 의견을 구했고 그는 중재자 역할을 했다. 그래서 강한 영향력을 널리 발휘하고 있었던 것이다.

그는 노예들을 친절하게 대했고 매년 의사를 불러 치료했으며 자기 노예를 절대로 남에게 팔지 않았다. 그래서 도망치는 노예가 거의 없었다. 어쨌든 워싱턴은 버지니아 주에서 가장 큰 규모의 농장을 소유하고 번창하며 부유한 대지주의 한 명이었다.

1773년 3월 4일 총독 던모어 경이 버지니아 주 식민지 의회를 해산했다. 워싱턴은 1765년에 영국이 미국 식민지에 대해 제정한 인지조례에 대해 솔직하게 반대했다. 조지 메이슨이 1769년에 기초한 영국 제품 수입 금지 결의안을 워싱턴은 해산된 식민지 의회에 제출했다. 1774년 8월 윌리엄스빌에서 대륙회의가 개최되었을 때 워싱턴은 페어팩스 카운티 대표로 참석했고, 제1차 대륙회의에 파견되는 버지니아 주 대표단 6명 가운데 하나로 임명되었다.

대륙회의에서 돌아온 그는 버지니아 독립군의 사실상 사령관이 되었다. 1775년 봄, 그는 버지니아 군사 조직을 완비할 계획을 수립했다. 그해 6월 15일에 그는 제2차 대륙회의에서 만장일치로 독립군 총사령관으로 선출되었다.

지금까지 그의 생애는 일종의 준비 기간이었다. 페어팩스 가문과 맺은 친밀한 관계는 그에게 정부에 참여하는 계층의 눈으로 사회를 보는 법을 가르쳤다. 그리고 변경 지역에서 측량사로 일한 것은 군사령관에게 가장 필요한 지형에 관한 지식을 얻게 해 주었다. 그리고 실제로 군대를 지휘한 경험은 귀중한 것이었다.

한편 사업과 의회 의원의 활동은 정치가의 의무를 깨닫게 해 주었다. 다양한 경험을 바탕으로 해서 이제 43세가 된 워싱턴은 미국의 독립과 독립 후의 통치라는 과업을 맞게 된 것이다.

워싱턴이 총사령관이 되기 전인 1775년 4월 19일 영국 군대와 미국 독립군 사이에 이미 보스턴 근처 렉싱턴과 콩코드에서 전투가 벌어졌다. 미국 독립전쟁이 본격적으로 개시된 것이다. 워싱턴이 초기에 지휘하던 군대는 약 2만 명이었다. 그는 미숙한 군사들을 훈련시키는 한편 군기를 엄격하게 유지했다. 그는 뉴욕에서 참패했지만 트렌턴과 프린스턴에서 승리를 거두었다. 대륙회의가 열리던 필라델피아가 영국군에게 점령되기도 했다.

대륙회의 내부에는 워싱턴을 모함하는 세력도 있었다. 그러나 1778년 봄 프랑스가 미국과 동맹관계를 맺자 전세가 역전되었다. 필라델피아의 영국군은 프랑스 함대에 의한 항구 봉쇄를 두려워하

콘월리스의 항복_듀마레스크 그림

여 뉴욕으로 철수했다. 영국군은 뉴욕에서 고립되었고, 1781년 10월 영국군의 콘월리스 장군이 항복하여 6년에 걸친 전쟁은 독립군의 승리로 사실상 종결되었다.

독립군 장교들 가운데 워싱턴을 왕으로 추대하려는 움직임이 있었지만 그는 단호하게 거절했다. 워싱턴은 전쟁 기간 중 월급을 전혀 받지 않았고 오히려 자기 돈 2만 4,700파운드를 썼다.

▋ 초대 대통령

1783년 12월 23일 그는 정식으로 총사령관직을 사임했다. 그리고 1789년 2월 미국의 초대 대통령에 선출되었다. 그해 4월 16일 마운트버넌을 떠난 그는 당시 대륙회의가 열리는 장소인 뉴욕으로 향했다. 그의 행렬은 개선의 행렬이었다. 취임 선서는 4월 30일에 거행되었다. 대통령으로서 그가 최초로 취한 조치는 외무장관, 전쟁장관, 재무장관의 보고서를 자세히 검토하는 것이었다. 그리고 영국과 평화 협정을 맺을 때부터 자신의 취임까지 작성된 모든 문서를 읽고 중요한 점은 메모하거나 암기하는 것이었다. 새로운 행정부가 구성되자 그는 토머스 제퍼슨을 국무장관에, 해밀턴을 재무장관에, 녹스를 전쟁장관에 각각 임명했다.

1790년 1월 의회 개막식 연설에서 그는 공동방위 계획, 외국인의 국적 취득에 관한 법률, 도량형의 통일, 농업과 상업과 제조업의 장려책, 과학과 문학의 발전, 연방정부의 채무를 지원한 효과적 방안 등을 제의했다. 연방 채무에 관해서는 심한 논쟁이 벌어졌지만 해밀턴이 작성한 안이 간신히 통과되었다.

이 무렵에 이미 두 개의 정당이 태동하고 있었지만 눈치를 채는 사람은 거의 없었다. 민주당은 제퍼슨이, 연방당은 해밀턴이 각각 주도하게 되었다. 워싱턴은 상극과도 같은 두 세력의 화해를 위해 노력했다. 워싱턴 개인으로서는 연방당 쪽에 동조했지만 제퍼슨을 중심으로 하는 민주당의 주장도 가치가 있다고 판단했으며, 대통령으로서 중립을 지켜야 할 필요성도 잘 알았다. 제퍼슨과 해밀턴은 서로 다른 정치 노선을 걸어가다가 결국은 개인적인 적대관계로 발전했다.

대통령의 임기가 끝나갈 무렵 그의 재선을 바라는 소리가 높았다. 그래서 그는 수락하여 1793년 3월 4일 상원에서 선서를 했다. 제일 먼저 대두된 문제는 대유럽 정책이었다. 워싱턴과 내각은 중립 정책을 만장일치로 채택했다. 그러나 내각의 귀족 파벌과 민주 파벌이 대립과 반목을 계속했다. 민주당을 지지하는 단체들이 프랑스의 과격파인 자코뱅을 모델로 삼아 조직되었다. 중립을 지키던 워싱턴은 머지않아 그 위험성을 깨닫고 그들을 공격하는 세력을 지원했다.

영국이 먼저 미국에게 화해의 제스처를 보였다. 워싱턴은 최고 재판소 소장 제이를 특명전권 대표로 파견했다. 평화 협정이 체결되었고 대통령이 임시로 소집한 상원에서 비준되었다. 그런데 대통령이 서명하기 전에 협정 문안이 몰래 새어나가서 보도되었다. 반대 여론이 들끓었다. 그러나 워싱턴은 서명했다.

다음해 개회된 하원에서는 협정과 관련해서 대통령이 보낸 지시 등 모든 문서를 하원에 제출하라는 결의안을 압도적 다수결로 통과시켰다. 그러나 워싱턴은 문서의 제출을 거부했다. 결국 하원은 굴복하고 협정 이행에 필요한 법률들을 통과시켰다.

12월에 양원 합동 총회가 열렸을 때 워싱턴은 마지막 의회 연설을 했다. 그는 해군의 점진적 증강, 농업과 제조업의 장려책, 국립 대학의 설립, 사관학교의 설립 등을 권고했다.

2대 대통령으로 연방당의 존 애덤스가 당선되었다. 2등으로 낙선한 민주당의 제퍼슨은 부통령이 되었다. 워싱턴은 애덤스의 취임식에 참석한 뒤 곧장 마운트버넌으로 돌아갔다.

프랑스와 전쟁이 벌어질 위험이 컸던 1798년 5월, 그는 버지니아군의 사령관으로 소집되었다. 그 일 이외에 그는 공적 활동에 나선 적이 없다. 그는 1799년 12월 14일 급성 후두염으로 숨을 거두었다. 그때 나이 68세였다.

▌존경과 사랑의 대상인 인물

조지 워싱턴은 위대한 인물이다. 그는 감정이 격했지만 뛰어난 자제력을 발휘했다. 아무도 막을 수 없는 강한 의지력은 한쪽에 치우치지 않는 정신, 현명함, 관용, 정의감과 조화를 잘 이루었다. 일반적으로 말하는 천재성은 없었지만 그는 신속한 통찰력과 정확한 판단, 그리고 지식을 적극적으로 추구하는 열성이 있었다.

극도로 규칙적인 생활을 하는 습관 덕분에 그는 무슨 일에 대해

조지 워싱턴_하워드 파일 그림

서든 할애할 충분한 시간적 여유가 있었다. 그리고 그에게는 탁월한 조직의 재능이 있었다. 독립전쟁 때 그는 미국을 방위하는 힘이었다. 그가 없었더라면 자유와 인권을 주장하는 민주 세력은 뿔뿔이 흩어지고 말았을 것이다.

워싱턴을 카이사르, 나폴레옹, 웰링턴 등과 더불어 천재적 장군으로 내세우는 것은 어불성설일 것이다. 그는 전투에서 이긴 경우보다 진 경우가 더 많다. 그렇지만 그는 군대를 한 덩어리로 유지했고, 다른 어떠한 장군들의 경우보다 더 어려운 여건 아래에서도 적에 대한 저항을 계속했다.

그가 정치가로서 발휘한 수완도 역시 마찬가지다. 미국이 건국된 다음 최초로 8년 동안 연방정부를 유지했고, 극단적 세력이 일으키는 소요 속에서도 연방이 강화되는 데 필요한 시간을 벌었던 것이다. 그러한 일은 워싱턴만이 할 수 있었다. 사람들은 그를 두려워하고 존경했지만 동시에 그의 친절한 성격의 영향으로 그를 사랑하지 않을 수 없었다. 재임 시기 말기의 짧은 기간을 제외하면 그는 항상 모든 사람의 존경과 사랑의 대상이 되었던 것이다.

Thomas Jefferson
토머스 제퍼슨

1743~1826년

제퍼슨은 대담하고 독창적인 사상가였다. 천성적으로 민주주의자인 그는 평범하고 단순하며 과시할 줄을 몰랐다. 국민의 자치 능력을 믿었고 또 그들이 올바른 정치를 간절히 바란다는 것도 잘 알았다. 그는 권력을 불신했다. 따라서 권력의 행사를 제한하려고 노력했다. 그는 국민들이 정치적, 사회적, 시민적 권리에 대해 평등을 요구하도록 장려했다. 미국에서 토머스 제퍼슨만큼 국민 전체의 사랑을 많이 받은 인물은 없을 것이다.

루이지애나를 사들인 대통령

글 · 존 B. 헨더슨

 Thomas Jefferson _ **토머스 제퍼슨**

토머스 제퍼슨은 미국 독립선언서를 작성한 미국의 제3대 대통령이었고 정치철학자로서 영향력이 매우 큰 인물이었다. 그는 1743년 4월 2일 미국 버지니아 주 앨버말 카운티의 새드웰에서 태어났다.

그의 아버지 피터 제퍼슨은 청교도 혁명 이전에 버지니아로 이주한 영국 웨일즈 지방 주민의 후손으로 넓은 농장을 경영하고 있었다. 이웃에 사는 윌리엄 랜돌프도 넓은 농장의 소유주였는데 토머스 제퍼슨은 랜돌프의 딸 제인과 1738년에 결혼했다.

피터 제퍼슨은 당시 앨버말 카운티의 주요 지도자 가운데 하나였고 주민들의 두터운 신임을 받고 있었다. 1759년에 죽은 그는 아들 토머스가 버지니아 주의 수도 윌리엄스버그에 있는 윌리엄앤드

메리 대학교에서 공부하도록 미리 조치를 해두었다.

┃ 탁월한 문장가

　　토머스는 대학교에 들어가서 열심히 공부했다. 그리하여 당시의 기준으로는 매우 자유롭고도 진보된 지식을 지니게 되었다. 그는 키가 컸고 젊었을 때는 태도가 어딘가 어색했다. 외모와 풍채가 그리 매력적인 편은 아니었지만 쾌활한 대화 분위기와 다양하고 풍부한 지식 덕분에 두각을 나타낼 수가 있었다.

　　대학 시절 그는 패트릭 헨리, 존 마셜 등 훗날 미국 역사에서 빛나는 이름을 남긴 인물들과 절친한 사이가 되었다. 총독 포키에는 언제나 그를 자기 집에서 환영했는데 토머스는 당시의 사교계, 정계, 의회에 관해서 그로부터 많은 것을 배웠다. 또한 훗날 버지니아 주의 재무장관이 된 젊고 유능한 변호사 조지 와이트도 총독 관저에서 처음 만났다.

　　대학을 졸업한 뒤에는 친구인 와이트의 변호사 사무실에서 법률을 공부하는 한편, 아버지의 재산을 관리하는 데 많은 시간을 바쳤다. 1767년에 그는 변호사가 되어 여러 해 동안 열심히 변호사로서 활동했다. 말솜씨가 별로 없고 법정 토론의 능력이 부족했기 때문에 그의 변호사 활동은 그다지 높이 평가되지 않았을 것이다.

　　그러나 그의 부족한 말솜씨는 그가 쓰는 글의 힘과 아름다움과 매력으로 충분히 보상이 되고도 남았다. 그는 탁월한 문장가였다. 그의 능력은 장차 영국 정부의 압제적 법률들에 대항해서 식민지

Thomas Jefferson・217　토머스 제퍼슨

주민들의 권리를 옹호하는 일에 동원될 것이었다.

▌식민지 주민들의 권리 옹호

패트릭 헨리는 1763년 12월에 이미 영국 정부를 공격하기 시작했고 버지니아 주 하원에서 인지조례를 정열적으로 공박했다. 당시 대학생이던 토머스는 친구 패트릭 헨리의 연설을 듣고는 자기 가슴 속에서 이미 불타오르던 불꽃이 더욱 세차게 타오르는 것을 느꼈다. 선천적으로도 그렇고 교육과 실습을 통해서도 민주주의자일 수밖에 없는 토머스 제퍼슨은 당연히 미국 식민지 주민들의 권리를 옹호했다.

식민지의 특수한 상황은 제퍼슨이 지닌 뛰어난 문장력을 발휘할 기회를 제공했다. 웅변가의 목소리를 식민지의 모든 주민이 들을 수는 없었다. 그러나 제퍼슨의 펜에서 흘러나오는 글은 가장 외진 산골까지 파고들었다. 참으로 제퍼슨의 펜은 칼보다 더 강한 것이었다.

25세에 변호사 사무실을 연 첫 해에 제퍼슨은 주 의회 의원으로 당선되었다. 다음해 5월 의원으로서 활동을 개시했는데 그때 국왕이 임명한 총독과 주 의회가 대립했다. 총독의 연설에 대한 답변 형식으로 제퍼슨이 결의안을 작성했다.

그리고 개회한 지 사흘이 되는 날 그가 작성한 권리청원서가 의회를 통과하자 총독은 의회를 해산했다. 제퍼슨은 재선되었고 1774년 식민지 의회에 참석할 의원으로 선출되었다.

몸이 아파서 제퍼슨은 식민지 의회에 참석하지 못했다. 그러나 '영국령 미국인의 권리에 관한 일람'이라는 문서를 작성해서 대표단에게 주었다. 그 문서는 나중에 출간되었다.

주 의회에 잠시 머물러 있는 동안 그는 노스 경의 '화해적 제안'에 대한 버지니아 주의 답변을 기안한 다음, 식민지 의회의 의원으로서 필라델피아에 가서 1775년 6월 21일에 자리를 잡았다.

▋ 미국 독립선언서 작성

제퍼슨이 식민지 의회에 들어갔을 때는 영국과 식민지 사이에 이미 적대 관계가 폭발하기 직전에 이르렀다. 차에 대한 수입세를 제외하고 모든 세금 법률이 취소된 것은 사실이지만, 동시에 식민지의 동의 없이도 무제한으로 과세할 권리가 영국 정부에게 있다는 점이 강조되었던 것이다.

영국군은 보스턴에 주둔했고 영국 군함들이 보스턴 항구를 점령했다. 미국에서 저질러진 범죄에 대해 혐의자를 영국으로 이송하여 재판하는 권리를 국왕도 영국 의회도 여전히 주장했다. 렉싱턴 전투와 벙커 힐 전투가 이미 치러졌다. 워싱턴은 이미 식민지 군대의 총사령관으로 임명되었다.

영국 정부가 부과하는 세금의 부담을 가장 무겁게 느끼던 매사추세츠와 메릴랜드는 반란을 일으키겠다고 맹세했다. 그러나 나머지 주들은 영국에 대한 충성심과 우정 관계 때문에 영국과 계속해서 결합을 유지하기를 희망하는 분위기가 강했다.

그래서 1776년 6월 7일에 비로소 버지니아 주는 리처드 헨리 리를 통해 미국 식민지를 영국과 영구히 분리하자는 결의안을 제출했다. 그 결과, 며칠 뒤에는 독립선언을 준비하는 위원회가 결성되었다. 제퍼슨이 선언서의 초안을 작성했고 프랭클린과 존 애덤스가 구두로 약간의 수정 의견을 냈다.

6월 28일 독립선언서가 식민지 의회에 제출되어 토론과 약간의 수정을 거쳐서 1776년 7월 4일에 채택되었다. 독립선언서의 장점과 단점이 어떤 것이든지 간에 본질적으로 그것은 토머스 제퍼슨의 작품이다. 그것은 내용과 형식 양면에서 많은 비판을 받아왔다.

그러나 그것이 선포된 이후, 미국에서는 물론이고 외국에서도 선언서의 원칙들을 받아들여서 현실 정치에 적용하는 경향이 날로 증가한 것도 사실이다.

폭정에 대한 웅변적 규탄, 압제의 배척, 그리고 저항권의 고취 등은 인간 지성의 산물 가운데 필적할 만한 것이 없을 것이다. 미국인들의 마음속에 신성한 자리를 차지한 이 선언서에 대해서는 칭찬도 비판도 모두 소용이 없는 것이다.

▌ 하원의원으로 활약

모든 식민지가 단결해서 저항의 깃발을 든 직후 제퍼슨은 버지니아 주로 돌아가서 그의 일생 가운데 가장 유익한 일을 시작했다. 그는 주 상원의원으로 선출되었다. 그러나 먼 장래를 내다보는 혜안으로 당시에 상원의원보다 덜 중요한 자리로 여겨지던 하원의원

자리를 택해서 1776년 10월 7일에 취임했다.

그달 11일에 그는 버지니아 주에 재판소들을 설치하자는 법안을 제출했다. 이어서 장자 상속권과 한정 상속에 관한 기존 법률을 모두 폐지하는 법안을 제출했다.

그의 개혁 사상은 이러한 급진적 조치에 그치지 않았다. 그는 버지니아 주의 기성 교회가 지닌 보수주의와 귀족적 경향의 위험성을 간파했다. 영국으로부터 물려받은 법과 관습 전체를 폐지해서 영국의 영향력을 미 대륙에서 완전히 제거해야 한다는 것이 그의 신념이었다.

그는 영국의 모든 제도가 교묘하게 왕권 보호를 위해 고안된 것이라고 보았다. 영국의 모든 제도는 사회적 신분 차별을 영구화하고 귀족 제도를 확립하여 귀족들을 왕의 동맹 또는 지지 세력으로 유지시키는 것이라고 그는 판단한 것이다. 그러한 제도들이 남아 있는 한 독립선언서의 고귀한 정신에서 이탈할 위험성이 항상 있는 것이다.

제퍼슨이 보기에는 영국의 법과 관습이란 미국 혁명의 원칙에 맞지 않고 상충하는 것이었다. 그래서 버지니아 주의 낡은 귀족 세력은 제퍼슨을 극단파, 즉 자코뱅이라 불렀고 기성 교회는 그를 이교도라고 비난했다.

제퍼슨은 1777년과 1778년을 하원의원으로 활동하면서 보냈는데, 위에 열거한 법안 이외에도 초등학교와 대학교의 설립, 노예의 추가 수입 금지 등에 관한 법안을 통과시켰다.

또한 그는 노예제를 점진적으로 폐지하는 방안을 시도했지만, 노예제가 이미 사회 체제 안에 너무나도 깊이 뿌리를 내리고 있었기 때문에 제퍼슨, 와이드, 메이슨 같은 인물들조차도 그것을 없애지는 못했다. 노예제 폐지 운동의 실패에 관하여 제퍼슨은 1821년에 이렇게 말했다.

"일반 국민의 마음은 폐지안을 받아들일 준비가 되어 있지 않고 앞으로도 그럴 것이다. 그러나 폐지안을 받아들이고 채택하거나 아니면 더 심한 재앙을 만나거나 둘 중에 하나를 선택해야만 할 날이 그리 멀지 않았다. 노예들이 해방될 것이라는 말보다 더 명확하게 운명의 책에 기록된 말은 없다."

하원의원에서 사임한 뒤 제퍼슨은 버지니아 주 지사로 선출되었다. 지사로 근무하는 동안에 그는 명성에 손상을 입었다. 그는 원래부터 민간인이었고 군사 문제에 관한 지식도 기술도 없었다.

독립전쟁의 무대가 이제는 남부로 확대되어 있었다. 영국군을 지휘하는 콘월리스는 조지아 주와 사우스캐롤라이나 주를 석권하고 캠덴에서 게이츠의 군대를 격파한 뒤 버지니아 주를 쑥밭으로 만들기 위해 북상하는 중이었다. 버지니아 주는 돈과 병사와 무기를 독립군에게 아낌없이 제공했기 때문에 자체적으로 방어할 힘이 없었다.

악명 높은 영국군의 베네딕트 아널드는 제임스 리버 강을 거슬러 올라가 리치먼드로 가서 도시를 불태웠다. 게다가 영국군의 타틀턴은 샬로츠빌까지 진출하여 제퍼슨과 주 의회는 간신히 포로가 되는 것을 면하고 피했다.

제퍼슨은 사태의 심각성을 절실히 느꼈다. 그래서 임기가 끝나자 몬티첼로로 은퇴했다. 부당한 비판과 비난 때문에 굴욕감을 느끼고 좌절감도 느꼈다. 1772년에 결혼한 아내가 이 시기에 죽어서 그의 슬픔과 우울함은 한층 더 그를 짓눌렀다. 그러나 그는 숨어서 한가롭게 휴식할 수도 없는 몸이었다.

▌ 독립 후 두 세력의 대립

1783년에는 연방 의회에 다시 참석했다. 그때 영국의 화폐 제도가 폐지되고 버지니아 주가 연방에 양도한 북서부 영토의 지방 정부가 수립되었다. 1784년 그는 유럽 전체에 대한 특명전권 대사로 임명되어 당시 무역협정을 교섭하던 존 애덤스와 프랭클린을 지원하게 되었다. 1785년에는 프랑스 주재 대사를 사임한 프랭클린의 후임으로 대사가 되었다. 1790년에는 조지 워싱턴 대통령 밑에서 국무장관이 되었다.

독립 이후 대립되는 두 가지 정치 세력이 표면에 나타났다. 주민의 대부분을 차지하는 영국계는 영국으로부터 독립하여 자유를 얻기를 원했지만 영국의 제도와 법률은 보존하기를 바랐다. 그들은 영국에 대항한 것이 아니라 영국의 그릇된 통치에 대항한 것이다.

그들에게 독립선언서는 불의에 대항하고 저항 의욕을 고취시키는 멋진 웅변에 불과했다. 독립선언서는 프랑스 혁명 때 군중이 부르던 마르세예즈 노래와도 같은 것이었다.

그러나 제퍼슨과 그의 추종자들에게는 독립선언서가 그런 것이 결코 아니었다. 선언서는 그들의 정치적 견해를 분명히 드러내는 것이었고 미국 혁명은 영국으로부터 분리하는 것 이상의 의미를 지닌 것이었다. 미국의 독립이란 영국식 통치 체제를 완전히 버리고 국민 자치 체제를 확립하는 것이었다.

워싱턴 대통령은 각료 선임에 있어서 두 세력의 균형을 모색했다. 국무장관 제퍼슨과 재무장관 해밀턴은 각각 두 세력의 대표였다. 그들은 서로 협력하기가 어려웠다. 제퍼슨은 해밀턴의 재정 정책에 반대했지만 결과적으로는 해밀턴의 조치가 옳았다. 제퍼슨은 국가 재정에 관해 현실적인 지식이나 기술이 없었던 것이다.

한편 제퍼슨은 영국의 평화조약 위반, 그리고 스페인 영토를 통과하여 멕시코만으로 항해하기 위해 미시시피 강을 운항할 권리에 관한 분쟁에서 영국, 스페인과 각각 교섭할 때 평소의 노련한 솜씨를 발휘했다.

공화국이 된 프랑스가 영국에 대해 선전포고를 했을 때 미국으로서는 국제법상 어렵고 골치 아픈 문제들이 많았다. 게다가 개인적인 감정마저 개입되어 문제가 더욱 복잡해졌다. 미국은 독립전쟁 때 프랑스의 신세를 많이 졌기 때문에 일반적인 국민감정은 프랑스에 대해 호의적이었다.

공화당은 프랑스 국민에 대한 동정을 노골적으로 표시했다. 미국에 주재하는 프랑스 대사 즈네의 어리석은 행동만 없었더라면 공화당에 반대하는 연방당의 입장은 맥도 추지 못했을 것이다. 그러나 즈네 대사가 지나치게 오만하고 강압적으로 행동했기 때문에 개인적으로 반감을 샀고 신흥 프랑스 공화국을 지지하던 공화당의 열성이 식어 버렸다.

제퍼슨은 프랑스에 대한 호감을 숨기지 않았다. 그리고 각의에서도 그 문제에 관한 한 대통령에게 동조하지 않았다. 그러나 프랑스 정부에 보낸 그의 편지들이 나중에 공개되었는데 그것은 국제법의 원칙, 그리고 미국의 이익에 입각해서 작성된 것이었다.

제퍼슨의 자존심은 여러 해 동안 연방 중심의 정책들이 거둔 성공으로 상처를 받았다. 워싱턴 대통령은 각의에서 제퍼슨의 의견을 노골적으로 무시했고 정부 운영에도 해밀턴의 의견을 따랐다. 도저히 참을 수가 없어진 제퍼슨은 해밀턴을 미국의 적이라고 여겨 미워했다.

그러한 상태에서 1793년 12월 31일 제퍼슨은 사임하고는 몬티첼로의 조용한 농장으로 돌아갔다. 그러나 그의 펜은 쉬지 않았다. 그는 자신의 독특한 정견을 전파하는 일을 게을리 하지 않았다. 그는 공화당의 지도자로 계속해서 인정을 받아 1796년에는 대통령 후보로 지명되었다.

선거인단 가운데 68명이 제퍼슨에게 표를 던졌다. 그러나 71표를 얻은 연방당의 존 애덤스가 제2대 대통령으로 당선되었다. 3표 차이였다. 당시의 헌법에 따라 차점자인 제퍼슨은 부통령이 되었다.

애덤스 재임 중에 외국인 법, 반역법 등이 제정되었는데 이것은 불필요하고 또 위헌의 소지가 있는 것이어서 공화당으로서는 중대

토머스 제퍼슨_렘브란트 필 그림

한 잘못을 저지른 것이다.

애덤스는 허영심이 강하고 충동적이며 성을 잘 내고 난폭했다. 반면, 제퍼슨은 훨씬 더 신중한 성격에 정치가로서 폭 넓은 안목을 지니고 국민의 뜻을 훨씬 더 잘 파악하고 있었다. 그리고 정당 정치의 각종 묘수를 충분히 알고 또 적용했다.

▌대통령이 되어 루이지애나를 사들이다

1800년 대통령 선거 때 제퍼슨은 73표를, 애덤스는 65표를 얻었다. 애덤스는 재선에 실패했다. 대통령이 된 직후부터 제퍼슨의 성격은 완전히 돌변했다. 과거에는 공화당의 끈질긴 정객이었지만 이제는 공화당이든 연방당이든 모든 세력을 포용하는 관용과 자비의 사도가 된 것이다. 그의 취임 연설의 주제는 자유와 화해였다.

유럽에 잠시 깃들인 평화 덕분에 미국은 유럽과 다시 무역을 재개하여 모든 분야가 번영을 누리게 되었다. 제퍼슨 대통령의 현명한 포용 정책은 그의 정적들에게 실망을 안겨 주었다. 연방당에 속하는 인물들도 정치적 이유 때문에 자리에서 쫓겨나는 일이 전혀 없었던 것이다. 공화당의 승리가 연방 전체를 위해 이익이라는 확신이 전국에 퍼졌다.

미시시피에서 오하이오에 이르는 북서부 영토는 원래 버지니아 주에 속한 것이었지만 버지니아 주가 연방에 양도했다. 이곳의 중요성, 그리고 이곳에 무엇이 필요한지에 대해서는 제퍼슨보다 더 잘 아는 사람이 당시에 없었다. 루이지애나를 소유하고 있던 스페인은 뉴올리언스와 미시시피 강 하류 지방을 다스리고 있었다.

워싱턴 밑의 국무장관의 입장이었다면 제퍼슨은 뉴올리언스 섬을 얻고 미시시피 강을 자유롭게 항해하는 것으로 만족했을지도 모른다. 그러나 이제는 상황이 달라졌다. 제퍼슨 자신이 대통령인 것이다. 스페인이 갑자기 루이지애나를 프랑스에게 양도했고 나폴레옹은 아미앙 조약의 폐기와 영국에 대한 선전포고를 검토하는 중이었다.

전쟁이 벌어지면 프랑스는 우세한 해군력을 지닌 영국의 견제 때문에 멀리 떨어진 신대륙의 영토를 유지할 수가 없을 것이다. 나폴레옹은 루이지애나를 소유하긴 했어도 곧 잃을 것이 거의 확실했다. 그는 전쟁을 결심했고 동시에 돈이 필요했다. 미국은 다행히도 나폴레옹이 필요한 그 돈을 일시불로 지불할 능력이 있었다.

뉴올리언스 섬 하나에 국한되지 않고 이제 제퍼슨 대통령의 꿈은 미시시피 강에서 태평양에 이르는 루이지애나 전체의 획득으로 확대되었다. 그런데 문제가 있었다. 공화당은 헌법을 엄밀하게 해석하는 것을 강령으로 삼아서 선거에 이겼다. 그런데 미국 헌법은 외국 영토를 돈을 주고 사는 것을 금지하고 있었던 것이다.

그러나 루이지애나 구입은 미국의 발전뿐만 아니라 연방의 유지를 위해서도 필요했다. 공화당의 입장은 문제가 아니었다. 제퍼슨 대통령은 이렇게 말했다.

"헌법상 어려움에 관해서는 말을 적게 할수록 더욱 좋다. 필요한 조치를 의회가 말없이 처리하는 것이 바람직하다."

제퍼슨의 절친한 친구이자 프랑스 주재 대사인 리빙스턴은 뉴올리언스 섬만을 구입하자는 입장이었다. 제퍼슨은 마침 버지니아 주 지사의 임기를 마친 몬로를 리빙스턴의 후임으로 프랑스에 파견했다. 물론 대통령은 몬로 대사에게 훈령을 문서로 주지 않았다.

이러한 상황 아래 1803년 미국은 광대한 루이지애나를 불과 1,500만 달러에 사들였다. 그 조치로 제퍼슨의 인기는 하늘을 찌를 기세였다. 내국세가 폐지되었다. 긴축 재정이 도입되었다. 과거 정권의 엄격한 행사들이 단순한 형식으로 바뀌었다. 사회의 가장 밑바닥에 속하는 시민들도 권력의 핵심에 접근할 길이 열렸다. 미국 전체가 놀라운 경제 번영을 누렸고 전국에 만족감이 흘러넘쳤다.

1804년 제퍼슨의 재선은 압도적이었다. 제퍼슨이 162표를 얻은 반면 연방당의 핑크니는 겨우 14표를 얻었던 것이다. 그의 재임 기간은 과거의 성공에 훨씬 못 미치는 것이었다. 프랑스는 정치적 긴박성 때문에 루이지애나를 팔지 않을 수 없었고, 그 후 영국과 전쟁 상태에 들어갔다.

프랑스와 영국은 미국의 권리를 짓밟았다. 영국은 프랑스의 항구들을 봉쇄했고 프랑스는 영국이 중립국과 무역을 못 하도록 그 항구들을 봉쇄했다. 두 나라는 다른 나라들의 상선에 대한 수색권을 주장했고 영국이 특히 심하게 수색했다.

이제 제퍼슨의 취약점이 드러나기 시작했다. 평화로울 때는 언제나 신뢰할 만하고 또 놀라운 성과를 거두는 제퍼슨도 전쟁 기간에는 우유부단하고 무능할 경우가 많았다. 영국과 프랑스에 대한 무역 금지 조치는 미국에게 매우 해로운 것이었다. 그 조치는 연방의 재정을 거의 파산 상태로 몰아갔다.

두 번째 임기를 마친 제퍼슨은 몬티첼로에 돌아가서 여생을 보냈다. 제퍼슨과 존 애덤스는 독립선언서에 같이 서명한 지 50주년이 되던 1826년 7월 4일에 죽었다. 우연의 일치였다.

▌독창적 사상가

제퍼슨은 대담하고 독창적인 사상가였다. 그는 과거의 전례를 전혀 인정하지 않았다. 천성적으로 민주주의자인 그는 평범하고 단순하며 과시할 줄을 몰랐다. 국민의 자치 능력을 믿었고 또 그들이 올바른 정치를 간절히 바란다는 것도 잘 알았다.

미국 독립전쟁 동안 영국의 폭정에 대항하여 국민의 권리를 보호하려는 그의 열정은 종교적 신앙의 형태를 취했다. 그는 프랑스에서 권력에 짓밟힌 가난한 사람들의 고통과 비참한 상태를 목격했고 그들의 난폭한 복수는 장구한 세월에 걸쳐서 당한 압제와 불의의 대가로서 정당화된다고 보았다.

그는 권력을 불신했다. 따라서 권력의 행사를 제한하려고 노력했다. 왕정을 증오했기 때문에 그는 비록 공화국의 형태라 해도 정부가 과도한 권력을 갖는 일에 대해서는 우려했다. 귀족 정치를 미위했기 때문에 그는 국민들이 정치적, 사회적, 시민적 권리에 대해 평등을 요구하도록 장려했다.

그의 정치적 태도가 항상 일관되지 못한 것은 일반적으로 이론과 실제는 조화될 수 없다는 사실에서 나온 것이다. 정적들이 정권을 잡았을 때 그는 그들의 목적이 헌법을 위반하여 성취되었다고 생각했다.

그러나 자기 친구들이 정적들과 마찬가지로 권력을 위험하게 행사할 때는 별로 개의치 않았다. 국민에게 봉사하고 그들의 자유를 영구히 확보하는 데 정직하게 헌신한다고 스스로 믿은 그는 그러한 목적을 가진 행동은 모두 옳다고 본 것이다.

미국에서 토머스 제퍼슨만큼 국민 전체의 사랑을 많이 받은 인물은 없을 것이다. 그는 우상을 파괴하는 사람이었다. 그러나 그가 파괴한 것은 과거의 우상들, 자유로운 국민들의 숭배를 받을 가치가 더 이상 없는 우상들이었다.

Lord Horatio Nelson
넬슨 제독

❦

1758~1805년

넬슨은 분명히 자기 의무를 완수했고 자신이 맡았던 임무를 성공적으로 마쳤다. 왜냐하면 그 이후로는 영국의 제해권에 도전하는 적의 함대가 전혀 없었던 것이다. 그는 명성의 절정에서 숨을 거두었다. 그리하여 승리를 거둔 뒤에 오래 살아남은 사람보다 더욱 깊이, 그를 사랑하는 국민들과 그를 숭배하던 해군 장병들의 가슴속에 그에 대한 추모의 정이 생생하게 살아 있었던 것이다.

영국이 바다를
지배하게 만든 영웅

글 · L. 드레이크

*Lord Horatio Nelson_* **넬슨 제독**

허레이쇼 넬슨은 1758년 9월 29일 영국 노포크 주의 번엄 토프에서 태어났다. 그의 아버지는 시골의 성공회 목사였는데 자녀가 열한 명이나 되어 경제적으로 어려운 처지였다. 넬슨은 여섯 번째 자녀였다. 12세가 되었을 때 넬슨은 바다를 좋아했다기보다는 아버지의 부담을 덜어 주기 위해 외삼촌인 모리스 서클링 선장을 따라서 배를 타겠다고 자원했다고 한다.

▌소년 시절에 바다로 진출

1773년 그는 북극해의 발견을 위해 항해하는 필립 선장 밑에서 일했다. 그 후 동인도에 가서 근무했는데 18개월이 지나자 말라리아에 걸려서 귀국했다. 1777년 4월에는 시험에 합격하여 즉시 소위로 임관되었고 자메이카로 떠날 예정인 프리깃함 로이스토프 호에 승선했다.

그는 자신이 모시던 상관들의 선의와 호감 덕분에 빠른 속도로 승진할 수 있었다. 아직 미성년자인 넬슨은 1779년 6월 11일 대포 28문을 가진 힌친브루크 호의 대기 함장이 되었다. 프랑스와 스페인이 미국 독립전쟁을 지원했기 때문에 넬슨은 니카라과에 있는 스페인 정착지에 대한 공격에 참가했다. 영국군은 승리를 거두었지만 말라리아에 거의 전멸했다. 넬슨도 말라리아에 걸렸지만 간신히 살아남았다.

1782년에는 대포 28문의 앨버말 호에서 근무했다. 다음해 런던에 돌아갔다가 1784년에는 대포 28문의 보레아스 호의 함장이 되어 3년 동안 서인도에서 지냈다. 평화가 유지되는 기간이기는 했어도 그는 확고한 결의와 단호한 의무감을 잘 드러냈다. 그것은 항해 조례의 규정에 따라 영국 식민지들과 이루어지는 직접 무역에서 미국인들을 제외시켜야 한다고 제일 먼저 주장한 것이 바로 그였기 때문이다.

▌ 미국 선박들을 나포하다

그에게는 어려움이 적지 않았다. 대농장 주인들과 식민지 당국이 단결해서 그를 적대시했고 총독마저도 그들의 견해에 동조하여 미국인들이 서인도 제도에 자유롭게 접근하도록 하라는 명령을 내

넬슨 제독 *Lord Horatio Nelson* · 233

젊은 시절의 넬슨

린 것이다. 그런데도 넬슨은 자기 주장을 굽히지 않았다. 총독에게 자신의 불만을 정중하게 전달하는 한편, 그는 미국인들의 선박 네 척을 사로잡아서 재판에 넘겼다. 오랜 기간에 걸친 지루한 재판 절차가 진행될 때 그는 번민도 많았고 또 적지 않은 비용도 썼다.

사로잡은 배들은 유죄 판결을 받았다. 그러나 본국 정부는 그 문제에 관한 그의 공적도, 서인도 제도의 해양 사무에 관한 문제에서 식민지 관리들이 저지르던 횡령과 부패를 폭로하고 시정하려는 그의 노력도 제대로 인정해 주지 않았다. 그는 함장 직책을 자진해서 사임했다. 그리고 은혜를 모르는 조국을 위해 더 이상 봉사하지 않겠다는 말도 홧김에 했다.

1787년 3월에는 서인도 출신의 미망인 니스벳과 결혼했다. 결혼 후 그해에 영국으로 돌아갔다. 그리고 1793년 1월까지 5년 동안 보직이 없는 상태였다.

▌코르시카 공격

그러다가 프랑스와 전쟁이 벌어지자 대포 64문의 아가멤논 호

함장으로 임명되어 후드 경의 지휘 아래 지중해에서 근무하게 되었다. 이제 넓은 활동 무대가 그에게 열렸다. 후드 경은 서인도 제도 시절부터 그를 잘 알고 있었으며 그의 공적을 인정하고 있었다. 그래서 프랑스의 지배를 받고 있던 코르시카를 해방시키기 위해 그곳의 독립운동가 파올리와 협조하도록 넬슨에게 지시했다. 넬슨은 자기에게 맡겨진 임무를 가장 성실하게 그리고 가장 능숙하게 완수했다.

코르시카 섬의 바스티아를 포위하고 점령한 것은 순전히 넬슨이 노력한 결과였다. 칼비를 포위했을 때 그는 한쪽 눈을 잃었다. 거듭되는 승리로 코르시카가 일시적이나마 영국의 영토가 되었는데 이 과정에서 그는 뛰어난 공적을 세웠고 아가멤논 호의 용감한 병사들도 크게 기여했다.

1795년 그는 이탈리아 북부 프랑스군의 전진을 막기 위해 오스트리아군, 사르디니아군과 협력하라는 지시를 받았다. 그가 함께 작전을 수행해야만 하던 우방국 군대는 불성실하지는 않았다 해도 무능했으며 군사적 성공을 거두지 못했기 때문에 넬슨의 노력은 별다른 성과도 없었고 명예스러운 것도 되지 못했다. 모든 군함들을 지중해에서 철수시키고 군대를 코르시카와 엘바 섬에서도 퇴각시키라는 명령이 내려오자 넬슨은 몹시 괴로운 심정이었다. 그러나 이러한 역전은 영광의 날을 위한 전주곡이었다.

▮ 스페인 함대를 격파하다

1797년 2월 13일 존 저비스 경이 지휘하는 영국 함대는 케이프

센트 빈센트 앞바다에서 27척의 스페인 함대와 만나 곧 해전이 벌어졌다. 해군 준장으로서 대포 74문의 캡튼 호의 함장이 되어 있던 넬슨은 여기서 가장 빛나는 공적을 세웠다.

적이 싸우지도 않고 몰래 탈출할까 염려한 그는 함대 사령부의 신호도 서슴지 않고 무시했다. 그리고 곧 세 척의 1급 적함과 즉시 교전에 들어갔다. 적함은 대포 80문짜리가 한 척이고 나머지 두 척은 74문짜리였다. 컬러든 호의 트라우브리지 함장이 넬슨을 지원했다. 그들은 적의 월등한 화력에도 불구하고 거의 한 시간 동안 잘 싸웠다.

적함 두 척이 항해 불능이 되어 뒤에 처졌다. 컬러든 호도 역시 항해 불능이 되었다. 넬슨의 캡튼 호는 달려온 다른 적함 다섯 척의 일제포격을 받았다. 그때 콜링우드 함장의 엑설런트 호가 와서 대포 136문의 거함인 스페인의 산티시마 트리니다드 호에 대적했다. 캡튼 호의 장비는 이미 모조리 파괴된 뒤였고 스페인의 74문짜리 산 니콜라스 호와 나란히 놓인 채 조종이 불가능한 상태였다.

넬슨은 기회를 노려 적함에 제일 먼저 뛰어올랐다. 잠시 전투가 벌어지고 나서 산 니콜라스 호는 넬슨에게 항복했다. 탈취한 적함에 병사들을 보충한 뒤 그는 그 배를 몰고 대포 112문의 적함 산 호세 호에 접근하여 다시 뛰어올랐다. 그리고 소리쳤다.

"웨스트민스터 대성당에 묻히든가 아니면 승리다!"

스페인 함대는 항복했다. 넬슨은 함대 총사령관으로부터 가장 열렬한 찬사를 공개적으로 받았다. 함대 총사령관은 센트 빈센트 백작의 작위를 받았다. 넬슨은 바스 훈장을 받았고 승리의 소식이 영국에 도착하기도 전에 이미 해군 소장이 되었다.

그해 봄 넬슨 경은 카디스 봉쇄에 동원된 내륙 함대의 사령관이 되었다. 그 후 테네리페를 공격하는 함대를 지휘했는데 적을 굴복시키기는 했지만 영국 함대도 막대한 타격을 받았다. 넬슨 자신은 오른팔을 잃었고 영국에 돌아가 4개월 이상 상처를 치료하면서 고생했다. 그의 공적은 연봉 1,000파운드로 포상되었다.

공적보고서에 따르면 그는 그때까지 해전에 4번 참가했고 3개 도시를 점령했으며 바스티아와 칼비의 포위 공격 때 함대를 지휘했고 프리깃함 6척, 코르벳함 4척, 민간무장선 11척을 나포하는 데 지원했으며, 약 50척의 적의 상선을 격파 또는 나포했고 적과 120번 이상 전투를 벌였으며 오른쪽 눈과 팔을 잃었고 여러 번 중상을 입었다.

▍ 프랑스 함대를 격파하다

1789년 초 그는 카디스 근해에 있는 센트 빈센트 경의 함대와 합류하기 위해 뱅가드 호에 승선했다. 그는 곧 함대를 이끌고 지중해에 파견되었다. 그의 임무는 툴롱에서 출항 준비를 하던 프랑스군의 목적지가 영국의 큰 걱정거리였는데 그들을 감시하는 것이었다.

나폴레옹의 프랑스군은 5월 20일에 출발하여 몰타를 점령한 뒤 넬슨이 예상한 대로 이집트로 향했다. 강력한 원군을 받아 병력을 강화한 넬슨은 전속력으로 이집트의 알렉산드리아로 갔다.

넬슨 제독

그러나 적은 그림자도 보이지 않았다. 그는 지중해 북쪽 연안을 따라 시실리까지 항해하여 함대를 보강한 뒤 다시 동쪽으로 향했다. 8월 1일 알렉산드리아에 다시 가까이 이르자 그는 고생스러웠던 추격 항해의 보람을 얻었다. 전투 태세를 갖춘 적의 함대가 아부키르 만에 정박하고 있었던 것이다. 나중에 안 일이지만 양쪽 함대는 6월 22일에 마주칠 뻔했다.

프랑스 함대는 전투함 13척과 프리깃함 4척이고 영국 함대는 전투함 13척과 대포 50문짜리 한 척이었다. 대포와 병력의 숫자로 보면 프랑스가 압도적으로 우세했다. 전투는 오후 6시 반에 시작되었는데 7시에 이미 날이 저물었다. 전투는 밤에도 계속되어 화려한 불꽃놀이 장면을 연출했다.

승리의 결정은 오래 걸리지 않았다. 전투 개시 15분 만에 프랑스 전투함 두 척의 돛대가 파괴되었다. 8시 반에 다른 세 척이 사로잡혔고 10시에는 프뤼에 제독의 기함이 폭파되었다. 후방에 있던 전투함 두 척이 새벽에 닻줄을 끊고 먼 바다로 달아났고 프리깃함 두 척도 그 뒤를 따랐다. 영국 군함들도 너무 파괴되어 추격이 불가능했다. 그러나 나중에 세 척은 사로잡혀 프랑스로 돌아간 배는 단 한 척뿐이었다.

그때까지 알려진 해전 역사상 가장 완벽하고 가장 중요한 이 승리는 넬슨을 영광의 절정에 올려놓았고 찬사와 명예가 사방에서 그에게 몰려왔다. 영국 정부도 나름대로 성의를 표시하여 그에게 나일 강의 넬슨 남작이라는 작위를 주었고 연봉은 2,000파운드로 결정했다. 넬슨의 승리 덕분에 파괴를 모면한 나폴리 왕국은 시실리의 브론테를 공작 영토로 삼아 그에게 주었다.

1798년 가을부터 1800년까지 넬슨은 지중해에서 활동하면서 몰타의 탈환, 시실리의 방어, 그리고 나폴리 왕국의 영토에서 프랑스군을 축출하는 작전에 협력했다. 1800년에는 본부의 명령에 복종하지 않았다는 이유로 소환되었다. 그러나 그는 영국으로 돌아가 열렬한 환영을 받았고 전국적 영웅이 되었다.

▌ 덴마크 원정

얼마 지나지 않아서 그는 부인과 정식으로 이혼했다. 그가 이혼하기 전부터도 이미 윌리엄 해밀턴 경의 젊은 부인 에마와 연애 중이라는 사실은 널리 알려진 것이었다. 에마는 넬슨의 딸을 낳았다.

1801년 넬슨은 하이드 파커 경이 지휘하는 코펜하겐 원정대의 부사령관으로 참가했다. 작전의 지연 때문에 원정은 실패할 뻔했다. 그러나 넬슨의 정력적 활동과 재능이 지연에 따른 모든 애로를 타개해 냈다.

하이드 파커 경은 넬슨에게 공격 명령을 내렸고 4월 2일에 넬슨은 평소와 다름없이 신속한 공격을 퍼부어서 성공했다. 양쪽에 막대한 전사자를 내는 격렬한 전투가 벌어진 끝에 덴마크 방어선의 대부분이 점령되거나 무력화되었다. 이윽고 넬슨이 강화조약 대표단을 상륙시켜서 휴전이 성립되었다. 그는 덴마크인들의 용기를 이렇게 증언했다.

"프랑스군은 용감하게 싸웠다. 그러나 그들은 덴마크인들이 네 시간 버틴 싸움을 한 시간도 버티지 못했을 것이다."

5월 5일 하이드 파커 경이 소환되고 넬슨이 총사령관에 취임했다. 그러나 더 이상 전투는 없었다. 기후 때문에 몹시 고생하던 그는 곧 귀국했다. 그리고 그 원정의 공로로 자작이 되었다.

그 무렵 프랑스군의 영국 침공에 대한 경계심이 매우 고조되어 있었다. 그래서 오포드니스에서 비치 헤드에 이르는 해안선의 방어 임무가 넬슨에게 맡겨졌다. 그러나 그는 침공에 대한 경계심이 지나친 것이라고 느꼈고 자신의 임무도 달갑지 않았다. 결국 아미앙 조약으로 평화가 성립되자 그는 기꺼이 사임했다.

▌ 트라팔가르의 마지막 해전

1803년 전쟁이 다시 시작되자 그는 지중해 함대의 총사령관이 되어 1년 이상 툴롱 앞바다에 머물면서 프랑스 함대를 감시했다. 1805년 프랑스 함대가 영국 감시선들의 눈을 피해서 툴롱을 떠났다. 넬슨은 이집트로 갔지만 프랑스 함대를 만나지 못해서 몰타로 돌아갔다. 그리고 프랑스 함대가 거센 풍랑을 만나 흩어진 뒤 다시 툴롱으로 돌아오지 않을 수 없었다는 보고를 받았다.

3월 31일 프랑스의 빌뇌브 호가 다시 출항하여 카디스의 스페인 함대와 연합한 뒤 서인도 제도로 향했다. 넬슨은 정보 부족과 역풍 탓에 상당히 뒤늦게 추격했다. 적은 그의 추격에서 벗어났다. 그는 원하던 해전을 치르지 못한 채 유럽으로 다시 돌아오지 않을 수 없었다. 다만 영국 식민지들에 대한 적의 계획을 좌절시킨 것이 소득이라면 소득이었다.

1805년 6월 20일 넬슨은 지브롤터 항구에 상륙했는데 그것은 1803년 6월 16일 이후 그가 땅을 처음 밟은 것이다. 8월 중순까지 적의 배를 찾으러 순시 항해를 계속하다가 포츠머스로 귀환했다. 그리

트라팔가르 해전_워런 셰퍼드 그림

트라팔가르 해전에서의 넬슨_W. 오버렌드 그림

고 서인도 제도에서 돌아오던 프랑스와 스페인의 연합 함대가 로버트 콜더 경이 지휘하는 영국 함대와 해전을 벌였는데 무승부로 끝났다는 소식을 거기서 들었다.

집으로 돌아가서 며칠 되지 않았을 때 그는 프랑스와 스페인의 연합 함대가 카디스에 입항했다는 소식을 들었다. 당시 나폴레옹은 영국 침공을 계획하고 있었다. 오랜 감시와 추격의 보상을 간절히 바라던 그는 함대 지휘를 자원했고 영국 정부는 기꺼이 받아들였다.

그는 1805년 9월 14일 빅토리 호를 타고 포츠머스를 떠났다. 오랜 친구이자 명성의 경쟁자인 콜링우드 제독이 지휘하는 카디스 먼바다의 함대를 인수하기 위한 것이었다.

넬슨이 참가한 마지막 해전은 1805년 10월 21일 케이프 트라팔가르 앞에서 벌어졌다. 프랑스와 스페인 쪽이 군함 숫자도 많았고 군사력과 화력도 우세했다. 넬슨은 영국 함대를 둘로 나누어 절반은 자신이 맡고, 다른 절반은 콜링우드에게 맡겼는데 로열 소버린

호에 탄 콜링우드의 함대가 먼저 적진의 가운데를 향해 곧장 공격
해 들어갔다.

넬슨은 자신이 탄 빅토리 호가 케이프 센트 빈센트 해전에서 만
났던 오래된 적함 산티시마 트리니다드를 향하도록 했다. 그리고
그 거함을 향해 12시 4분에 대포를 발사하기 시작했다. 적함 르두타
블 호는 그의 오른쪽에, 그리고 산티시마 트리니다드 호와 부센타
우르 호는 그의 왼쪽에 있었다.

르두타블 호의 뒤쪽 돛대에서 날아온 총알에 왼쪽 어깨를 맞은
넬슨이 1시 15분경에 쓰러졌다. 처음부터 그는 상처가 치명적이라
는 것을 알았다. 극심한 고통 중에도 그는 전투의 결과에 대해 최대
의 관심을 기울였다.

병사들이 함성을 올릴 때마다 그의 표정은 기쁨에 물들었다. 다

넬슨의 죽음

가오는 죽음의 고통 속에서도 그는 자신의 일생을 바쳤던 위대한 일의 성공을 간절히 바라고 있었던 것이다. 그는 자신의 승리가 완전하고 또 영광스러운 것이라고 자각하고 있었다. 4시 반에 숨을 거두면서 그가 남긴 마지막 말은 "하느님께 감사합니다. 저는 제 의무를 완수했습니다."라는 것이었다. 그의 나이는 48세였다.

그는 분명히 자기 의무를 완수했고 자신이 맡았던 임무를 성공적으로 마쳤다. 왜냐하면 그 이후로는 영국의 제해권에 도전하는 적의 함대가 전혀 없었던 것이다. 그는 명성의 절정에서 숨을 거두었다. 그리하여 승리를 거둔 뒤에 오래 살아남은 사람보다 더욱 깊이, 그를 사랑하는 국민들과 그를 숭배하던 해군 장병들의 가슴속에 그에 대한 추모의 정이 생생하게 살아 있었던 것이다.

Arthur, Duke of Wellington

웰링턴 공작

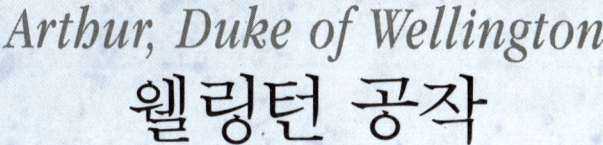

1769~1852년

사방에서 동료들이 죽는 것을 본 영국군 병사들은 전진 명령을 애타게 기다렸다. 그러나
웰링턴은 결정적 순간이 아직 오지 않았다고 느꼈다. 그는 모든 권한을 발동하여 그들의
격양된 분위기를 억제했다. "나의 용감한 친구들이여, 아직은 이르다! 조금만 더 굳세게 참
아라. 마지막 한 명이 죽을 때까지 나도 함께 버틸 것이다." 불로프 장군이 지휘하는 프러
시아군에게 배후를 공격당한 프랑스군의 혼란을 즉시 간파한 웰링턴이 드디어 외쳤다.
"때가 왔다! 이제 모든 병사들은 전진하라!"

나폴레옹을 패배시킨 영웅

글 · L. 드레이크

Arthur, Duke of Wellington _ **웰링턴 공작**

　모닝턴 백작의 다섯째 아들인 아서 웰슬리는 1769년 5월 1일 아일랜드의 더블린에서 태어났다. 그는 영국의 명문 이튼 학교에서 여러 해 동안 예비 교육을 받은 뒤 유서 깊은 프랑스의 앙제르 군사 학교에 입학하여 군사 전략을 배웠다. 그는 여기서 쌓은 실력을 훗날 수많은 전투에서 유감없이 발휘하여 명성을 떨쳤다.

▍ 군사 학교의 평범한 성적

　같은 시대를 살아간 나폴레옹과는 달리 웰링턴은 앙제르 군사 학교에서 일찍이 천재성을 드러내지는 못했고 평범한 성적에 그쳤다. 1787년 영국으로 돌아가서 소위로 임관이 된 그는 5년 후 18경

기병 사단의 중대장이 되었다. 아일랜드로 돌아간 그는 트림에서 출마, 아일랜드 의회 의원이 되어 공직 생활을 시작했다.

그는 네덜란드에서 진행 중이던 전쟁에 연대를 이끌고 참가하라는 명령을 받고 실전 경험을 쌓기 시작했다. 그가 네덜란드에 도착하기도 전에 전세는 영국군에게 매우 불리한 상황이었다. 최초의 참전에서 그는 많은 체험을 했지만 무훈은 별로 세우지 못했다.

중령으로 진급하여 후방에 배치된 부대를 지휘하게 되자 그는 영국군이 네덜란드 국경을 넘어 독일로 후퇴할 때까지 그들을 지원하기 위해 프랑스 공화국 군대의 공격에 열심히 맞섰다. 그의 연대는 독일의 브레멘에 잠시 머물면서 주민들의 따뜻한 환영을 받은 다음 아일랜드로 돌아갔다.

전력이 약화된 그의 연대는 곧 신병들로 보충했다. 그리고 1796년 4월 그는 연대를 이끌고 인도를 향해 출발하여 다음해 2월 그곳에 도착했다. 그는 인도에 도착한 지 얼마 지나지 않아 그곳에 주둔하는 영국군의 모든 중요 사항을 지휘하게 되었고 1798년 초 중장으로 진급했다.

그는 짧은 기간 동안 눈부신 군사 작전을 전개하여 티푸 사이브의 죽음 이후에도 영국군에게 저항을 계속하던 마라타 지역의 모든 영주들을 제압하고 그 일대를 완전히 평정함으로써 워털루 승리 이전에 이미 군사적 명성을 떨치게 되었다.

영국으로 돌아간 그는 군사 참모 본부의 참모가 되었고 1806년 롱포드 백작의 셋째 딸 캐서린과 결혼했다. 그들은 사이가 좋지 않

아 오랫동안 별거했으나 이혼은 하지 않았다. 캐서린은 1831년에
죽었다.

▌스페인에서 프랑스군 격퇴

　1808년 6월 스페인과 포르투갈을 점령한 프랑스군과 싸우기 위
해 영국군 사령관으로 임명된 그는 즉시 코루나를 향해 떠났다. 그
는 탁월한 실력을 발휘하여 눈부신 전과를 거두었기 때문에 영국
국왕은 그를 귀족으로 승격시켰다.

　연합군을 이끌고 많은 어려움을 극복하면서 그는 승리를 거듭
했다. 1811년 1월 드디어 프랑스군이 점령하고 있는 로드리고 시를
둘러싼 마지막 결전에 이르렀다. 추위가 극심했고 로드리고 시 바
로 앞을 흐르는 아구에다 강은 수위가 갑자기 높아져서 영국군이
매우 위태롭게 될 가능성이 컸다.

　그러나 초기의 포위 작전은 성공적으로 수행되었다. 어느 날 오
후 성벽을 파괴하기 위한 대형 대포 27문이 일제히 포격을 개시했
다. 5일이 지나자 파괴된 성벽을 통해서 군대가 진입할 수 있을 정
도가 되었다. 웰링턴 중장은 적군에게 항복을 권유했지만 프랑스
측은 즉시 거절했다. 파괴된 성벽을 면밀히 검토한 뒤 웰링턴은 공
격에 승산이 크다는 확신을 얻었다.

　영국군 포병 부대에게 성벽 위에 있는 프랑스군 대포들을 집중
포격하라고 명령한 다음, 강변에 앉아서 그는 로드리고 시의 운명
을 결정하는 공격 명령에 서명했는데 그 명령서의 첫 머리는 이렇게

시작했다. "로드리고 시에 대한 공격은 오늘 오후 7시에 개시하라."

　스페인과 포르투갈은 로드리고의 정복자 웰링턴에게 최고의 명예를 바쳤고 영국 정부는 그를 웰링턴 공작으로 격상시키는 한편 연봉을 2,000파운드로 올려 주었다.

　술트 원수가 지휘하는 프랑스군은 결국 스페인에서 허겁지겁 철수하지 않으면 안 되었다. 그들은 연합군이 7일 걸려서 행군한 거리를 나흘 만에 통과해서 급히 철수한 것이다. 그 기간 동안 양쪽 군대는 여러 번 가까운 거리에 위치했다.

　프랑스군이 헤르 평원을 가로질러갈 때 영국군이 바싹 뒤를 추격하고 있었는데, 그들 사이에 울창한 삼림이 없었더라면 영국 기

웰링턴의 영국군 사열식

병대가 프랑스군에게 막대한 타격을 입혔을 것이다. 1814년 4월 그는 프랑스의 툴루즈까지 진출했는데 나폴레옹은 이미 나흘 전에 퇴위했다. 스페인 반도의 전쟁은 끝난 것이다.

▌나폴레옹의 복귀

모스크바 원정에 실패한 나폴레옹이 황제의 지위에서 물러나 엘바 섬으로 향했을 때, 웰링턴 공작은 자신이 한동안 군대를 떠나 있어도 안전할 것이라고 생각했다. 그는 5월 4일 파리에 도착하여 각계각층으로부터 열렬한 환영을 받았다. 연합군의 모든 군주들이 그에게 보낸 격찬은 유럽이 자유를 회복하기 위한 전쟁에서 그의 탁월한 재능과 확고한 신념이 승리에 얼마나 크게 기여했는지를 잘 보여 주었다.

스페인의 왕으로 복귀한 페르디난드는 그에게 감사의 편지를 보냈다. 스웨덴의 태자는 그에게 최고 훈장을 보냈다. 영국 정부는 그에게 공작 영토를 주었고 그의 참모 다섯 명을 귀족으로 승격시켰다.

그러나 다음해인 1815년에 전쟁의 우렁차고 날카로운 나팔소리가 다시 한 번 유럽을 흔들었다. 황제의 자리에서 퇴위한 지 10개월 뒤 나폴레옹이 엘바 섬을 탈출하여 3월 1일 프랑스에 상륙한 다음 얼마 후 파리에 나타난 것이다. 그는 유럽 최대의 전리품, 즉 자신이 놓쳤던 황제의 관을 다시 손에 넣기 위해 모든 위험을 무릅쓰려고 결심한 것이다.

나폴레옹이라는 이름의 마술이 프랑스를 휘어잡아 프랑스 전체가 거대한 군사 진지로 돌변했다. 믿기 어려울 정도로 짧은 기간 동안에 나폴레옹은 15만 명의 군사를 모았다. 그 가운데 2만 명은 고도로 훈련된 기병들이었다. 군사 장비도 완벽했고 300문의 대포로 구성된 포병은 그 화력이 막강했다.

나폴레옹이 엘바 섬을 탈출할 때 웰링턴은 프랑스 주재 대사의 자격으로 비엔나 회의에 참석 중이었다. 웰링턴과 프러시아의 블뤼커 원수는 18만 명의 군사를 소집했다. 나폴레옹 군대는 노련한 병사들로 구성된 반면, 연합군은 숫자는 많았지만 대부분이 신병들이었다.

게다가 웰링턴 공작이 지휘하는 군대는 그가 평한 대로 "가장 허약하고 가장 형편없는" 군사들로 구성된 것이었다. 그의 군대는 8만 명에 이른 적이 없고 그 가운데서도 절반밖에는 전투에 투입할 수 없는 형편이었다.

1815년 6월 11일 저녁에 나폴레옹은 "빗자루로 쓸듯 나는 웰링턴 군대를 쓸어버릴 것이다."라고 말했다. 다음날 새벽에 그는 전선에 배치된 프랑스군 진영으로 갔지만 자기가 그곳에 간다는 사실을 웰링턴에게 숨기기 위해 모든 주의를 기울였다.

나폴레옹의 전략은 웰링턴과 블뤼커를 갈라놓은 뒤 하나씩 상대해서 둘 다 완전히 섬멸한다는 것이었다. 그것이 성공한다면 프랑스는 승리에 기뻐 날뛰면서 자신을 다시금 황제로 맞이할 것이라고 믿었던 것이다.

▌영웅들의 운명적 대결

웰링턴은 저녁 식사를 하던 중 나폴레옹 군대의 전진에 관한 첫 번째 보고를 받았다. 브뤼셀을 집중 공격하기 위해 연합군을 리니 쪽으로 유도하려는 프랑스의 속임수 작전에 불과하다고 판단한 그는 나폴레옹의 의도가 좀더 확실히 드러날 때까지 기다리기로 했다.

웰링턴은 어떠한 위기 상황에 대해서도 이미 모든 준비가 되어 있었던 것이다. 그는 모든 부대에게 즉각 출동할 수 있는 태세를 취하라고 명령한 다음, 자신은 참모들을 이끌고 리치먼드 공작부인이 그날 밤 주최한 무도회에 참석했다.

블뤼커가 보낸 두 번째 전령이 밤 12시 이전에 도착해서 무도회장에 있던 웰링턴 공작에게 서신이 전달되었다. 그는 완전히 서신 내용에 몰두했다. 다 읽고 난 뒤에도 한동안 주위를 완전히 잊은 채 혼자 깊은 생각에 잠겼다. 그의 표정은 매우 심각했다. 그리고 가끔 이렇게 중얼거렸다. "블뤼커 원수가 생각하기에는… 그것은 블뤼커 원수의 의견이지."

잠시 후 그는 결심했다. 평소와 다름없이 구체적이고 간결한 명령을 그가 참모에게 내리자 참모는 즉시 떠났고 실내는 다시금 쾌활하고 명랑한 분위기를 회복했다. 저녁 식사를 거기서 마친 다음에야 그는 돌아갔다.

자정이 조금 지난 뒤 요란한 나팔소리가 브뤼셀 주민들의 잠을 모두 깨웠다. 이윽고 프랑스군이 샤를루아를 점령했다는 사실이 알려졌다. 영국군은 프러시아군을 지원하기 위해 전진하라는 명령을 받았다. 시내에 주둔하던 영국군이 즉시 출동 준비에 들어가자 온 시내가 소란하기 짝이 없었다.

영국군은 새벽에 완전무장을 마치고 8시에 카트르 브라를 향해 브뤼셀 시내를 떠났다. 카트르 브라는 샤를루아 방면에서 전투가 예정된 지점이었다. 영국군 5사단은 소와니 숲을 가로 질러서 곧장 앞으로 나아갔다.

오후가 되자 프랑스군의 네이 원수가 네덜란드의 오라녜 공의 군대를 공격했는데 압도적으로 우세한 프랑스군이 네덜란드군을 보셴 숲이라고 하는 울창한 숲속으로 몰아넣고 있었다.

그때 영국군의 주력 부대는 카트르 브라에 막 도착하는 중이었다. 웰링턴은 자기 편인 네덜란드군의 위기를 즉시 간파했다. 엄청난 무더위 속에서 32킬로미터를 행군한 영국군이지만 사기는 드높았다. 그는 공격 명령을 내렸다. 연합군은 즉시 숲을 탈환했다.

그러자 연합군의 두 배가 되는 네이 원수의 프랑스군 보병이 도착하고 대단한 화력을 지닌 포병 부대가 그들을 지원했다. 게다가 곧 뒤따라온 프랑스 기병대가 가슴보다 더 높이 자란 밀밭을 헤치면서 달려와 영국군을 공격했다.

진지를 구축할 틈도 없었던 영국군은 사각형으로 대형들을 만들어 간신히 적을 막았다. 영국군의 대형들을 무너뜨리기 위해 프랑스군은 격심한 공격을 퍼부었다. 대포알이 소나기처럼 영국군 머리 위로 쏟아졌다. 틈새가 생기면 프랑스 기병대가 달려들었다.

그러나 영국군은 전사자를 재빨리 치운 뒤 틈을 메웠다. 대형들이 느슨해지기는 했지만 그래도 총검이 밀집된 방어벽을 유지했다. 프랑스 기병대의 창도, 긴 칼도 그것을 뚫지는 못했다.

엔기엔에서 근위 사단이 도착해서 위기를 구해 주었다. 그들은 용감하게 적에게 돌진하여 반 시간 이내에 적을 숲에서 완전히 몰아냈다. 그들의 공적은 대단한 것이었다. 젊은 병사들은 15시간 동안 아무것도 먹지도 마시지도 못한 채 강행군하여 전투 현장에 도착한 것이었다. 그들은 브룬스빅 군대와 합류하기는 했어도 프랑스군의 포격과 기병대의 공격 때문에 숲속에 은신하지 않을 수 없었다. 그러나 자주 숲을 뛰쳐나가 프랑스군을 공격했다.

드디어 전세가 불리하다고 깨달은 네이 원수가 나폴레옹에게 원군을 요청했다. 그런데 의외로 나폴레옹은 원군으로 써야 할 군대를 리니에 있는 프러시아군을 공격하는 데로 돌렸다. 그래도 네이 원수는 그날이 저물도록 버티다가 프라네로 통하는 길 쪽으로 퇴각했다. 한편 영국군은 모닥불을 피우고 전투 현장에서 휴식을 취했다.

리니에 있는 프러시아군에 대한 나폴레옹의 공격은 오랫동안 승패가 나지 않았다. 나폴레옹도 블뤼커 원수도 예비 부대들을 전투에 투입하지 않을 수가 없었다. 밤이 되었는데도 블뤼커는 상처받은 사자처럼 무시무시한 기세로 싸움을 계속했다. 그러나 어둠을 이용해서 나폴레옹은 프랑스 보병 일개 사단을 프러시아군의 배후로 이동시킬 수가 있었다. 그동안 프랑스 기병대는 전면에서 맹렬하게 공격했다. 결국 블뤼커는 후퇴했다.

▌작전상 후퇴

웰링턴은 다음날 새벽에 다시 전투할 태세였지만 블뤼커의 후퇴를 보고받자 자신도 후퇴하기로 결심했다. 그것은 프러시아군의 오른쪽과 횡적인 연결을 유지하는 한편, 나폴레옹이 연합군의 한가운데를 돌파하지 못하게 막기 위한 것이었다. 연합군의 중앙이 돌파되고 분리되어 어느 한쪽이 공격을 받을 경우, 숫자적으로 열세인 연합군 쪽의 패배는 분명했던 것이다.

나폴레옹은 영국군이 16일에 점령한 지역을 여전히 차지하고 있을 것이라고 예상했다. 그러나 프라네의 고지에 올라가 보고는 놀랐다. 숲의 입구에 남아 있는 것은 강력한 후방 부대뿐이고 적의 주력은 절반이 이미 브뤼셀 쪽으로 퇴각한 뒤였던 것이다. 나폴레옹은 네이 원수가 잘못했다고 심하게 질책했다.

그러나 웰링턴의 부하 장교들도 퇴각을 끝까지 예상하지 못하고 있었다. 웰링턴 공작은 적군에게 잘 보이는 숲의 외곽 지대를 돌아서 군대를 철수시키면서도 그것이 퇴각이 아니라 원군이 도착하는 것이라고 네이 원수가 착각하도록 교묘한 수법을 쓴 것이다.

프랑스 부대들이 즉시 추격을 개시했지만 억스브리지 경이 지휘하는 경호 사단이 영국군의 후방을 잘 막았을 뿐만 아니라 프랑스군에게 심한 타격을 주었다. 프랑스 기병대도 거의 전멸 위기에 몰렸다.

이제 영국군 보병은 샤를루아에서 브뤼셀로 향하는 길의 최대 요충지인 몽 셍 장 고지에 진을 칠 시간적 여유가 충분했다. 여기서 웰링턴 공작은 자기 진지를 사수하기로 결심했다. 그는 오랜 기간에 걸쳐서 거둔 영광을 단 한 번의 전투에 모두 걸기로 한 것이다.

나폴레옹은 밤새도록 적이 모두 멀리 달아났을까 봐 걱정했는데 아침에 적진을 바라보고는 회심의 미소를 지었다. 그리고 자신만만하게 외쳤다. "정말 잘됐다! 결국 내가 그들을 잡았어. 저 영국 놈들을 말이야!"

다음날 아침 9시에 날씨가 좋아져 햇살이 비쳤고 병사들은 불을 피우고 무기를 말렸다. 탄약과 식량이 지급되고 모두 기분 좋게 식사를 했다. 새벽부터 총소리가 가끔 들리기는 했지만 전투는 11시부터 개시되었다.

프랑스군의 경기병 부대가 언덕을 쏜살같이 달려 내려와 우구몽 성 방향으로 돌진하면서 공격했다. 3만 명이 넘는 보병 3개 사단이 그 뒤를 따랐다. 영국군의 잠복 부대가 후퇴하자 영국군 포병 2개 대대가 포격을 개시했다. 프랑스군의 포병 부대도 포격을 개시했다. 우구몽 성을 둘러싼 포격전은 한 시간 이상 계속되었다. 프랑스군의 대포알들은 정확하게 영국군이 차지한 건물들 위로 쏟아져 내렸다.

드디어 저격병들로 구성된 영국군의 나소 부대가 후퇴하고 프랑스군이 과수원으로 들어가기 시작했는데 그들은 곧 출동한 솔턴 경의 기병대에 밀려서 퇴각했다. 프랑스군은 성의 뒤쪽을 공격했지만 심한 반격을 받고는 후퇴하고 말았다.

이제 프랑스군 포병 부대는 우구몽 성의 탑과 성당을 포격했다. 그 안에 있던 많은 영국군 부상병이 죽었다. 그러나 영국군은 후퇴하지 않았다. "저 영국 놈들이 참 멋지게도 싸우는군. 그러나 굴복하지 않을 수 없을 거야."라고 나폴레옹은 술트 원수에게 말했다.

저녁이 되었어도 영국군은 완강하게 버티고 있었다. 사방에서 동료들이 죽는 것을 본 영국군 병사들은 전진 명령을 애타게 기다렸다. 그러나 웰링턴은 결정적 순간이 아직 오지 않았다고 느꼈다. 그는 모든 권한을 발동하여 그들의 격앙된 분위기를 억제했다. 그러나 그들의 인내의 한계도 잘 알고 있었다.

"나의 용감한 친구들이여, 아직은 이르다! 조금만 더 굳세게 참아라. 머지않아 저들을 때려잡을 테니까."

간곡한 그의 호소에 병사들은 자기 위치를 지켰다. 그러나 이제는 장교들이 불만을 품고는 퇴각을 건의했다. 웰링턴이 그들에게 물었다.

"병사들은 버틸 것인가?"

"죽을 때까지 버틸 것입니다!"

"그렇다면 나도 마지막 한 명이 죽을 때까지 그들과 함께 버틸 것이다."

물론 웰링턴이 자신이 처한 위기를 모르는 것은 아니었다. 그래서 밤이 빨리 오거나 아니면 블뤼커의 원군이 도착하기를 바랐다. 프러시아군은 오후 3시에 오기로 되어 있었지만 7시가 되었는데도 오지 않았던 것이다. 한 시간이 지나지 않았을 때 대포 소리가 예상했던 방향에서 들려오기 시작했다.

프러시아군의 선두가 프랑스군의 후방에 가까운 플랑시누아에 도착했다는 보고를 웰링턴은 받게 되었다. 한편 나폴레옹은 그 부대가 자신이 오랫동안 기다리고 있던 그루시의 군대라고 생각했다. 그러나 숲에서 나오는 군대가 프러시아군이라는 것을 깨닫고는 얼굴이 창백해지고 한 마디 말도 하지 못했다.

노련한 병사들로 구성된 나폴레옹의 근위대가 영국군 보병들이 포격을 피해서 숨어 있는 언덕을 향해 전진했다. 그들이 100미터 가량 가까운 곳에 이르렀을 때 말을 탄 채 웰링턴이 소리쳤다.

"호위대 병사들이여, 일어나 공격하라!"

영국군의 일제 사격으로 잠시 뒤로 밀렸던 나폴레옹 근위대가 다시 집결했지만 두 번째 공격에 밀려서 반대편 둑으로 퇴각했다. 그들을 지원하기 위해 프랑스군 기병대가 영국군 측면을 공격했지만 힐 경이 지휘하는 영국군 오른쪽 부대가 반월형으로 그들을 포위하여 격파했다. 그 사이에 영국군 보병들은 언덕 위에서 다시 대형을 만들었다.

웰링턴은 불로프 장군이 지휘하는 프러시아군에게 배후를 공격당한 프랑스군의 혼란을 즉시 간파했다. 재빨리 망원경을 내려놓은 뒤 그는 외쳤다.

"때가 왔다! 이제 모든 병사들은 전진하라!"

4열 횡대로 길게 늘어선 영국군이 함성을 지르며 전진했다. 모자를 손에 든 채 말을 탄 웰링턴이 선두에 섰다. 말이 끄는 영국의

대포들은 혼란에 빠진 적진에 대포알을 쏘아댔다.

나폴레옹의 4개 근위대대는 소나기처럼 쏟아지는 포탄 속에서도 사각형의 대형을 유지하면서 프랑스군의 전진을 막았다. 항복을 완강히 거부하면서 그들은 외쳤다.

"근위병들은 절대로 항복하지 않는다. 우리는 죽을 뿐이다!"

나폴레옹은 이미 달아난 뒤였다. 처음에 그는 근위대의 사각형 대형 안에 들어갔다. 그들과 함께 죽을 각오였다. 그러나 프러시아 군이 후방을 차단했고 자신이 포로가 될 위험에 처해 있다고 깨닫자 이렇게 소리쳤다.

"오늘은 졌다. 일단 우리 목숨은 보존하자!"

그는 열 명 내지 열두 명의 측근 장교들만 데리고 말머리를 돌려서 달아난 것이다.

밤 9시 반이 지났다. 프랑스군은 이제 패잔병들의 무리였다. 그들은 워털루와 헤나페 사이에서 무수히 살해되었다. 영국군은 헤나페에서 추격을 멈추었다. 그러나 새로 도착한 프러시아군은 계속해서 추격했다.

웰링턴은 브뤼셀 시내로 들어가 식사를 하려고 워털루 벌판을 다시 가로질러 갔다. 달빛 아래 드러난 광경은 처참하기 짝이 없었다. 평소에 엄격하던 그도 드디어 눈물을 흘리며 울었다. 그리고 소리쳤다.

"나는 이런 전투를 한 적이 없었다. 다시는 이런 전투를 하고 싶지 않다."

　그는 그런 전투를 다시는 하지 않았다. 그토록 처참한 전투는 워털루가 그에게 마지막이었다. 그 후 웰링턴은 거의 40년을 더 살았고 영국의 정치 무대에서 지도자로 활약했다. 1928년 그는 수상이 되었는데 수상으로서 세운 업적은 그리 탁월하지 못했다.

　1852년에 그는 심장마비로 죽었다. 84세였다. 그의 장례는 가장 성대한 국장으로 치러졌고 그의 유해는 성 바울로 대성당에 묻혔다. 평소에 그는 "나는 하찮은 인간에 불과하다."고 즐겨 말했다. 그러나 그는 불멸의 넬슨과 쌍벽을 이루는 영국의 국민적 영웅으로 세상을 떠난 것이다.

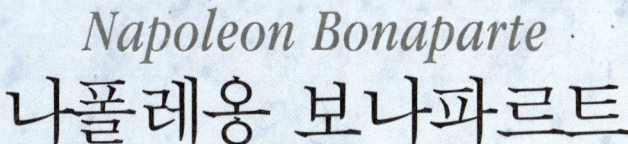

Napoleon Bonaparte
나폴레옹 보나파르트

❧
1769~1821년

나폴레옹은 냉철한 계산, 근면, 자제력 등은 그가 자신의 천재적 능력을 최대한으로 유리
하게 발휘하도록 해 주었다. 그의 이러한 성품이 그가 이룩한 그 모든 일을 가능하게 했던
것이다. 그러나 그가 처음부터 끝까지 유지한 유일한 원칙, 모든 행동의 가장 중요한 열쇠
가 되었던 원칙은 유감스럽게도 오로지 자신의 출세, 명성, 권력의 추구에만 몰두했다는
것이다. 1800년부터 15년에 걸친 나폴레옹 전쟁 기간 동안 프랑스의 젊은이 50만 명이 희
생되었다. 그것은 그 당시 프랑스 전체 인구의 6분의 1에 해당했다.

유럽을 석권한
프랑스 최초의 황제

글·클레이턴

 Napoleon Bonaparte _ **나폴레옹 보나파르트**

나폴레옹의 아버지 카를로 부오나파르테는 16세기에 코르시카 섬으로 이주한 토스카나 지방의 귀족 집안 출신이고 나중에 배석판사가 되었다. 그는 14세인 레티치아 라몰리노와 결혼하여 여덟 자녀를 두었는데, 나폴레옹은 차남으로 1769년 8월 15일 코르시카 섬 아야치오에서 태어났다. 코르시카는 원래 이탈리아 북서부 제노바 공화국의 영토였지만 나폴레옹이 태어나던 해에 프랑스의 영토가 되었다. 나폴레옹의 원래 이탈리아식 이름은 '나폴레오네 부오나파르테'였다.

10세 때인 1779년 브리엔 르 샤토의 군사학교에 입학하여 공부하다가 1784년 8월 파리의 군사학교로 전학했다. 1784년에 군사학교 감독관은 공식 보고서에서 그의 학교 생활을 크게 칭찬하는 한편, 그가 수학에 뛰어나고 역사와 지리에 관한 지식이 풍부하다고 평가했다. 하지만 다른 과목들, 특히 라틴어는 별로 성적이 좋지 않다고 기록했다. 한 가지 흥미로운 것은 그가 앞으로 훌륭한 해군 장교가 될 것이라고 보고서에 기록되어 있다는 점이다.

▌ 58명 중 42등으로 졸업하다

그의 아버지는 1785년에 위암으로 죽었다. 바로 이 해 그는 같은 반 사관생도 58명 가운데 42등으로 졸업하여 라 페르 연대의 포병 소위로 임관되었다. 그의 나이 17세였다. 그 후 그는 발랑스를 비롯한 여러 요새에서 근무했다. 그는 휴가를 코르시카에서 보냈고 그 섬의 역사 과정에서 지도적 역할을 하려고 했던 것으로 보이는데, 이것은 그의 야망과 정력적 성격이 처음 드러난 것이다.

프랑스 대혁명이라는 역사의 결정적 시기에 그는 먼저 비교적 온건한 세력인 파올리 파에 속해 있었다. 파스쿠알레 파올리는 원래 프랑스의 코르시카 지배에 저항하던 인물이었다. 나폴레옹의 아버지도 한때 그를 지지했지만 그가 망명한 뒤에는 프랑스에 협조했다. 파올리는 젊은 나폴레옹을 신임하지 않았고 오히려 나폴레옹을 프랑스인으로 취급했다.

지칠 줄 모르는 활동과 무모한 만용을 부리기는 했지만 군사력을 시험해 보기 위해 그는 아야치오의 의용군 부대의 부사령관으로 선출되어 무력으로 아야치오를 점령하려 시도했다. 그러나 실패로 끝나고 그는 파리로 돌아갔다.

프랑스 정부는 파올리의 세력을 부수고 코르시카의 특권을 없애기로 결정했다. 코르시카 섬 사람들은 애국자 파올리를 중심으로 뭉쳐서 반기를 들었다. 1793년 4월 코르시카에서 내전이 벌어진 것이다. 나폴레옹은 이제 파올리를 반대하는 입장에 섰고 프랑스 정부를 위해 아야치오를 점령하려고 다시 시도했지만 역시 실패한 뒤 가족들을 모두 데리고 프랑스로 도망쳤다.

이 시기 이후 그는 프랑스에서 출세의 길을 모색하기 시작했다. 고향 코르시카 섬의 좁은 시야는 더 이상 그에게 매력을 발휘하지 못했다. 그러나 그 산악 지방의 긴장된 분위기와 그곳 주민들의 급한 성미는 그에게 강한 활력을 불어넣었고 그가 결단을 내리고 행동하는 데 모든 장애를 극복하는 신속성과 에너지를 공급했던 것이다.

한편 냉철한 계산, 근면, 자제력 등은 그가 자신의 천재적 능력을 최대한으로 유리하게 발휘하도록 해 주었다. 그의 이러한 성품이 그가 이룩한 그 모든 일을 가능하게 했던 것이다. 그러나 그가 처음부터 끝까지 유지한 유일한 원칙, 모든 행동의 가장 중요한 열쇠가 되는 유일한 원칙은 유감스럽게도 그가 오로지 자신의 출세, 명성, 권력의 추구에만 몰두했다는 것이다.

이제 나폴레옹은 카르토가 지휘하는 군대에 합류했다. 당시 마르세유 파는 중앙 정부의 국민회의 파에 대항해서 독자 노선을 선언하고 아비뇽을 점령했는데, 카르토는 마르세유 파와 대립하고 있었다.

한편 나폴레옹은 당시의 군대 감독관이던 젊은 혁명 지도자 로베스피에르에게 호감을 느끼고 로베스피에르가 주창하던 과격한 자코뱅 파의 원칙들을 받아들였다. 그리고 머지않아 나폴레옹은 대대장으로 승진하였다. 1793년 8월 정부군이 툴롱을 포위했을 때 거기 참가하여 포병 부대를 지휘했다.

▌24세에 장군이 되다

이때 영국군은 툴롱의 왕당파를 지원하고 있었다. 여기서 그는 군사적 명성을 떨쳤는데, 툴롱의 함락을 초래한 공격 계획을 바로 나폴레옹이 세웠다는 것이 일반적인 의견이었다. 프랑스군 감독관 로베스피에르는 그가 "탁월한 공적을 세웠다"고 칭찬했다.

나폴레옹은 그해 12월 22일에 장군으로 진급되었다. 나이 24세였다. 다음해 2월 그는 프랑스의 이탈리아 군단의 포병 사령관으로 임명되었다. 그러나 5개월 뒤인 7월에 로베스피에르가 권력을 잃고 단두대에서 처형되자 그의 지원을 받던 인물로 알려진 나폴레옹은 체포되어 반역죄로 몰렸다. 그를 지지하는 강력한 세력 덕분에 목숨을 건지기는 했지만 한직인 서부 군단의 보병 여단 사령관으로 좌천되었다.

이 무렵 그는 자기 형의 약혼녀인 데지레와 연애 중이었다. 군대에서 출세의 길이 막혔다고 판단한 그는 정부의 발령을 무시했다. 그 결과 그의 이름은 정부의 봉급을 받는 장군들 명단에서 삭제되었다. 실망한 그는 터키 제국의 포병을 재조직하기 위해 터키에 파견되기를 바랐다.

그러나 1795년 10월 5일 그는 바라 장군이 지휘하는 내륙 군단 부사령관으로 임명되었다. 다음날 왕당파를 지지하는 파리 민병대의 공격을 격퇴함으로써 혁명 정부를 위기에서 구출했다. 그는 내륙 군단의 사령관이 되었다.

다음해 2월 23일 혁명 정부는 그의 세력에 두려움을 느끼는 한편, 그의 천재적 재능을 인정하여 그를 이탈리아 원정군 총사령관으로 임명했다. 나폴레옹은 파리의 정치무대에서 멀리 떠나보내려는 의도였다.

젊은 시절의 나폴레옹

그해 3월 9일 나폴레옹은 공포정치 때 단두대에서 처형된 알렉상드르 장군의 미망인인 조세핀과 결혼하고 이틀 뒤에 파리를 떠나 이탈리아로 향했다. 미모의 조세핀은 두 자녀의 어머니이면서도 남자 관계가 복잡한 여자였다.

군대를 직접 지휘하기 시작하면서부터 나폴레옹은 프랑스 혁명 정부의 전쟁 수행에 새로운 시대를 열었다. 그때까지는 전쟁을 수행하는 주요 동기가 순수한 애국심과 자유에 대한 사랑이었다. 그러나 나폴레옹은 자신의 군대 지휘권 인수를 선포하면서 이기심과 약탈이라는 전쟁의 동기를 최초로 내세웠다. 이 동기는 그 후 20년 동안 프랑스의 모든 정책을 지배했다. 그는 인간의 추악한 욕망에 불을 질렀던 것이다.

▌군사적 천재성을 발휘하다

그러나 그의 생애 최초의 군사 작전에서는 위대한 군사적 천재성을 마음껏 발휘했다. 그의 힘은 신속하고 과감한 결단, 그리고 그것을 실천에 옮기는 지칠 줄 모르는 정력에 있었다. 그는 번개처럼 빠르고 의외의 장소를 찌르는 공격으로 적진을 혼란에 빠뜨렸고 적이 세력을 다시 모을 시간적 여유를 주지 않았다.

그가 이끄는 프랑스 군대는 3만 6,000명으로 니스에서 사보나에 이르는 산악 지대에 널리 배치되어 있었다. 그와 맞서는 적은 콜리 장군이 지휘하는 피에몬테 군대 2만 명과 볼리외 장군이 이끄는 오스트리아 군대 3만 8,000명이었다.

그런데 그의 적장들의 이해관계는 서로 달랐다. 즉, 콜리는 이탈리아 북서부인 피에몬테 지방의 방어가 주목적인 반면, 볼리외는 동북부인 롬바르디아 지방의 방어가 주목적이었던 것이다. 따라서 만일 나폴레옹이 적의 두 진영이 연결되는 지점을 돌파할 수만 있다면, 적은 둘로 갈라지고 그들을 하나씩 각개격파하는 것이 가능했다.

결국 나폴레옹은 4월 12일 적의 중심부를 공격하여 오스트리아 군을 몬테노테에서 후퇴시키고 다음날에는 피에몬테군을 공격하여 밀레시모에서 격파했다. 잠시도 틈을 주지 않고 그는 오제로 장군에게 일개 사단을 맡겨 피에몬테군을 견제하게 한 다음, 자신은 남은 군대를 몰아 오스트리아군 진영으로 쳐들어가 4월 14일 데고 전투에서 그들을 결정적으로 격파했다.

적군은 예상대로 서로 다른 방향으로 후퇴했는데, 나폴레옹은 피에몬테군을 추격하여 체바 전투와 몬도비 전투에서 다시금 크게 승리를 거둔 결과, 사르디니아 왕은 별 수 없이 케라스코에서 휴전 조약에 서명하지 않을 수 없었다. 이로써 나폴레옹에게 남은 적은 오스트리아 군대 하나뿐이었다.

▎ 밀라노 입성과 약탈

5월 7일 나폴레옹은 피아첸차 근처를 흐르는 포 강을 건넜고 오스트리아군을 아다 시까지 후퇴시켰다. 그는 적을 추격하여 5월 11일에는 로디 다리를 건넜고, 5월 15일에는 그를 환영하여 밀라노 시민들의 환호 소리를 들으면서 밀라노에 입성했다.

그러나 그가 최초로 제시했던 전쟁의 불길한 동기, 즉 이기심과 약탈이 드디어 위력을 떨쳤다. 프랑스 군대의 약탈과 폭력 행위가 밀라노 시를 휩쓸었지만 그는 저지할 도리가 없었던 것이다.

사실은 나폴레옹 자신도 역시 약탈의 모범을 보여 주었던 것이다. 그는 엄청난 액수의 자진 헌납을 강요하여 거두었고 수많은 골동품과 예술품을 빼앗아 파리로 보냈다. 과거에 경험해 보지 못한 어마어마한 재산이 흘러들어오는 바람에 물욕에 눈이 어두워진 파리의 공화 정부는 나폴레옹과 마찬가지로 새로운 정복 사업과 전리품 획득에 한층 더 열을 올리게 되었다.

나폴레옹은 오스트리아군이 여전히 장악하고 있던 만토바를 포위하는 한편 정복의 기반을 더욱 튼튼하게 만드는 데 열중했다. 오스트리아군은 요새들을 지키는 데 온 힘을 기울였다. 그들은 프랑스군보다 숫자가 많았다. 그러나 프랑스군의 신속한 공격과 천재적인 전술 때문에 패배를 거듭했다.

드디어 10월 말, 대부분이 신병들로 구성된 5만 명의 오스트리아군이 알빈치 장군의 지휘 아래 만토바 성을 나와 전진했고 아르콜라에서 3일 동안 전투가 벌어졌다. 나폴레옹이 간신히 목숨을 건져서 탈출하기는 했지만 오스트리아군은 패배하여 스위스의 티롤 지방으로 후퇴하고 말았다.

▌오스트리아 군의 항복

아르콜라 전투 이후 나폴레옹은 자신의 운명에 확신을 품게 되었다. 1797년 1월에 알빈치가 만토바를 탈환하려고 다시금 시도했지만 모든 군사력을 동원해서 리볼리에 도착한 나폴레옹은 1월 14일 그곳의 전투에서 결정적인 승리를 거두었다. 아디게 지방의 오스트리아군은 항복했다. 2월 2일 오스트리아의 뷔름저 장군이 만토바에서 항복했고 나폴레옹은 그를 후하게 대우했다.

이탈리아에서 벌인 그의 작전은 그 후의 모든 작전과 비교할 때 가장 탁월한 솜씨를 발휘한 것이라고 할 수 있다. 모든 조치가 신속하게, 정확하게 이루어졌고, 어떠한 기회도 놓치지 않았던 것이다. 그 이후의 모든 작전도 눈부신 것이었지만, 어떤 것들은 도박하는 심정으로 치르지 않았나 하는 의심이 드는 경우도 있다. 그는 그러한 작전에서 온 세상을 깜짝 놀라게 만드는 결과를 기대하면서 운명의 별을 믿는 마음으로 불필요한 모험을 감행하기도 한 것이다.

이 시기의 정치적 면을 보면 나폴레옹은 프랑스 정부의 하수인이라기보다는 독자적인 지배자로 행동했다. 파리에서 오는 모든 지시를 무시한 채, 자진 헌납 형식의 무거운 세금을 거두었고, 독자적으로 교섭을 했으며, 자기 마음대로 작은 나라의 군주들을 폐위시켰다.

파르마 공작, 모데나 공작, 그리고 교황 비오 6세와 각각 휴전 조약을 체결한 그는 자기가 파리에 있는 "저 악당의 무리인 법률가들"을 위해서 전쟁을 하고 있는 것은 아니라고 큰소리를 쳤다. 1797년 9월 그는 오쥐로 장군에게 군대를 이끌고 파리에 들어가 왕당파를 숙청하도록 조치했다. 그리고 오스트리아와 강화 조약을 체결했다. 이제 나폴레옹의 인기는 절정에 이르게 되었다.

1797년 12월 5일 나폴레옹은 파리로 돌아갔다. 공화 정부는 그의 야심을 두려워했다. 그래서 견제하기 위한 수단으로 소위 영국 군단이라는 것을 그에게 맡겼다. 프랑스는 영국과 전쟁을 계속하던 중이었다.

그러나 나폴레옹은 영국이 지배하던 이집트의 정복을 노리고 있었다. 이집트를 정복하고 인도 항로를 위협하여 영국에게 막대한 타격을 준다는 것이 그가 내세운 이유였다.

그의 성격에는 몽상가의 기질이 엿보인다. 이집트에서부터 유럽 전체에 이르는 거대한 제국의 건설을 꿈꾸고 있었던 것이다. 그는 이러한 제국의 영광과 광채에 항상 매혹되어 있었다.

따라서 그는 영국 군단의 모든 물자를 이집트 정복 준비에 돌렸고 공화정 정부는 그의 주장에 결국 굴복했다. 그를 프랑스에서 멀리 떨어진 곳으로 보내고 싶다는 생각도 작용했기 때문이다. 그러나 그들의 침략적 정책은 유럽의 새로운 전쟁을 촉진하는 결과를 낳았다.

▌이집트 원정

프랑스의 원정군은 1798년 5월 19일 툴롱을 출발하였다. 성 요한의 기사단이 지배하던 몰타 섬을 속임수로 점령한 다음, 엄청난 행운 덕분에 넬슨 제독이 지휘하는 영국 함대를 피하여 6월 30일 알렉산드리아에 도착했다.

넬슨 함대가 들이닥칠까 두려워 서둘러 상륙한 나폴레옹의 군대는 7월 8일 카이로를 향하여 진격했다. 그는 케브레이스 전투와 피라미드 전투에서 이집트 군대를 격파하고 7월 24일에 카이로에 입성했다. 그는 이집트의 통치 기구 정비에 몰두했다.

그러나 8월 1일 프랑스 함대가 나일 강 전투에서 넬슨 함대에 격파당했기 때문에 나폴레옹의 지위가 매우 위험하게 되었다. 그는 동방에서 제국을 건설하는 것이 불가능하다고 판단했다. 그러나 그는 터키 지배 아래에 있던 시리아에서 혁명을 일으킬 수 있을 것으로 믿었다. 시리아의 혁명 덕분에 터키 세력을 타도하면 소아시아와 콘스탄티노폴리스를 거쳐서 파리로 개선하는 것도 가능했다.

이윽고 그는 1799년 2월에 1만 2,000명의 군대를 이끌고 시리아에 들어갔다. 그러나 아크르의 성 요한 요새에서 길이 막히고 말았다. 그 요새는 영국의 시드니 스미스 경의 함대로부터 지원을 받고 있었고, 아무리 심한 공격을 퍼부어도 함락되지 않았다. 결국 나폴레옹은 실패하여 빈손으로 이집트에 돌아갈 수밖에 없었다.

그 후 그는 아부키르에 상륙한 터키군을 격파했다. 그러나 프랑스군이 유럽에서 패배를 거듭한다는 소식을 듣자 이집트를 떠나 프랑스로 돌아가기로 결심했다. 명분은 공화 정부를 다시금 위기에서 구한다는 것이었지만, 사실은 나폴레옹 자신이 권력을 잡는 것이 목적이었다.

그는 이집트의 프랑스 군대를 클레베르에게 맡긴 뒤 8월 22일 비밀리에 배를 타고 떠나 6주 후 프랑스에 상륙하고 10월 14일 파리에 들어갔다. 당시 프랑스 국내 사정은 매우 혼란스러웠다. 정부는 여러 전쟁을 잘못 운영했고, 이탈리아는 거의 전부 뺏긴 상태였다. 따라서 정부라는 것도 제 기능을 발휘하지 못한 채 엉망이었다.

1799년 11월 9일에 혁명이 일어나 의회는 강제로 폐쇄되고 시에

예스, 피에르 로제 뒤코, 그리고 나폴레옹 등 세 명의 통령이 지배하는 임시 정부가 새로운 헌법을 제정하게 되었다. 그러한 내용의 법률은 12월 13일 공포되었다.

제1통령의 군사독재

그 후 정부의 통치권은 나폴레옹, 캉바세레, 르브렁 등 세 명의 통령이 장악했고 나폴레옹은 10년 임기의 제1통령이 되었다. 나이 30세인 나폴레옹은 사실상 최고통치자가 되었다. 나머지 두 명의 통령은 장식품이었다.

그리고 다른 기구들은 행정부에 권력을 집중시키도록 조직되었다. 시에예스가 상원 의장이 되었다. 나폴레옹은 계몽주의에 물든 전제군주였다. 그는 국민의 주권, 여론, 의회 정치 등을 믿지 않았다. 그는 군사력에 바탕을 둔 단호한 의지만 믿었다. 그는 프랑스에 군사독재를 실시한 것이다.

정부의 위기가 수습되자 서부 지방의 내란을 처리하기 위해 정력적인 조치가 취해졌다. 종교적 관용을 선포하는 한편 단호한 군사 조치가 수반되었다. 이러한 조치는 매우 큰 성공을 거두어 1800년 2월 말에는 프랑스 국내가 평온을 회복했다.

이윽고 나폴레옹은 시선을 국외로 돌렸다. 당시 프랑스에 적대하는 세력은 영국과 오스트리아였다. 그는 두 나라에 평화 제의를 했다. 자신을 군사 지도자보다는 평화의 친구로 부각시켜 적국들의 의심을 완화하려는 속셈이었다. 영국과 오스트리아는 평화 제의를 거부했다. 나폴레옹은 사실 속으로 그들의 조치를 크게 기뻐했다.

당시 프랑스군의 배치 상황을 보면, 모로 장군이 지휘하는 10만 명의 라인 군단은 콘스탄스 호수에서 알사스 지방에 이르도록 라인 강변을 따라 배치되어, 바덴에 지휘 본부를 둔 크레이 장군의 영국군과 대치했다. 한편 마세나 장군이 지휘하는 이탈리아 군단은 리비에라와 제노바에 배치되어 멜라스 장군의 오스트리아군과 대치했다.

나폴레옹은 전쟁의 최고 영예를 혼자 차지할 작정이었다. 그래서 모로에게 라인 강을 건너가기는 하지만 일정한 선 이상은 진격하지 말라고 지시했다. 그리고 마세나는 자기 힘으로 멜라스의 군대와 싸우라고 내버려 두었다. 그러나 마세나는 포위되어 전멸당할 위기에 처하게 되었고, 나폴레옹은 예비 부대들을 몰래 스위스 국경선에 배치하고 그 사령관으로는 베르티에르를 일부러 임명했다. 외국에서는 물론이고 프랑스 국내에서조차 그 예비 부대를 허수아비 부대로 여기고 있었다.

4월 24일 모로가 라인 강을 건넜고 크레이의 군대를 울름까지 몰아냈지만 나폴레옹의 지시에 따라 거기서 진격을 멈추었다. 동시에 나폴레옹은 예비 부대와 공동 보조로 작전을 수행할 일개 사단을 별도로 파견했다. 그리고 나폴레옹 자신은 5월 9일 예비 부대를 직접 지휘하여 제노바로 향했다.

▌알프스 산맥을 넘다

드디어 험준하기로 이름난 알프스의 성 베르나르 협곡을 통과하여 이탈리아 평원에 도착했다. 그때까지 오스트리아군의 멜라스 장군은 프랑스 예비 부대가 있는지조차 몰랐고 그의 군대는 제노바에서 바르에 이르는 긴 전선에 흩어져 있었다.

나폴레옹의 진격 경로는 곧장 제노바로 가서 마세나를 구출하고 멜라스의 군대를 가능한 한 많이 격파하는 것이 될 것처럼 보였다. 그러나 대부분의 오스트리아군이 도망쳐 버린다면 이 경로는 나폴레옹이 바라는 만큼의 빛나는 승리를 안겨 주지 못할 상황이었다.

그는 자신의 운명의 별을 믿었다. 그래서 자기 군대 전체를 도박에 걸었다. 마세나의 군대가 굶어죽도록 내버려 둔 채, 나폴레옹은 밀라노 왼쪽으로 군대를 몰아갔다. 피아첸차 시를 포함하여 티치노에서 포 강에 이르는 모든 지역을 점령한 그는 오스트리아군의 퇴각로를 차단했다. 그런 다음 포 강을 건너 동원 가능한 모든 군대를 스트라델라에 집결시켰다.

그것은 참으로 눈부신 작전이었다. 동시에 실패의 위험도 말할 수 없이 큰 것이었다. 그의 군대는 불가피하게 흩어져 있었던 반면, 멜라스는 자기 군대를 집결시킬 시간적 여유가 있었던 것이다. 더욱이 나폴레옹은 오스트리아군의 배치에 관해 아는 것이 없었다. 그래서 드제에게 군대를 주어 정보를 수집하도록 조치한 다음, 자신은 알레산드리아로 진격했다.

거기서 기다리고 있던 멜라스는 다음날인 6월 14일 군대를 이끌고 나와서 프랑스군을 공격했다. 마렝고 평원에서 전투가 벌어진 것이다. 나폴레옹의 모든 노력에도 불구하고 오스트리아군은 프랑스군을 실제로 격파할 지경에 이르렀다. 바로 그때 다행히도 드제의 군대가 돌아왔고 켈레르만이 이끄는 기병대의 공격 덕분에 전세가 역전되어 프랑스군이 승리를 거두었다.

체면이 완전히 땅에 떨어진 멜라스는 다음날 항복 문서에 서명하여 오스트리아가 점령하고 있던 이탈리아 북부 지역의 거의 전부를 프랑스에 넘겨주었다. 멜라스가 다시 한 번 더 전투를 했더라면 그는 분명히 승리했을 것이라고 마르몽 장군은 평하기도 했다.

나폴레옹은 이 놀라운 작전의 영광을 안고 파리로 돌아갔다. 그러나 평화가 회복된 것은 행동의 자유를 얻은 모로가 1800년 12월 3일 호헨린덴 전투에서 승리를 거둔 때였다. 그 후 1801년 2월 독일과 루네빌 조약, 1801년 7월 로마 교황청과 화해 조약, 1802년 3월 영국과 아미앵 조약을 각각 체결했다. 그 결과 나폴레옹은 평화의 회복자라는 모습을 세상에 과시할 수 있었다.

그런 다음 그는 프랑스의 행정 조직을 다시 정비하는 데 매달렸다. 전국에서 가장 유능한 인재들을 불러 모아 이 거창한 사업을 추진하는 한편, 인재들의 성과에다가 자신의 천재성을 가미하는 일을 잊지 않았다. 그 결과는 가톨릭 교회의 복권, 사법 제도의 창설, 법전 제정, 지방정부 조직 정비, 대학교 신설, 프랑스 중앙은행 창설, 레종 도뇌르 훈장 제도 창설 등이다.

당시 프랑스는 공화 정치의 실패 때문에 점진적으로 왕정의 방향으로 나아가고 있었다. 나폴레옹은 자신의 지위를 강화하고 또한 적절한 시기에 자신의 왕조를 창시하기 위해 사태 진전을 어떻게 이용하면 좋을지 잘 알고 있었다.

▌ 황제가 되다

1804년 5월 28일 프랑스는 제국이 되었다. 그해 12월 2일 파리의 노트르담 대성당에서 나폴레옹의 황제 대관식이 거행되었고 교황 비오 7세도 참석했다. 그는 이탈리아의 왕도 겸임했다.

영국 침공을 위한 준비는 착착 진행되었다. 그러나 황제가 된 뒤에 나폴레옹이 보여 준 침략적 태도에 유럽 각국 정부는 경계심을 품게 되었다. 그 결과, 영국의 피트 내각은 프랑스에 대항하는 동맹을 결성할 수가 있었다.

1805년 나폴레옹은 영국뿐만 아니라 러시아와 오스트리아도 상대해서 전쟁을 하는 상태였다. 그는 영국 해군의 압도적 우세함 때문에 영국 침공 계획을 포기할 수밖에 없었다. 그러나 1805년 8월 갑자기 방향을 바꾼 그는 군대를 이끌고 하노버 공국을 비롯하여 독일의 다른 작은 나라들을 통과하여 울름에 본부를 둔 마크가 지휘하는 오스트리아군의 후방인 다뉴브 강변에 도착했다.

그는 분열된 독일의 여러 나라, 심지어 프러시아의 중립 선언마저 무시했던 것이다. 나폴레옹의 기습 작전은 완벽한 승리를 거두었고 마크는 10월 19일에 항복했다. 이제 나폴레옹은 비엔나를 향해 진군하여 11월 13일에 입성했다.

그러나 군사 상황은 그에게 매우 위태로운 것이었다. 프랑스와 스페인의 연합 함대는 이미 10월 21일 트라팔가르 해전에서 영국 함대에 의해 완전히 파괴되고 말았다. 이때 영국의 넬슨 제독이 전사했다. 한편 오스트리아군이 헝가리로부터 가까이 다가오는 중이고, 러시아군은 모라비아에 진입했으며, 자신의 영토가 유린된 데 격분한 프러시아가 러시아와 오스트리아의 동맹에 가입한 것이다.

▌신성 로마 제국의 멸망

시간을 좀더 끌었더라면 나폴레옹은 적에게 완전히 포위되고 말았을 것이다. 그러나 러시아 황제는 조급했다. 1805년 12월 2일 러시아 군대는 오스트리아의 소규모 부대와 합류한 뒤 아우스터리츠에서 프랑스군과 전투를 벌였다. 그리고 무참하게 패배했다. 그 결과 동맹은 무너지고, 신성 로마 제국은 멸망했다. 프랑스의 보호 아래 라인 연방이 결성되었고, 나폴레옹 제국은 확고하게 자리를 잡게 되었다.

아우스터리츠 전투(1805년 12월 2일)

곧이어 나폴레옹은 러시아와 영국을 상대로 평화 협상에 들어 갔다. 프러시아를 희생시키면서 두 나라와 화해하려고 노력한 것이 다. 협상은 실패했다. 그러나 프러시아는 치명적인 타격을 받았다. 그래서 러시아가 프랑스의 평화 조약 제의를 최종적으로 거부할 무 렵인 1806년 8월 프러시아는 프랑스를 상대로 군대를 동원했다.

종전과 다름없이 이때도 나폴레옹은 신속하게 움직여서 프러시 아가 영국이나 러시아의 지원을 받을 시간적 여유를 주지 않은 채 프러시아 영토로 진격해 들어갔다. 프러시아의 사병들과 장교들은 훌륭했지만 그들을 지휘하는 장군들은 무능했다. 나폴레옹은 10월 14일에 예나와 아우어슈타트에서 그들을 격파하고 27일에 베를린 에 입성했다.

그 다음에는 러시아와 힘겨루기를 계속하지 않으면 안 되었다. 에일라우 전투는 무승부였지만 1807년 6월 14일 프랑스군은 프리 들란트 전투에서 간신히 승리했다. 그래서 틸지트 평화 조약이 조 인되고 프러시아는 영토의 절반을 잃었을 뿐만 아니라 여러 가지 굴욕적인 조건을 받아들일 수밖에 없었다. 반면 러시아는 쉽게 퇴 각했고 전리품 일부까지 챙겼다.

이제 나폴레옹은 권력의 절정에 이르렀다. 그는 유럽 전체의 중 재자이자 군주들 연방의 최고지도자였으며, 가족들은 여러 나라의 왕좌를 차지했다. 그는 충성을 바치는 부하들을 포상하기 위해 새 로운 귀족 계급을 창설했고 그들에게 공금을 마구 나누어주었다.

▌ 스페인의 저항

그는 쥐노 장군에게 군대를 주어 포르투갈에 진격시켰다. 그가 파견한 뮈라 장군은 군대를 이끌고 스페인으로 들어가 마드리드를 점령했다. 나폴레옹은 스페인 왕을 퇴위시킨 다음 자기 형 요셉을 그 자리에 왕으로 앉혔다. 그러나 그는 그러한 조치가 나중에 초래할 결과를 예견하지 못했다.

스페인 국민의 애국심이 끓어올라 사방에서 무서운 저항 운동이 일어나는가 하면, 아서 웰슬리 장군이 지휘하는 영국군이 포르투갈에 상륙하여 쥐노 장군의 프랑스군을 비미에라에서 격파했다. 쥐노는 친트라 조약에 서명하고 포르투갈에서 쫓겨나는 신세가 되었다. 그때부터 이베리아 반도 전쟁이 시작되었다. 이것은 그 후 나폴레옹 군대의 절반 가량을 그곳에 붙들어 놓는 결과를 낳았다.

독일에서도 나폴레옹의 독재에 대항하는 운동이 일어났다. 오스트리아가 선두에 나선 결과, 1809년에 프랑스와 전쟁이 벌어졌다. 샤른호르스트와 슈타인의 군사 조직 덕분에 이미 세력을 회복하기 시작한 프러시아는 나폴레옹에게 적개심을 품고 있었지만, 러시아의 압력 때문에 잠잠한 상태였다.

나폴레옹은 오스트리아가 군비를 강화하고 있다는 구실을 내걸어 전쟁을 선언한 다음, 바바리아를 거쳐 진군하여 오스트리아군을 라티스본에서 몰아내고는 5월 13일에 비엔나에 입성했다. 이탈리아 군단을 이끄는 외젠 보아르네 장군은 오스트리아군을 헝가리로 몰아냈고 라압에서 격파한 다음 나폴레옹과 합류했다.

황제 나폴레옹은 다뉴브 강을 건너가려고 시도했지만 아스페른
에서 저지당하여 로바우 섬으로 후퇴하지 않을 수 없었다. 5주 동안
준비가 진행되었다. 그동안 스위스의 티롤 지방에서는 호퍼의 지휘
아래 농민 전쟁이 계속되었다. 준비를 마친 나폴레옹이 다시금 다
뉴브 강을 건너려고 시도해서 성공했다. 그리고 7월 5일 바그람 전
투에서 승리를 거두었다.

이어서 츠나임의 휴전이 성립되고 1809년 10월 20일 쇤브룬 조
약이 체결되었다. 이 조약으로 나폴레옹은 막대한 배상금과 아울러
카르니올라, 카린티아, 크로아티아, 갈리치아에서 광대한 영토를
손에 넣었다. 그러나 그가 갈리치아의 영토를 바르샤바 공국, 즉 폴
란드에 넘겨주자 러시아 황제는 격분했다.

후계자를 원하고 있던 나폴레옹은 1809년 12월 16일 아이를 못
낳는 조세핀과 이혼하고 다음해 4월 1일 오스트리아의 공주 마리아
테레지아와 결혼했다. 물론 그는 유럽에서 실제로 통치하고 있는
합법적 왕가들 틈에 끼고 싶은 마음이 있었다. 1811년 3월 20일 아
들이 태어나자 그는 아들에게 '로마의 왕' 이라는 칭호를 부여했다.

▌대륙 봉쇄와 러시아 침공

영국에게 받은 굴욕 때문에 보복을 노리던 나폴레옹은 대륙봉
쇄 정책을 더욱 강화했다. 대륙봉쇄란 유럽 대륙의 모든 국가에 영
국과 무역을 하지 못하도록 금지한 나폴레옹의 강압적 조치였다.
그러나 이러한 조치는 러시아와 더욱 심한 대립을 낳고 말았다. 우

선 그는 홀란드 왕국과 웨스트팔리아 왕국의 선박들을 장악하기 위해 두 왕국을 합병했다. 그리고 중립국 선박마저도 영국과 무역을 해서는 안 된다고 금지했다.

나폴레옹이 오스트리아와 맺은 동맹 관계, 그리고 그가 폴란드에 영토를 준 행동 등으로 이미 반감을 품고 있던 러시아 황제는 그의 봉쇄 정책에 따르기를 거부했다. 러시아와 프랑스의 관계는 점차 긴장 상태로 들어가고 드디어 전쟁이 불가피하게 되었다. 나폴레옹은 러시아 침공이라는 중대한 결정을 내렸다.

1812년 5월 16일 나폴레옹은 아내 마리아 테레지아와 함께 드레스덴에 도착하여 오스트리아 황제, 프러시아 왕, 그리고 다른 군주들의 환영을 받았다. 러시아 침공이라는 그 거창한 모험에 동원된 그의 군대는 프랑스인, 독일인, 이탈리아인을 포함하여 45만 3,000명에 이르렀다.

6월 24일 그는 니멘 강을 건너 빌나로 향했다. 미하일 쿠투초프 장군이 총사령관으로 지휘하는 러시아군은 소위 초토 작전을 쓰면서 28일에 빌나에서 후퇴했다. 초토 작전이란 적에게 물자를 공급해 주지 않기 위해 모든 집과 물자를 불태운 뒤 철수하는 작전이었다.

나폴레옹은 7월 16일까지 빌나에 머물면서 러시아 중심부 침공에 대한 마지막 결단을 내리는 데 주저했다. 그는 러시아 황제에게 평화 제의를 했다. 그러나 러시아 황제는 프랑스 군대가 러시아 영토 안에 머물러 있는 한 평화 제의를 수락할 수 없다고 거절했다.

드디어 나폴레옹은 결단을 내렸다. 그는 전진했다. 러시아군은

처음부터 그의 상대가 되지 못
해서 사방으로 흩어졌다. 만일
나폴레옹이 스몰렌스크로 재
빨리 진격했더라면 러시아군
을 두 갈래로 분리시킬 수가 있
었을 것이다. 그러나 엄청난 규
모인 그의 군대는 통제가 불가
능했다.

　러시아군을 지휘하는 바클
리 드 톨리와 백레이션은 스몰
렌스크에서 합류하는 데 성공

나폴레옹

했지만 프랑스군에 맞서서 완강하게 싸우다가 드디어 8월 18일 후
퇴했다. 스몰렌스크에 입성한 나폴레옹은 다가오는 겨울이 염려되
어 전진을 망설였다.

　그러나 유서 깊은 모스크바의 함락이 자기 군대의 사기를 높여
줄 것이라고 믿고 결국은 모스크바를 향한 진격을 결정했다. 그는
자신의 운명의 별에 대해 여전히 미신을 품고 있었다. 그러나 그 즈
음 그는 육체적인 질병 때문에 신속한 판단력과 왕성한 활동의 정
력이 크게 감퇴한 듯이 보인다.

　한편 러시아군 내부에서는 계속되는 후퇴로 불만의 소리가 높았
다. 최고사령관으로 임명된 쿠투초프가 9월 6일 보로디노에서 프랑
스군과 전투를 벌였다. 나폴레옹이 승리를 거두었다. 그러나 보기

드물게도 쓸데없는 조심성을 발휘하여 그는 근위 부대의 투입을 거부했고 그 결과 승리는 거의 아무런 소용도 없는 것이 되고 말았다.

그는 9월 14일 모스크바에 입성했다. 다음날 밤 대규모의 화재가 발생했다. 프랑스군이 일부러 불을 질렀다고 믿은 러시아군은 더욱 적개심에 불탔다. 화재는 20일까지 계속되어 도시의 대부분이 잿더미로 변했다.

보로디노 전투에서 나폴레옹이 좀더 결정적인 승리를 거두었더라면 러시아 황제는 굴복했을지도 모른다. 그러나 러시아로서는 그리 결정적인 패배가 아니었다. 그래서 슈타인과 R. 윌슨 경의 조언에 따라 러시아 황제는 평화 조약을 거부하여 나폴레옹을 딜레마에 몰아넣었던 것이다. 나폴레옹의 모든 계획은 즉각적인 성공에 기초를 둔 것이어서 실패할 경우에 취할 조치는 미리 마련되지 않았다.

▌비참한 모스크바 철군

모스크바에서 나폴레옹은 다시금 망설였다. 따라서 그가 마침내 모스크바에서 철수하기로 결정했을 때는 겨울이 예년보다 일찍 닥쳐서 그의 계산은 무용지물이 되고 참혹하고 비참하기 짝이 없는 퇴각이 시작되었다.

그는 10월 18일에 모스크바를 떠났고 베레시나에 도착했을 때 남은 군사는 겨우 1만 2,000명이었다. 1만 8,000명을 거느리고 드위나 전선을 지키던 우디노와 빅토르가 베레시나에서 나폴레옹과 합류했다. 강을 건너갈 때 적의 공격을 받았지만 강을 건너가는 데는 성공했다.

위대한 군대의 생존 군사들은 12월 6일 빌나에 도착했다. 맥도 널드, 레이니어, 슈바르첸버그의 지휘 아래 폴란드 국경과 발트 지 방을 지키던 10만 명의 군사는 안전했다. 그러나 러시아 침공 개시 때 45만이었던 군대 가운데 남은 것은 겨우 그것뿐이었다.

유럽의 모든 나라가 나폴레옹 타도를 위해 단결했다. 프랑스군 은 사기가 땅에 떨어졌고 연합군은 사기가 하늘을 찔렀다. 그러나 연합군은 이질적인 구성과 이해관계의 충돌로 서로 다툰다는 약점 이 있었다. 전투에서 행운의 여신은 어느 한쪽의 손만 들어 주지 않 았다.

8월 23일 그로스 베어렌에 있던 뷜로프는 베를린에서 전투를 벌 이지 않고 피해 갔다. 나폴레옹은 직접 프러시아의 블뤼커의 군대 를 카츠바흐까지 퇴각시켰지만 오스트리아군으로부터 드레스덴을 구하기 위해 철수했다. 그의 부장 맥도널드는 8월 26일 카츠바흐 전 투에서 패배했다.

다음날 나폴레옹은 드레스덴에서 오스트리아군에게 결정적인 패배를 안겨 주었지만, 그로스 베어렌과 카츠바흐에서 프랑스군이 패배했다는 소식과 자신의 갑작스러운 병으로 불안해졌고, 쿨름 전 투에서는 2만 명의 프랑스군과 함께 방담 장군을 잃었다. 9월은 성 과 없는 행군으로 지나갔다.

그러다가 9월 말경 연합군이 미리 약속한 집결 장소 라이프치히 를 향해 진군하기 시작했다. 동시에 라인 연방이 무너지기 시작했다. 10월 1일 웨스트팔리아 왕국이 무너졌고 8일에는 바바리아가 오스트리아 편에 붙었다. 나폴레옹 주위로 올가미가 좁혀지고 있었다.

10월 14일과 19일 사이에 나폴레옹은 거인들의 전투라고 불리는 라이프치히 전투에서 패배하여 막대한 타격을 입었다. 11월 1일 하이나우에서 그를 저지하려는 바바리아군을 뚫고 그는 7만여 명의 남은 군대를 이끈 채 마인츠에서 라인 강을 건넜다.

연합국들은 자연적 경계선에 기초를 둔다는 조건으로 그에게 평화 조약을 제의했다. 오스트리아 외무장관 메테르니히가 주도한 그 조약 초안에 따르면, 프랑스는 최초의 혁명의 결과인 벨기에, 라인 강 왼쪽 강변 지방, 사보이, 니스 등을 차지할 수 있었을 것이다. 그러나 나폴레옹은 자신의 권력이 그렇게 축소되는 것에 만족할 수가 없었다. 그리하여 여러 가지 조건들을 그가 역으로 제안했지만, 때는 이미 늦었다. 연합군의 프랑스 침입이 시작된 것이다.

▌연합군의 공격

12월 1일 연합국 측은 자신들이 프랑스 국민이 아니라 오로지 나폴레옹 개인만을 상대로 전쟁을 한다고 선포했고 세 갈래의 군대를 진격시켰다. 오스트리아군을 이끄는 슈바르첸버그는 스위스를 통과하고, 프러시아의 블뤼커는 라인 강 중류를 건너 낭시로 향했으며, 북쪽의 군대는 홀란드를 통과했다.

나폴레옹은 아직 성공의 희망을 버리지 않았다. 그 근거는 독일의 여러 요새에 여전히 버티고 있는 그의 군대, 연합국들 상호간의 질투, 자신과 오스트리아 황제의 인척 관계, 그리고 연합군의 프랑스 침입으로 떨쳐 일어날 프랑스인들의 애국심이었다.

그러나 연합군은 그에게 이러한 요소들을 활용할 시간을 주지 않았고 파리는 무방비 상태였다. 나폴레옹은 전투를 계속하면서 천재성을 발휘하는 한편 적이 분산된 상태를 최대한으로 활용했다. 그는 블뤼커의 군대를 공격하여 1814년 2월 10일~13일까지 샹포베르 전투, 몽미라유 전투, 샤토 티에리 전투, 보샹 전투에서 연달아 승리했다.

이러한 성공으로 그는 자신에게 유리한 평화 조약을 체결할 수도 있었다. 그러나 그는 개인적 입장 때문에 그렇게 할 수가 없었다. 그래서 평계와 지연 작전을 쓰려고 했다. 그러나 연합군 측은 흔들리지 않았다. 3월 초 그들은 보봉 조약을 체결했는데, 그것은 각국이 20년 동안 보병 15만 명을 유지할 의무를 진다는 것이었다.

이어서 벌어진 크라온 전투와 라옹 전투에서 나폴레옹은 잘 버티었지만 자신의 세력이 급속히 줄어드는 것을 실감했다. 3월 18일 샤티용 회의가 막을 내리고 24일에는 연합군 측이 파리 진격을 결정했다. 3만 명이 채 안 되는 군대를 거느린 마르몽과 모르티에는 연합군을 막을 힘이 없었다.

한편 나폴레옹 자신은 연합군의 연결을 교란시키려고 노력했지만 헛수고였다. 그의 형 요셉 보나파르트는 마리아 테레지아와 그의 아들 '로마의 왕'을 데리고 파리 남쪽의 투르로 내려갔다.

3월 30일 연합군이 삼면에서 파리를 공격했다. 그날 오후 프랑스군 원수는 항복을 제의했다. 사태의 실상을 알게 된 나폴레옹이 연합군의 배후를 향해 서둘러 진격했지만 이미 때는 늦었다. 그래서 그는 퐁텐블로 궁으로 퇴각하지 않을 수 없었다.

그의 상황은 절망적이었다. 게다가 이베리아 반도에서 성공에 성공을 거듭하여 프랑스군을 내쫓은 영국의 웰링턴이 승승장구하는 영국군을 몰고 피레네 산맥을 넘어 프랑스에 침입한 것이다.

▎퇴위 서류에 서명하다

나폴레옹은 처음에 자기 아들에게 유리하도록 자신이 퇴위하겠다고 제의했다. 그러나 그것으로 부족하다고 깨달은 그는 1814년 4월 11일 무조건 퇴위한다는 서류에 서명했다. 그에게는 400명의 호위병을 거느린 엘바 섬 통치가 허락되었다. 프랑스 정부는 매년 200만 프랑을 그에게 주기로 했다.

그리고 부르봉 왕가가 복원되어 루이 18세가 프랑스의 왕이 되었다. 그러나 사태는 매우 불안정했다. 부르봉 왕가의 귀환은 환영받지 못했다. 루이 18세는 의회를 부활시켰지만 관리들의 지위 그리고 재산권을 불안하게 만들었다.

외국으로 도피해서 프랑스를 상대로 싸운 귀족들이 지휘관으로 임명되자 군대는 불만을 품었다. 가톨릭 교회는 국유 재산을 차지하고 있던 사람들에게 경계의 대상이 되었다. 그리고 죄수들의 석방과 독일 수비대 병력의 귀환으로 수많은 나폴레옹의 병사들이 전국에 흩어져 있게 되었다.

연합국들의 연맹도 무너졌고, 러시아가 보여 주기 시작한 침략적 태도를 견제하기 위한 새로운 동맹이 모색되고 있었다. 프랑스뿐만 아니라 유럽 전체의 사태가 불안정하였기 때문에 나폴레옹이라는 이름의 마술이 다시금 발휘되고 그가 권력을 다시 잡는 것도 불가능한 일은 아니었다.

결국 그는 모험을 하기로 결심하고 1815년 2월 26일 엘바 섬을 떠나 3월 1일 프랑스 해안에 상륙했다. 그리고 자신과 합류한 프랑스군을 거느리고 3월 20일 파리에 입성했다. 유럽 각국은 그를 향해 전쟁을 선포하고 새로운 동맹을 결성했다.

그러나 즉시 전투에 투입할 수 있는 군대는 2개 군단뿐이었다. 그것은 웰링턴의 지휘 아래 벨기에에 주둔하고 있는 혼성 부대와 블뤼커의 지휘 아래 라인 지방에 주둔하고 있는 프러시아 군단이었다. 영국군은 바다에 기지를 두고 프러시아군은 라인 강변에 기지를 두고 있어서 그들의 연락과 수송 수단은 다양했다.

나폴레옹의 기본 전략은 그들이 한군데로 집결하기 전에 연결 지역을 기습하여 둘로 분리시킨 뒤 하나씩 각개격파한다는 것이었다. 그의 전략은 특이한 것이 아니라 1796년에 보여 준 최초의 전략과 비슷한 것이었다.

처음에는 나폴레옹의 생각대로 순조롭게 진행되었다. 그는 6월 12일 파리를 출발했고 그의 군대는 파리에서 벨기에에 이르는 전선에 배치되었으며 집중 공격을 퍼부어야 할 적진의 지점은 아직 결정되지 않은 상태였다.

그는 15일에 벨기에의 샤를루아를 점령하여 적의 두 군단 사이에 위치하게 되었다. 그리고 16일에는 영국의 웰링턴이 지원할 틈도 주지 않은 채 리니에서 프러시아의 블뤼커군을 격파했다. 그때까지는 모든 것이 그에게 유리하게 전개되었다.

그러나 그에게도 약점이 있었다. 그의 부하 장군들은 능력이 모자랐고 그들 사이에 서로 불신하는 분위기가 드러났기 때문에 나폴레옹 자신도 이를 염려하지 않을 수가 없었다. 그러나 이러한 문제를 재빨리 수습하기에는 그의 기력이 아무래도 모자라는 듯이 보였던 것이다.

17일 오전에도 그는 아무 일도 하지 않았다. 오후 2시가 되어서야 그는 3만 3,000명의 병력을 그루시 장군에게 주어 리에쥬 방면으로 퇴각할 것으로 보이는 프러시아군을 추격하도록 조치했다. 자신이 웰링턴의 군대를 공격하는 동안 프러시아군을 멀리서 견제하고 있으라는 뜻이었다.

그러나 그는 절호의 기회를 놓치고 말았다. 그가 아무런 조치를 취하지 않는 동안 프러시아군은 소리 없이 자취를 감출 수 있었던 것이다. 게다가 나폴레옹은 블뤼커가 자신의 수송 부대마저 포기한 채 웰링턴의 군대와 합류하기 위해 와브르 방면으로 이동하기로 결심한 사실을 모르고 있었다. 그때 웰링턴은 미리 지정된 워털루 벌판의 몽 생 장으로 진지를 이동했을 뿐만 아니라 블뤼커의 원군이 온다는 사실을 이미 알고 있었다.

▎워털루 전투의 패배

　이런 상황에서 6월 18일 드디어 나폴레옹이 웰링턴의 영국군을 공격하기 시작했다. 그는 프러시아의 주력 부대가 서둘러서 자신의 오른쪽으로 다가오고 있는 반면, 그루시가 이끄는 프랑스군은 겨우 프러시아의 후방 부대를 상대로 무익한 전투를 하는 데 불과하다는 사실을 모르고 있었다. 바로 이러한 사실이 나폴레옹의 워털루 전투 패배의 결정적 원인이 되었다. 그 패배로 그의 행운은 완전히 산산조각이 나고 말았던 것이다.

　파리로 도주한 나폴레옹은 6월 22일 황제의 자리를 영원히 떠났다. 그는 배를 타고 미국으로 망명할 작정이었다. 그러나 영국 해군의 봉쇄로 프랑스 밖으로 탈출하기가 불가능하다고 깨달았다. 그는 영국에 보호를 요청했다. 그리고 7월 15일 로슈포르에서 벨레로폰 호에 올라 메이틀런드 함장에게 항복했다.

　영국 정부는 그를 아프리카 대륙 서쪽 대서양의 외로운 섬인 세인트헬레나 섬으로 귀양을 보냈다. 영국의 그러한 조치에 대해 나

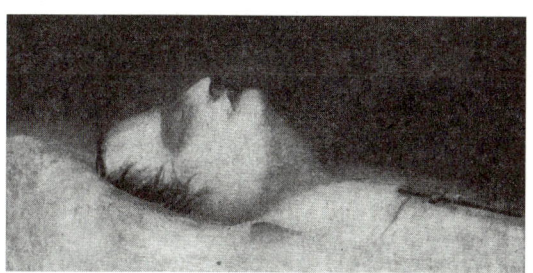

나폴레옹의 죽음

폴레옹은 "나는 역사에 호소한다!" 는 말로 항의했다. 1815년 10월 15일 섬에 도착한 그는 1821년 5월 5일 위암으로 죽었다. 그때 나이 52세였다.

　그는 "나의 유해는 센 강변에 묻어 달라." 는 유언을 남겼다. 그의 마지막 말은 "나의 하느님… 프랑스 국민… 나의 아들… 군대 총사령관…" 이었다. 그의 유해는 처음에 세인트헬레나에 묻혔다가 1840년 12월 파리로 이송되어 성대한 장례식이 거행된 뒤 상이군인 병원에 안장되었다.

　1800년부터 15년에 걸친 나폴레옹 전쟁 기간 동안 프랑스의 젊은이 50만 명이 희생되었다. 그것은 프랑스 전체 인구의 6분의 1에 해당했다. 그의 조카인 루이 나폴레옹은 그의 명성을 이용하여 1851년 12월 쿠데타를 일으켜 성공한 뒤 나폴레옹 3세 황제가 되었다.

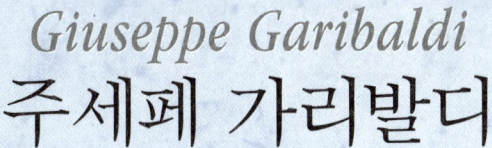

Giuseppe Garibaldi
주세페 가리발디

❧

1807~1882년

그는 위대한 애국자였다. 그러나 그의 애국심은 억압받는 국민의 해방이 목적이었지 제국주의적 영토의 확장을 노리는 것은 아니었다. 오히려 말년에 그는 평화주의자로 일했다. 또한 가리발디 자신은 사회주의자를 자처했지만 마르크스와 바쿠닌은 그를 외면했다. 그는 노동자의 권리와 여성 해방의 기수로 널리 공인되었다. 또한 그는 모든 인종 차별과 사형 제도의 폐지를 시대를 앞서 주장했다.

이탈리아 통일의 풍운아

글 · L. P. 브로켓

 *Giuseppe Garibaldi* _ **주세페 가리발디**

가리발디는 1807년 7월 22일 프랑스의 니스에 사는 이탈리아인 가정에서 태어났다. 가리발디는 북부 이탈리아에서는 흔한 이름인데 프랑크족의 일파인 롬바르디아족의 후손임을 의미한다. 그의 아버지 도메니코는 리비에라 디 레반테 지방의 키아바리 마을에서 니스로 이주했다. 그의 어머니 이름은 로자 라준도다.

그의 아버지와 할아버지는 뱃사람이었기 때문에 그도 뱃사람의 기질을 타고났다. 대단한 체력과 수영 솜씨를 갖추고 있어서 여러 중요한 시기에 익사 직전의 사람들을 많이 구출하기도 했다. 그는 어머니의 지도를 받으면서 가톨릭 신부들이 가르치는 학교에서 글을 배웠지만 일정한 과정을 거친 것은 아니었다.

그는 어머니에 대해서 항상 따뜻한 애정을 지녔고 자신의 애국심은 어머니가 심어 준 것이라고 솔직히 인정했다. 그리고 바다에서나 육지에서나 중대한 위험에 부딪칠 때마다 그는 하느님의 발치에 엎드려 사랑하는 아들의 안전을 위해 기도하는 경건한 어머니의 모습을 떠올리곤 했다.

소년 시절부터 그는 아버지의 상선인 쌍돛대 범선을 타고 다녔는데, 그 배 또는 다른 배를 타고 오데사, 로마, 콘스탄티노폴리스 등을 자주 왕래했다.

∥ 마치니를 추종하다

1831년의 혁명운동 직후 그는 마르세유에 있었는데 마치니의 열렬한 추종자가 되었다. 당시 마치니는 '청년 이탈리아' 라는 단체를 조직하여 바다를 통해서 이탈리아에 침입하려고 준비하고 있었다. 이탈리아를 오스트리아의 지배로부터 해방시킬 목적이었던 것이다.

1834년 마르세유에서 추방된 마치니는 제노바에서 이탈리아 침입을 시도했고 사보이 공국의 국경을 향해 진군했다. 사보이 원정은 어처구니없는 실패로 끝났다. 마치니의 성명에 따라 가리발디는 실패의 책임을 폴란드의 장군 라모리노의 배신에 돌렸다. 가리발디 자신은 제노바 항구 밖에 정박하고 있던 프리깃함 에우리디케 호에 승선해서 병사들의 반란으로 그 배를 탈취하려고 했다.

그는 헌병대 병영을 기습한다는 말을 듣고 상륙하여 기습에 합류하려고 했는데 그 계획이 실행되지 못하고 말았다. 프리깃함으로 다시 돌아갈 엄두도 나지 않고 진퇴양난_進退兩難에 빠진 가리발디는 니스로 달아나 바르 강을 건넌 뒤 마르세유에 망명했다.

그 후 다시 뱃사람 생활을 계속하여 흑해와 튀니스를 왕래했고 마지막에는 낭트를 떠나는 나쬐르 호를 타고 브라질의 리우 데 자네이루로 향했다. 1836년에 유럽을 떠난 그는 남미 대륙에서 상당한 명성을 얻고 12년 뒤인 1848년에 다시 이탈리아로 돌아갔다. 그는 〈일리아스〉와 〈오디세이아〉와 같은 낭만적 모험을 계속했던 것이다.

우선 가리발디는 리우그란데 두 술 공화국을 위해 근무했다. 그 공화국은 브라질에 속하는 광대한 영토인데 당시 반란을 일으켜서 브라질 제국과 전쟁 중이었다. 그는 12명의 선원을 태운 사설 무장선의 함장이 되어 그 배를 마치니라고 명명했다. 그는 곧 그 배를 이용하여 적으로부터 훨씬 크고 무장도 잘 된 배를 탈취했다.

브라질 군대와 싸우는 동안 그는 놀라울 정도로 엄청난 행운도 참혹한 불운도 많이 겪었고, 각종 낭만적 모험과 위기일발의 탈출을 체험했다. 중상을 입기도 하고 포로가 되기도 했다.

한번은 스페인 계통 남미의 잔혹한 폭군과도 같은 렝나르도 밀란이라는 사내에게 붙잡혀 말채찍으로 잔인하게 얼굴을 얻어맞고 여러 시간 동안 고문을 당한 뒤 지하 감방에 던져지기도 했다. 그때 그의 고통을 덜어 주고 치료해 준 사람은 마담 알레만이라는 '자비의 천사' 였다.

구알레과이의 총독 파올로 에차구에의 중재로 고문자의 손아귀를 벗어난 그는 플라테 강 일대를 가로질러 리우그란데 강 지역으로 건너갔다. 리우그란데 공화국에 충성을 바치면서 그는 전투의 승리를 거듭했고 요새들을 기습했으며 엄청나게 숫자가 많은 적을 상대로 극소수의 부하를 거느린 채, 때로는 혼자서도 맞서서 싸웠다. 그리고 몇 척 안 되는 배를 이끌고 강력한 적의 함대를 무찔렀다.

그는 사리사욕을 전혀 취하지 않고 인도주의와 관용을 보여 주었을 뿐만 아니라 함락된 도시들을 약탈하고 불태우라는 상부의 지시를 따르지 않았다. 그는 부하들에게 권위와 개인적 매력을 발휘하여 기강을 유지하면서 단호한 지휘를 할 수가 있었다.

그는 산타 카테리나 해안에서 만난 태풍으로 소형 함대를 잃었다. 난파선에서 간신히 상륙한 그는 고립된 신세였다. 가장 용감한 자기 측근의 이탈리아인 친구들이 총에 맞아 죽거나 익사하는 광경을 이미 목격한 그는 외로웠다.

▌몬테비데오에 정착

그는 아니타와 사랑에 빠졌다. 아니타는 가리발디 못지않게 위대하고 대담하며 충실한 여자였다. 리우그란데 공화국이 쇠망할 때까지 아니타는 가리발디 곁에 항상 붙어 있었다.

1840년 9월 16일에 장남 메노티 가리발디가 태어났다. 그 후 아니타는 라스 안타스의 처참한 후퇴 과정에서 아기와 함께 말할 수 없는 시련과 위험을 겪어야만 했다.

가족에 대한 책임도 느끼기 시작했고 또한 불리하게 전개되는 전황에 실망한 가리발디는 리우그란데에서 공화국 친구들과 헤어진 뒤 몬테비데오로 건너가서 한동안 모험에서 손을 떼게 되었다. 가축을 모는 직업을 구하던 그는 몬테비데오에 정착하여 브로커 겸 수학 선생 일을 했다.

그런데 우루과이와 아르헨티나 사이에 전쟁이 벌어졌다. 우루과이가 그에게 호의의 손길을 뻗쳤다. 그리고 파라나 강 일대에서 활동하는 소규모 특공대의 지휘를 그에게 맡겼다. 그는 숫자와 화력이 월등하게 우세한 아르헨티나 군대와 싸워야만 했다. 그 원정은 리우그란데에서 거둔 가리발디의 명성을 시기하던 우루과이 정부 고위층의 그의 적들이 꾸민 음모였다.

그들은 가리발디와 그의 친구 안차니를 그런 식으로 죽이려 했다. 가리발디가 지휘하는 소규모 부대는 우세한 적의 손아귀에서 도저히 빠져나올 수가 없을 것이라고 판단했던 것이다. 그러나 가리발디는 자신의 절망적인 여건을 최대한으로 잘 활용하여 목숨을 건졌을 뿐만 아니라 명예도 얻었다.

▌이탈리아인 특공대

한편 우루과이 공화국에 대한 위험이 증가하자 가리발디는 400명의 이탈리아인들로 구성된 독립 부대를 창설했다. 그의 부대는 육지와 바다에서 벌어진 전투에서 용감하게 싸웠다. 그들은 600명이 넘는 적의 부대를 자주 격파했다.

우루과이 정부는 공로에 대한 보상으로 토지를 주겠다고 제의했지만 가리발디의 병사들은 거절했다. 가리발디가 말한 바와 같이 그들이 용감하게 싸운 목적은 오로지 우루과이 공화국의 승리뿐이었던 것이다.

가리발디의 부대는 다른 모든 부대보다 맨 앞에서 행진하는 영광을 누렸다. 전쟁은 계속되었고 이탈리아 부대의 명성은 최고조에 이르렀다. 1846년 2월 보야다 전투와 살토 산탄토니오 전투의 눈부신 승리가 전적으로 그들의 용기와 헌신의 덕분이라고 가리발디는 우루과이 정부에 문서를 제출할 수가 있었다.

그러나 유럽에서 들려오는 소식 때문에 남미 대륙에 있던 이탈리아의 애국지사들은 이탈리아 반도의 급변하는 정세에 관심을 돌리지 않을 수가 없었다.

세월이 많이 흘렀다. 비오 9세가 교황으로 재직 중이었다. 시실리가 반란을 일으켜서 성공했다. 프랑스는 공화국이 되었다. 유럽 대부분의 전제군주들은 마지못해 헌법을 허용했다. 오스트리아 제국은 각지에서 벌어지는 반란 시도에 몸살을 앓고 있었다. 밀라노 시민들은 5일 동안의 전투 끝에 라데츠키 장군의 오스트리아군을 시내에서 몰아냈다. 찰스 앨버트가 이탈리아 깃발을 높이 들고 티치노 강을 건넜다.

몬테비데오의 영웅의 활약 무대가 곧 바뀌게 되었다. 이탈리아에서는 뜻있는 사람들이 모두 일어나 싸우고 있다. 그런데 이탈리아의 최대 영웅이 바다 건너 남미에 계속해서 머물러 있을 수 있겠

는가?

교황 비오 9세의 자유주의적 성향에 관한 소식을 처음 듣고 난 뒤 가리발디는 1847년 10월 17일 몬테비데오 주재 교황대사 베디니에게 편지를 보냈다. 그는 오스트리아와 전쟁을 시작하기 직전에 놓인 교황을 위해 자신의 이탈리아 부대를 제공하겠다고 제의한 것이다.

그는 "성 베드로의 옥좌는 인간의 어떠한 공격에도 흔들리지 않고 유한한 인간의 방어도 필요하지 않은, 견고한 기반 위에 놓여 있다는 것을 잘 알지만" 그러한 제의를 한다고 밝혔다.

교황대사는 그에게 감사하다는 답신을 보내는 한편 가리발디의 뜻을 로마 교황청에 보고했다. 가리발디는 한동안 교황이나 교황대사의 추가 연락을 기다렸지만 헛수고였다. 시간을 허송하는 성격이 결코 아닌 그는 더 이상 우물쭈물하지 않았다.

▍ 이탈리아로 돌아가다

그는 온갖 어려움을 극복하고 돈과 필요한 물자를 간신히 모은 후 용감한 친구 안차니, 85명의 부하들, 그리고 대포 2문과 함께 이탈리아로 떠났다. 이탈리아 부대의 나머지 대원들에게는 나중에 적절한 기회가 오면 따라오라고 말했다. 안차니는 이탈리아에 도착한 지 얼마 지나지 않아 제노바에서 죽었다.

1848년 가리발디는 대서양을 건너 니스에 도착한 뒤 제노바와 밀라노로 갔다. 쿠스토차 전투에서 오스트리아군에 패배한 피에몬테와 사르디니아의 왕 찰스 앨버트는 그때 롬바르디아 지방의 도시에서 철수하여 강화 조건을 수락했다. 그 덕분에 1848년 8월 피에몬테는 오스트리아군의 침입을 면했다.

가리발디는 마치니에게 갔다. 마치니는 의용군의 지휘관이었다. 가리발디는 의용군 부대를 향하여 사르디니아 왕을 배신자라고 단죄한 다음, "왕을 위한 전쟁은 끝나고 이제부터는 국민을 위한 전쟁이 시작되었다."고 선언했다.

그러나 그의 선언은 허풍에 불과했다. 마치니는 싸울 의지는 있을지 몰라도 체력이 따라오지 못했다. 가리발디의 추종자들도 밀라노가 함락되었다는 소식을 듣고는 낙심하여 많은 사람이 국경을 넘어 스위스로 달아났다.

얼마 되지도 않는 낙심한 부대원들을 이끌고 가리발디는 친구 메디치의 도움을 받아 마조레 호수 근처 루이노와 가까운 곳에서 산발적인 전투를 벌였다. 그러나 얼마 버티지 못하고 티치노 지방의 루가노로 철수했다. 그의 건강은 그때 악화되었고 추종자의 수는 겨우 300명에 불과했다.

▌로마 공화국을 선포하다

1848년 말 교황 비오 9세는 민심을 잃었고 불만에 찬 로마 시민들의 공격에 몰리는 형편이 되었다. 시민들은 교황청의 고위 성직자 각료를 한 명 죽였다. 교황의 퀴리날레 궁전을 습격하여 교황을 거의 사로잡을 뻔했다. 교황은 가에타로 피신했다. 의용군을 이끌고 로마로 간 가리발디의 주장에 따라 로마는 공화국으로 선포되었다.

마치니는 다른 허수아비 두 명과 함께 삼두체제를 수립한 다음 스스로 로마 공화국의 국가원수가 되었다. 프랑스가 모든 국제 법규를 무시한 채 공격했다. 로마는 스스로 방어하기로 결의했다. 이탈리아인들은 파벌과 정쟁을 초월하여 가리발디를 중심으로 단결했다.

가리발디는 1849년 4월 29일과 30일에 벌어진 전투 끝에 프랑스군을 판크라치아 성문에서 퇴각시켰다. 그리고 벨레트리 원정에서 나폴리군을 패배시켰다.

그것은 앞으로 곧 벌어질 로마의 비극에 비하면 웃음거리와도 같은 것이지만, 3개월 동안 포위 공격을 버티어낸 것이다. 이탈리아의 독립을 갈망하던 가장 고귀한 인물들이 거기서 목숨을 많이 잃었다. 그것은 희망도 없는 투쟁이었지만 결코 무익한 것은 아니었다. 이탈리아 통일의 신화를 만들어낸 것이다.

1849년 6월 13일 프랑스군이 로마를 점령했다. 가리발디는 헌신적인 소수의 추종자들을 거느린 채 테르니와 오르비에토를 거쳐서 퇴각했는데 그 과정에서 2,000명의 지원자들을 부대에 추가했다.

아페닌 산맥을 넘은 그는 엄청난 숫자의 오스트리아군에게 쫓겨 중립국 산 마리노에 피신했다. 그리고 밤을 이용해서 몰래 빠져나가 체세나티코에서 배를 타고 베네치아로 향했다. 베네치아는 아직도 오스트리아군에게 대항해서 버티고 있었던 것이다.

그러나 네 척의 오스트리아 군함의 위협을 받자 그는 뱃머리를 돌려 라벤나 근처의 해안에 상륙하지 않을 수 없었다. 해안의 숲속을 방황하는 동안에 그의 아내 아니타가 여행의 피로를 못 이겨 그의 품에 안긴 채 숨을 거두었다. 그의 충실한 친구 우고 바시와 치체루아키노가 오스트리아군에게 잡혀서 재판도 없이 총살되었다.

절망에 빠진 가리발디는 극소수의 충실한 부하들을 데리고 아드리아해에서 지중해로 진출했지만 키아베리에서 사르디니아 헌병에게 체포되어 라 마르모라가 다스리는 제노바로 끌려갔다. 그후 튀니스로 이송되었지만 거기서도 피난처를 찾지 못한 그는 사르디니아 해안에서 멀리 떨어진 라 마달레나 섬으로 갔다가 다시 지브롤터를 거쳐 탄지에로 건너갔다.

제노바 총독 라 마르모라는 절망에 빠진 도피자 신세인 가리발디를 형제로 맞이해 주었고 튀니스로 가는 데 필요한 물자를 풍부하게 조달해 주었으며 토리노 정부로부터 명예로운 연금의 지급도 그를 위해 약속받았다. 당시 가리발디의 어려운 형편에서는 연금을 거절할 도리가 없었다.

그러나 가리발디가 보기에는 이탈리아 독립의 꿈은 모두 물거품이 된 것만 같았다. 찰스 앨버트의 아들 빅토르 엠마누엘은 나바라 패전 이후 1849년 오스트리아와 강화조약을 체결했다. 베네치아는 8월의 영웅적인 항전 끝에 오스트리아에게 항복했다. 가리발디는 다시 대서양을 건너 뉴욕으로 가서 양초 제조업자가 되었다. 그러다가 다시 유럽으로 돌아간 것은 1855년이었다.

미국에서 이탈리아로 돌아간 가리발디는 마치니 또는 영국이나 스위스에 있는 공화주의자들을 만나려고도 하지 않았다. 다만 피에몬테에 마련된 자기 집을 찾아갔다. 피에몬테 정부는 그의 은퇴 생활을 위해 마달레나 강 근처인 사르디니아 해변의 카프레라 섬에 조용하고 외딴 집을 마련해 준 것이다. 동시에 피에몬테 정부는 머지않아 조국이 그를 다시 활동 무대로 불러낼지도 모른다는 암시를 전달했다.

▌나폴리 입성

4년 뒤 1859년 피에몬테는 프랑스와 함께 오스트리아를 상대로 전쟁을 개시했다. 섬에서 떠난 가리발디는 빅토르 엠마누엘의 극진한 영접을 받았다. 가리발디는 엠마누엘을 이탈리아의 유일한 희망으로 삼고 그에게 충성을 맹세했다.

이제 그는 알프스 사냥꾼 부대의 지휘관이 되어 프랑스군이 도착하기 전에 피에몬테 왕국의 방어를 위해 지원하는 일을 했다. 그는 팔레스트로, 마젠타, 솔페리노를 점령하고 나서 바레세와 산 페르모에서 오스트리아군을 격파했다. 그가 코모를 지나 베르가모와 브레시아를 향해 진군할 때 빌라프랑카 강화조약이 체결되어 전투가 끝났다. 평생의 지병인 관절염이 악화되어 그는 토스카나에 가서 며칠 쉰 다음 제노바로 갔다.

제노바에서 가을과 겨울을 보내는 동안 그는 시외에 사는 친구 아우구스토 베키의 환대를 받았다. 동시에 남북 이탈리아를 하나의 국가로 통일시킨 '천 명의 원정대'를 위해 바쁘게 지냈다. 피에몬

가리발디와 빅토르 엠마누엘의 만남_아데몰로 그림

테 정부는 공식적으로 지원하지 않았다. 그러나 그의 압도적 인기를 두려워하여 그를 막지도 못했다.

1860년 5월 11일 그는 제노바를 출항해서 시실리의 마르살라에 상륙한 다음 칼라타피미에서 나폴리 왕국의 군대를 격파했다. 팔레르모도 봉기한 시민 세력의 도움으로 무난히 점령했다. 이어서 밀라초에서 부르봉 왕가의 군대를 격멸했다. 그는 메시나를 제외한 시실리 섬 전체를 석권했다. 그는 해협을 건너서 칼라브리아에 상륙했다. 그는 거의 총 한 방 쏘지 않고서도 이탈리아 반도 남부에서 나폴리 왕의 군대를 가는 곳마다 퇴각시켰다.

1870년 9월 7일 그는 극소수의 참모들만 거느린 채 개선장군으로 나폴리에 입성했다. 며칠 쉰 다음 그는 사기가 땅에 떨어진 나폴리 왕을 추격하여 카푸아로 향했고 볼투르노, 산타 마리아, 카세르타에서 각각 승리를 거두었다.

그러나 피에몬테 정부가 겉으로는 그의 원정을 반대하는 척하면서 실질적으로 돕지 않았더라면 그의 위업은 달성되지 못했을지도 모른다. 피에몬테군은 교황을 돕는 프랑스군을 격파한 뒤 카스텔 피다르도에서 교황군대도 격파하고 아페닌 산맥을 넘은 뒤 카푸아와 가에타의 요새를 포위해서 무력화시켰던 것이다.

가리발디는 성공의 확신은 없었지만 독재자가 되어 나폴리와 시실리 연합 왕국을 건설할 생각도 했다. 그러나 그것이 얼마나 험난한 일인가를 잘 알았다. 그는 나폴리에서 빅토르 엠마누엘을 만나 나폴리 왕국과 시실리 왕국을 넘겨주었다. 그리고 왕이 제의한 모든 작위와 연봉을 거절한 채 카프레라 섬에 있는 외딴 집으로 돌아갔다.

가리발디군의 나폴리 입성

▌ 이탈리아가 통일되다

이제 이탈리아 왕국에서 제외된 곳은 로마 하나뿐이었다. 가리발디는 모험가들을 모아서 두세 차례 로마를 공격해서 점령을 시도했지만 프랑스군 수비대에게 번번이 격퇴되었다. 프랑스 국내 사정으로 수비대가 소환된 1870년에야 로마는 점령되었고 빅토르 엠마누엘 왕 아래 이탈리아 통일은 완수되었다. 그때 위대한 해방자 가리발디는 로마에 없었다.

가리발디는 1879년 4월 로마에 다시 모습을 드러냈다. 엠마누엘 왕은 한 해 전에 서거했고 새로운 국왕 움베르토가 즉위한 뒤였다. 가리발디의 오른팔이었던 메디치 장군은 새로운 왕의 군사참모장이었다. 가리발디는 무기의 대량 구입, 군사 개혁, 그리고 대규모의 오스트리아 원정군 편성을 제의했다. 그러나 왕과 메디치 장군은 새로운 전쟁의 무모함을 역설했다. 자존심이 강한 그는 자기 계획의 무모성을 말로 수긍할 수가 없어서 침묵했다.

그는 시민들의 환호도 멀리하고 방문객들도 일체 받아들이지 않은 채 건강을 구실로 완전히 은퇴하고 말았다. 그의 건강은 실제로 악화된 상태였다. 사위가 공화국 음모로 체포되자 그는 1881년 사위를 구출하려고 나섰다. 필요하면 무력을 사용하겠다는 무모한 계획이었다.

그러나 왕국 정부는 특별한 호의를 베풀어 그의 사위를 석방했다. 만년에 그는 류머티즘과 여러 상처 때문에 고생이 심했다. 1882년 6월 2일 게릴라 전투의 천재인 그는 카프레라의 집에서 평온하

주세페 가리발디

게 숨을 거두었다. 76세였다.

그는 위대한 애국자였다. 그러나 그의 애국심은 억압받는 국민의 해방이 목적이었지 제국주의적 영토의 확장을 노리는 것은 아니었다. 오히려 말년에 그는 평화주의자로 일했다.

또한 가리발디 자신은 사회주의자를 자처했지만 마르크스와 바쿠닌은 그를 외면했다. 그는 노동자의 권리와 여성 해방의 기수로 널리 공인되었다. 또한 그는 모든 인종 차별과 사형 제도의 폐지를 시대를 앞서 주장했다.

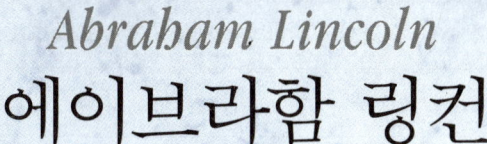

Abraham Lincoln
에이브라함 링컨

❦

기원전 1809~1865년

대통령 재직 중 그에게는 날마다 새로운 문제들이 밀어닥쳤다. 해결책을 찾는 데 도움이
될 만한 과거의 전례도 없는 가운데 자신의 건전한 상식에 따라 행동했고 모든 위기를 탁
월한 솜씨로 극복했다. 그가 받은 교육은 이론적인 것이 아니라 실질적인 것이었다. 그의
지식은 자연 속에서 얻은 것이며, 책을 통한 것이 아니라 사람들을 만나 어울리면서 배운
것이었다. 그리고 그의 삶의 기초는 정직 바로 그것이었다.

노예 해방과 민주주의의 영웅

글 · 테런스 빈센트 파우덜리

Abraham Lincoln _ 에이브라함 링컨

　이름 없는 가난한 집안에서 태어난 링컨은 모든 어려움을 극복하면서 꾸준히 노력하여 미국의 16대 대통령이 되었고 불멸의 명성을 얻은 인물이다. 그는 역사적인 노예 해방을 실행했을 뿐만 아니라, 남북전쟁을 북군의 승리로 이끌어 미국 연방을 보존했다.

　"국민의, 국민에 의한, 국민을 위한" 민주주의를 외친 그는 미국인들은 물론이고 자유를 사랑하는 전 세계 사람들의 추앙을 받고 있다. 또한 남북전쟁이 끝난 직후 암살자의 총에 맞아 숨진 그는 최초로 암살당한 미국의 대통령으로 기억되고 있다.

　링컨의 아버지 토머스는 1806년에 낸시 행크스와 결혼하고 켄터키 주의 허드겐빌에서 십 리 가량 떨어진 농장에서 단칸방 살림을 시작했다. 그는 정규 교육을 전혀 받지 못했고 재산도 없는 단순한 농장 노동자였다. 낸시는 사생아로 태어났다고 추정되며 종교적 신심이 매우 강한 여자였다. 에이브라함 링컨은 그 통나무집에서 1809년 2월 12일에 태어났다. 어린 링컨에게는 누나 사라와 동생 토머스가 있었는데 토머스는 아기 때 죽었다.

노예 제도는 토지가 없는 가난한 백인들의 생활을 어렵게 만들었다. 그래서 토머스 링컨은 1817년 켄터키 주를 떠나 인디애나 주 스펜서 카운티로 이주했고 젠트리빌 근처 피전 크리크에 위치한 숲속에 자리를 잡았다. 그는 숲속의 나무들을 베어내고 밭을 개간했다. 어린 링컨은 아버지를 도와 일했다. 그는 밭일은 기꺼이 했지만 사냥과 낚시질은 몹시 싫어했다. 1818년 10월 링컨이 9세 때 어머니가 세상을 떠나 나무 아래 묻혔다.

아내가 죽은 뒤 18개월이 지나 토머스 링컨은 사라 부시 존스턴 부인과 재혼했다. 사라 부인은 그가 켄터키 주에 살 때 이웃집에 살던 여자인데 두 딸과 아들 하나를 거느린 과부였다. 그녀는 모든 아이들을 똑같이 대우했고 특히 에이브라함 링컨을 사랑했다. 어린 링컨도 계모를 무척 좋아했고 언제나 최대의 존경과 사랑을 바쳤으며 훗날 그녀를 "천사 같은 어머니"라고 불렀다.

어린 링컨이 받은 교육이란 단순하기 짝이 없었다. 학교에서 공부하는 날은 매우 적었고 책도 별로 없었다. 사라 부인은 남편에게 글 읽는 법을 가르쳤는데 어린 링컨도 같이 들으면서 배웠다. 그리고 여러 곳을 순회하던 가톨릭 신부 자카리아 리니가 1814년 허드

링컨이 살던 마을

겐빌에 통나무집 학교를 설립하고 그 일대의 어린이들을 서너 주일 동안 가르쳤는데, 어린 링컨은 바로 이 학교에서 배웠던 것이다.

1822년 아젤 도시가 피전 크리크에 선생으로 부임해서 잠시 가르쳤는데 어린 링컨은 가장 열심히 배우는 학생이었다. 2년 뒤 링컨은 여러 달 학교에서 배웠다. 그리고 그것으로 학교 공부는 끝났다. 그가 학교에 다닌 기간은 모두 합쳐서 12달이 되지 않았다. 그동안 그가 읽은 책이라고는 고작해야 〈로빈슨 크루소〉, 존 버니언의 〈천로역정〉, 〈이솝 우화〉, 성서, 그리고 웜스가 지은 〈조지 워싱턴 전기〉 정도였다. 집에 있는 책은 성서뿐이었기 때문에 그는 책을 빌리기 위해 수십 리를 걸어가야만 했다.

▌목수일과 뱃사공

1824년 15세인 그는 아버지에게서 목수 일을 배우기 시작했다. 집안의 생계를 도와야 할 필요성이 절박했기 때문이다. 다음해 그는 월급 6달러를 받는 일자리를 얻었다. 나룻배를 몰고 오하이오 강을 건너서 앤더슨 크리크 입구의 젠트리 부두에 대는 일이었다. 말하자면 뱃사공이 된 것이다.

월급은 그의 아버지에게 직접 지불되었다. 그가 돈을 처음 만진 것은 나룻배에서 내린 두 신사의 트렁크를 부두에서 증기선까지 들어다 준 대가로 받은 팁인데, 그것은 50센트짜리 동전 두 개였다. 1828년에는 젠트리 부두의 주인이 화물을 실은 밑바닥이 평평한 평저선을 그에게 맡겨 뉴올리언스에 다녀오라고 보냈다.

켄터키에서 일리노이로 이주해서 살고 있던 존 행크스가 1830년 토머스 링컨에게 편지를 보내 자기가 사는 곳으로 이사를 오라고 권했다. 그래서 그는 일리노이로 이사하여 데카투어 서쪽으로 16킬로미터 되는 곳에 정착했다.

살림살이를 가득 실은 소달구지는 에이브라함 링컨이 몰았다. 그는 너구리 털가죽으로 만든 모자를 쓰고 면직 상의에 양가죽 바지 차림이었다. 가난뱅이에다가 친구도, 아는 사람도 없이 낯선 고장에 들어간 것이다. 30년 뒤 그는 미국에서 가장 유명하고 전 세계적으로도 이름이 알려진 인물이 되어 일리노이 주를 떠났다.

▌토지 개간

그는 아버지를 도와서 1만 8,000평의 토지를 개간하고 울타리를 만들기 위해 통나무를 쪼갰다. 20세가 넘기는 했지만 돈이 한 푼도 없고 또 입을 옷이 없던 그는 낸시 밀러에게 바지 하나를 만들어 달라고 부탁했다. 필요한 옷감은 길이 1미터마다 울타리 기둥 400개를 주기로 했다. 키가 190센티미터나 되는 그는 바지 하나를 위해 울타리 기둥 1,400개를 마련해야만 했다. 힘이 무척 센 그는 도끼를 다루는 솜씨가 특히 뛰어났다.

1831년 4월 19일 그는 돼지, 밀, 돼지고기와 쇠고기를 평저선에 싣고 뉴 올린스로 갔다. 돼지들이 제 발로 걸어서 배에 타려고 하지 않아 링컨이 팔에 안고 탔다. 존 행크스, 그리고 링컨의 이복동생 존 존스턴이 동행했다. 그는 흑인 남녀가 노예로 팔리는 장면을 거기서 처음 목격하고는 너무나 역겨워서 치를 떨었다. 그래서 존 행크스에게 "내가 저 제도를 공격할 기회를 얻는다면 사정없이 때려 부술 겁니다."라고 말했다.

▌ 최초의 정치 활동

뉴올리언스에서 돌아가는 길에 그는 농장에 필요한 물건들을 사려고 뉴 살렘으로 가서 그곳의 덴턴 오퍼트 상점에 들렀다. 주문한 물건들이 배에 실리는 동안 그는 지방선거 사무소에서 임시 직원으로 일했다. 그것이 그가 최초로 정치 활동에 참가한 기록이었다.

뉴 살렘에 머무는 동안 그는 자주 호출을 당했다. 소란을 가라앉히는 실력을 인정받은 것이다. 그는 막강한 체력을 과시하면서 소란한 분위기를 압도하여 질서를 유지했다. 그는 말다툼을 싫어했고 실제로 다른 사람들과 싸우는 일도 없었지만 자기 입장을 분명히 지켰고 도움이 필요한 사람에게는 서슴지 않고 도움을 주었다. 그리고 루이스빌에서 발행되는 신문 〈저널〉을 정기 구독하여 상점에 모여든 사람들에게 친절하게도 큰 소리로 낭독해 주었다.

그 후 그는 뉴 살렘에 정착했다. 뉴 살렘은 상가면 강가의 작은 마을이었는데 주민은 고작 스물다섯 가구에 불과했다. 1832년 인디언들과 싸우는 블랙 호크_검은 매 전쟁이 벌어지자 그는 그 일대의 지원병으로 구성된 부대에 사병으로 지원했고 즉시 지휘관으로 선출되었다. 훗날 그는 "싸우는 인디언은 본 적이 없고 모기들과 피나는 전투를 벌였다."고 농담을 했다. 얼마 후 그 부대가 해산되자 그는 '독립 첩보대대'에 다시 지원했다. 그 부대는 전쟁이 끝날 때까지 유지되었다.

▌주 의회 선거에 나서다

그는 주 의회 의원 선거에 무소속으로 나섰다. 선거운동을 할 때 그는 이러한 내용으로 최초의 정치적 연설을 했다. "친애하는 시민 여러분, 여러분은 제가 누구인지 알 것입니다. 저는 비천한 에이브라함 링컨입니다. 많은 친구들이 제게 입후보하라고 요청했습니다. 제 정견을 간략하게 말씀드리자면, 국내 개선 제도와 높은 보호 관세에 찬성입니다. 당선된다면 여러분께 감사드리겠습니다. 낙선되다 해도 역시 감사드리겠습니다."

선거에서 낙선한 그는 베리와 공동으로 상점 경영에 착수했다. 그들은 돈이 없었기 때문에 어음을 발행했다. 그러나 베리가 방탕한 생활에 빠지고 사업에 흥미를 잃은 결과 상점은 파산했다.

1833년 잭슨 대통령은 링컨을 뉴 살렘의 우체국장으로 임명했다. 그는 1836년까지 근무했다. 우체국장 재직 중 그는 자기 모자에 편지들을 담아가지고 다니면서 배달해 주는 '무료 배달' 제도를 자발적으로 시작했다. 한때 그는 대장장이가 될까 하는 생각도 했지만 영어 문법과 수학을 독학했고 법률을 공부하기 시작했다. 얼마 후 차석 검사관으로 임명되었다.

베리와 공동으로 상점을 시작할 때 발행한 그의 어음을 샀던 사람이 현금 지불을 요구했다. 1834년 가을 보안관이 그의 재산을 압류하여 공매 처분했다. 그해에 그는 주 의회 의원으로 당선되었는데, 주의 수도 밴댈리어에 가기 위해 친구에게 돈을 빌려서 양복 한 벌을 겨우 마련했다. 1836년에 재선되었는데 당시 선거운동 때 이러한 원칙을 표명했다.

"저는 정부의 짐을 지는 데 참여하고 돕는 모든 사람은 정부의 모든 특권을 누린다는 데 찬성합니다. 따라서 세금을 내거나 병역에 복무하는 모든 백인은 누구나 투표권이 있다는 것에 찬성합니다. 여기서는 여자들도 절대 제외되지 않습니다."

몇 년 뒤 위의 발언에 관해서 질문을 받고 그는 이렇게 대답했다.

"사회적, 도덕적 개혁의 모든 문제는 의식이 깬 사람들이 제일 먼저 제기하는데 그들은 개혁에 찬성하는 사람들입니다. 하느님께서 허락하시는 시기가 오면 개혁안들은 모두 법이 되고 우리의 체제 안에 편입될 것입니다."

▍변호사 활동

1836년 그는 저명한 정치가 스티븐 A. 더글러스를 주의 수도에

링컨이 결혼 당시 살던 집

서 처음 만났다. 1837년에는 변호사 자격을 얻었고 1838년과 1840
년에 주 의원으로 거듭 재선되었다. 주의 수도가 밴댈리어에서 스
프링필드로 옮겨지자 그는 1839년 새 수도에서 존 T. 스튜어트와
공동으로 변호사 사무실을 열었는데, 20년 후에는 일리노이 주에서
가장 유명하고 또 가장 큰 성공을 거둔 변호사로 명성을 떨쳤다.

한편 그는 1842년에 하원의원 로버트 S. 토드의 딸 메리와 결혼
했다. 그의 나이 43세였다. 그들은 아들 넷을 두었는데 셋은 일찍
죽고 장남만 어른으로 성장했다. 링컨은 셋째 아들을 특히 귀여워
했고 장남과는 별로 친밀한 사이가 아니었다고 한다. 메리는 평소
에 자주 두통에 시달렸는데 훗날 셋째 아들의 죽음과 남편의 암살
현장에서 겪은 충격으로 정신이상에 걸렸다.

▌하원의원이 되다

1840년과 1844년의 대통령 선거 때 그는 공화당을 지지하는 선거인 자격으로 각지를 순회하면서 스티븐 A. 더글러스와 공개 토론을 벌였다. 1846년 그는 연방하원 의원으로 당선되었는데, 일리노이 주 출신의 공화당 의원은 자기 혼자였다. 1848년 그는 멕시코 전쟁에 관한 대통령의 담화문 발표를 촉구하는 결의안을 제출하고 1월 12일 처음 하원 연설을 했다.

1849년 1월 16일에는 컬럼비아 지구_미국의 수도 워싱턴에서 노예제를 폐지하고 해방된 노예의 주인에게 보상을 해 주자는 법안을 하원에 제출했다. 그는 하원의원 재선을 사양한 뒤 1849년 상원의원에 출마했지만 낙선했다. 1850년 필모어 대통령이 그에게 오리건 주지사 취임을 권했지만 그는 거절했다.

그 후 약 5년 동안 그는 정치 문제에 관심을 기울이지 않았다. 그러다가 네브래스카와 캔자스를 연방에 가입시키자는 법안이 제출되고, '미주리 타협' 의 철회를 위한 소동이 벌어지자 다시 정치에 관심을 가지게 되었다. 1854년 그는 일리노이 주의 새로운 정당, 즉 공화당의 지도자가 되었다.

'미주리 타협' 의 철회를 반대하는 사람은 소속 정당을 불문하고 모두 처음에는 '네브래스카 반대' 그룹으로 알려졌는데 나중에 '공화당원' 으로 자칭하게 되었다. 그들은 공화당의 간판 아래 1854년 선거에서 '노예 제도 반대' 주들을 거의 전부 석권했다. '네브래스카 법안' 에 관한 자신의 입장을 변호하기 위해 더글러스 상원의

원은 일리노이 주 각지를 순회했다.

노예 제도 반대

링컨은 1854년 10월 1일 노예 제도에 관한 자신의 입장을 분명히 선언했다.

"저는 노예 제도가 공화국인 우리 나라가 전 세계에 올바른 영향력을 행사하지 못하게 하기 때문에 그것을 미워합니다. 노예 제도 때문에 자유 사회의 적들은 우리를 위선자라고 조롱할 수 있고 자유의 진정한 친구들은 우리의 성실성을 의심하는 것입니다. 노예 제도는 시민의 자유에 관한 기본 원칙들에 정면으로 위배됩니다. 그것은 독립 선언을 부정하는 것입니다. 그것은 세상에는 올바른 행동 원칙이 없고 오직 이기주의가 최고라고 주장하는 것입니다. … 아무도 타인의 동의 없이는 타인을 지배할 권리가 없습니다. … 네브래스카 법안은 타인을 노예로 삼을 도덕적 권리가 있을 수 있다고 인정하는 것이기 때문에 저는 그것에 반대합니다."

1855년 그는 상원의원으로 입후보했지만 자진 사퇴하여 트럼벌이 당선되었다. 1856년에는 공화당 전당대회에서 110표를 얻어 부의장이 되었고, 대통령 선거인단의 일원으로 전국을 순회했다. 그때 이렇게 연설했다.

"무보수로 노동하는 사람들 머리 위에 빗방울이 전혀 떨어지지 않고 햇빛이 찬란히 쏟아질 날이 곧 올 것이라는 느낌을 저는 연설하는 동안 가끔 느낍니다. … 그날이 어떻게 올 것인지, 언제 올 것

링컨의 초상화

인지는 말할 수 없습니다. 그러나 그날은 반드시 올 것입니다."

1857년 3월 6일 미연방 최고재판소는 '드레드 스콧' 판결에서 노예 제도를 영구화하는 데 찬성했다. 그 판결은 캔자스를 노예제 인정 또는 반대 주로 연방에 가입시킬 것인가 하는 문제와 더불어 1858년 의회 선거의 쟁점으로 부각되었다. 연방 상원의원으로 출마한 링컨은 스티븐 A. 더글러스와 대결했다. 후보 지명을 수락하는 연설에서 그는 노예 제도 폐지에 관해 이렇게 말했다.

"앞으로 위기가 닥쳤다가 사라질 때까지 이 문제는 해결이 나지 않으리라 봅니다. '분열된 집은 유지될 수 없습니다.' 절반은 노예 상태이고 절반은 자유 상태인 이 정부는 영구히 유지될 수 없다고 저는 믿습니다. 저는 연방이 와해되기를 바라지 않고 집이 무너지기를 바라지 않으며, 다만 분열이 사라질 것을 기대하는 바입니다."

▌공화당 대통령 후보로 당선

1860년 5월 16일 공화당 제2차 전당대회가 시카고에서 개최되었다. 3차 투표에서 링컨은 당시 공화당 극우파의 우상인 윌리엄 H.

시워드를 누르고 대통령 후보로 당선되었다. 전당대회가 시작되기 직전 목사가 바친 예언적 기도의 말에 주의를 기울인 사람은 그리 많지 않았다.

"앞으로 언젠가, 그러나 그리 멀지 않은 어느 날, 오늘날의 정치 체제를 지배하는 악이 전진을 멈출 뿐만 아니라 정치 체제에서 완전히 뿌리가 뽑히기를 주님께 간청합니다."

북부의 민주당은 스티븐 A. 더글러스를, 노예 제도를 유지하는 남부의 민주당은 존 C. 브리켄리지를, 헌법연합당은 존 벨을 각각 대통령후보로 지명했다. 선거인단은 링컨에게 180표, 브리켄리지에게 72표, 벨에게 39표, 더글러스에게 12표를 던졌다.

취임식 때 링컨은 이렇게 말했다.

"미국에서 노예 제도가 존재하는 곳에서 저는 직접적이든 간접적이든 그 제도에 간섭할 의도가 없습니다. 저는 그렇게 할 합법적 권리가 제게 없다고 믿으며, 또 그렇게 할 의사도 제게 없습니다."

그의 취임사가 각계각층에서 평온과 화해 분위기를 조성했음에도 불구하고 연방 이탈을 주장하는 극단파에게는 아무런 효과가 없었다. 그가 취임하기 전에 이미 남부의 7개 주가 연방을 이탈하여 독자적인 남부연합을 형성했던 것이다.

▮ 남북전쟁과 노예 해방 선언

남북전쟁은 1861년 4월 12일 찰스턴 항구의 섬터 요새에 대한 남부연합 군대의 포격으로 시작되어 링컨의 죽음으로 끝났다. 링컨

게티스버스 전투

은 남부의 모든 항구에 대한 봉쇄를 명령했다. 4월 15일 그는 최초로 군대의 징집을 명령했다. 그의 재임 중 소집된 병사는 275만 9,049명이었다. 1864년 3월 링컨은 율리시즈 S. 그랜트 장군을 북군 총사령관으로 임명했다.

러시아를 제외하고는 다른 나라들이 연방정부에 대해 적대감을 표시했다. 그들에게 보복하자는 주장에 대해 링컨은 이렇게 대꾸했다. "여러분, 전쟁은 한 번에 하나씩 하는 겁니다." 1862년 5월 20일 그는 홈스테드 법에 서명했는데 그것은 국공유지에 정착했던 사람들에게는 어마어마한 선물이었다.

1863년 1월 1일 그는 '노예 해방 선언'을 발표했다. 그것은 독립

선언서의 영원한 진리를 확인하는 조치였다. 그 조치로 남북전쟁 기간 중 자유를 얻은 노예는 20만 명에 이르렀다. 또한 이 조치는 전쟁의 명분이 남북의 재통합과 아울러 '자유'라는 사실을 전 세계에 선포하여 영국을 비롯한 유럽 여러 나라의 자유주의자 세력이 연방을 지지하게 만드는 계기가 되었다.

1863년 11월 19일 게티스버그 국립묘지에서 그는 이렇게 연설했다. 특히 마지막 구절은 매우 의미가 깊은 것이었다.

"우리는 우리 앞에 남아 있는 위대한 사업에 헌신할 각오로 여기 모인 것입니다. … 우리가 여기서 굳게 결의하는 것은 전사한 그들의 죽음이 앞으로도 결코 헛되지 않을 것이며, 하느님의 보호 아래 우리 나라가 자유의 새로운 탄생을 볼 것이며, 국민의, 국민에 의한, 국민을 위한 정부가 지상에서 결코 사라지지 않을 것이라는 점입니다."

1864년 6월 8일 그는 공화당 전당대회에서 대통령 후보로 다시 지명되었고 민주당에서는 매클렐런 장군을 지명했다. 링컨은 선거인단 233표 가운데 212표를 얻어 재선되었다.

▌재선 취임 연설

1865년 3월 4일 그는 취임 연설을 이렇게 맺었다.

"양쪽이 똑같은 성서를 읽고 똑같은 하느님께 기도하면서, 제각기 자기 쪽에게만 하느님의 도움이 내리기를 간청합니다. 어떤 사람들이 다른 사람들이 얼굴에 땀을 흘려가면서 얻은 빵을 뺏으려하면서 자기들을 도와달라고 감히 하느님의 도움을 간청한다면 그것은 이상하게 보일 것입니다. 그러나 우리는 심판을 받지 않기 위해서 남을 심판하지 맙시다.

… 우리는 이 전쟁의 채찍이 빨리 지나가기를 기꺼이 바라고 또 간절히 기도합니다. 그러나 쇠사슬에 묶인 노예들이 무보수로 250년 동안 노동한 결과로 쌓인 모든 재산이 사라질 때까지, 채찍으로 흘린 피 한 방울 한 방울이 칼에 의해 흐르는 피로 모조리 갚아질 때까지 이 전쟁이 계속되는 것이 하느님의 뜻이라면, 우리는 지금도 또한 3천 년 전과 마찬가지로 주님의 심판은 진실하고도 옳은 것이라고 말해야만 합니다.

아무에게도 악의를 품지 않은 채, 모든 사람에게 사랑을 품은 채, 하느님께서 우리에게 지키라고 주신 권리에 대한 확신 안에서, 우리는 우리에게 맡겨진 임무를 완수합시다. 그 임무는 나라 전체의 상처를 붕대로 싸매고, 전쟁의 과업을 짊어질 병사와 그의 과부와 고아들을 돌보며, 우리들 사이에서 그리고 모든 나라들과의 관계에서 정당하고 항구적인 평화를 이룩하며 보존하기 위한 모든 일을 하는 것입니다."

▌ 남북전쟁의 종결과 저격

1865년 4월 3일에 남부의 수도 리치먼드가 함락되고 4월 9일에는 남부군 총사령관 리 장군이 북군 총사령관 그랜트 장군에게 정식으로 항복했다. 남북전쟁은 북군의 승리로 끝난 것이다.

그러나 며칠 뒤, 부활주일을 앞둔 4월 14일 금요일 저녁, 포드 극장에서 상연 중인 연극 〈우리의 미국인 사촌〉을 관람하던 도중 링컨 대통령은 배우 J. 윌키스 부스의 저격을 받았다. 다음날 아침 7시 22분 그는 숨을 거두었다.

향유로 처리된 그의 시신을 모신 장의 행렬은 워싱턴을 출발하여, 볼티모어, 해리스버그, 필라델피아, 뉴욕, 올버니, 버펄로, 클리블랜드, 시카고를 거쳐서 스프링필드로 이어졌다. 그리고 5월 4일 오크리지 묘지에 묻혔다. 그의 석상과 웅장한 오벨리스크를 중심으로 장엄하고 우아하게 설계된 링컨기념관이 완성된 후, 그의 유해는 1874년 10월 15일 그 기념관 지하에 마련된 묘지에 안장되었다.

▌영원히 존경받는 인물

링컨이라는 인물에 관해서 완벽하게 묘사하기란 불가능하다. 왜냐하면 외진 숲속 오두막에서 보낸 그의 어린 시절에서 스프링필드의 묘지에 이르기까지 그가 겪은 시련, 고뇌, 불행에 대해서 사람들은 전모를 파악할 수 없기 때문이다.

대통령 재직 중 그는 번민에서 벗어난 순간이 한 번도 없었다. 날마다 새로운 문제들이 밀어닥쳤고, 해결책을 찾는 데 도움이 될 만한 과거의 전례도 없는 가운데 그는 자신의 건전한 상식에 따라 행동했고 모든 위기를 탁월한 솜씨로 극복했다. 국민들과 최고위층 인사들로부터 자주 오해를 받았지만 적절한 시기가 무르익었을 때 그는 모든 의혹을 말끔히 없애 주는 정치가의 수완을 발휘하기도

했다.

정치가를 완전히 이해하려면 우리는 그의 인품을 알아야만 한다. 세월이 흘러감에 따라 링컨의 고귀한 인품은 세상에 더욱 찬란히 드러날 것이다. 그가 지녔던 '가장 큰 정신, 가장 신성한 금속으로 빚어진 정신' 은 항상 올바른 길을 걸었고 그 어떠한 유혹에도 흔들리지 않는 것이었다.

그가 이끄는 행정부는 인간의 운명이 겪을 수 있는 것 가운데 유혹이 가장 많은 것이었다. 투기와 음모를 통해서 엄청난 재산을 긁어모을 기회가 얼마든지 있던 때였다. 그러나 재산에 대한 탐욕이란 링컨의 천성과 전혀 맞지 않는 것이어서 그는 한 점의 티도 손에 묻히지 않았다.

그는 결정을 내리는 데 느렸지만 심사숙고한 끝에 확신을 얻게 되면 옳은 방향으로 조금도 비틀거리지 않은 채 곧장 전진했다. 그가 받은 교육은 이론적인 것이 아니라 실질적인 것이었다. 그의 지식은 자연 속에서 얻은 것이며, 책을 통한 것이 아니라 사람들을 만나 어울리면서 배운 것이었다.

그리고 그의 삶의 기초는 정직 바로 그것이었다. 그의 연설에는 수사학적 기교가 없다. 그러나 사람들이 주목하도록 만들고, 청중의 이성에 호소하여 그들의 마음속에 확신을 심어 주는 것이었다. 그는 여론을 매우 중요시하여 이렇게 말했다.

"여론의 지지를 받으면 하나도 실패할 수 없다. 여론의 지지가 없다면 아무것도 성공할 수 없다. 따라서 여론의 지지를 얻는 사람은 법률을 제정하거나 결정을 공표하는 사람들보다 한층 더 깊이 국민의 마음속을 파고드는 것이다."

그는 노예 제도의 폐지보다는 그 확대에 반대했다. 그러나 폐지론을 주장하는 사람들의 진정한 의도를 깊이 생각해 본 끝에 그는 자유로운 노동과 산업의 번영을 위협하는 노예 제도가 존속하는 한 미국이 영원한 평화를 누릴 수 없다는 것을 깨달았다.

그의 드넓은 마음은 모든 사람에 대한 동정과 사랑으로 가득 차 있었기 때문에 그는 특정 종교를 믿지는 않았다. 필연성, 꿈, 어떤 조짐 같은 것은 믿었다. 그러나 그는 종교의 차이라는 인위적 장벽 때문에 심지어 가장 비천한 사람하고도 관계가 단절되는 것을 원하지 않았다. 그는 자유의 복음을 믿었고 법률을 통해 자유를 모든 사람에게 보장해 주려고 했다.

대통령이 된 뒤에 그는 노예 제도가 법률과 사법적 판결이라는 견고한 성벽 뒤에 확고하게 자리를 잡고 있는 것을 보았다. 그는 남부의 단결, 미국에서 노예 제도를 영구화시키려는 남부 사람들의 굳은 결의를 깨달았다. 그는 내란 직전에 놓인 조국을 보았고 자기 조국을 구원한 승리의 순간에 죽었다. 그때 노예 제도의 왕국은 무너지고 쇠사슬은 끊어져 녹이 슬었으며 그 제도의 힘은 영영 사라졌다.

공개적인 비판을 받아도 그는 별로 개의치 않았고, 가장 가난한 사람들의 의견도 받아들이기를 꺼리지 않았다. 그가 공직에 눈을 돌린 것은 이기적 야망 때문이 아니라 조국에 대한 사랑 때문이었다. 임기가 끝날 무렵 그는 국민의 신임을 얻었다. 국민들은 그의 정직함, 그리고 오로지 국민의 이익만을 목표로 삼고 매진하는 그의 열성에 대해 깊은 존경심을 표시했다. 그는 사람들에게 이야기를 들려주기를 매우 좋아했고, 대화를 할 때도 중요한 핵심을 설명하기 위해 자신이 기억하는 풍부한 일화를 유감없이 활용했다.

그는 성서와 셰익스피어의 작품들을 특히 좋아해서 자주 인용했다. 그리고 존 스튜어트 밀의 수필을 좋아했고 바이런, 로버트 번즈, 윌리엄 녹스의 시를 애송했다. 그리고 연극 관람도 매우 좋아했다.

그의 재임 기간은 과거의 노예 상태와 미래의 자유 사이의 경계선으로 영원히 남을 것이다. 그의 기념관은 그의 조국의 명성의 제단이다. 그리고 그의 이름은 전 세계 사람들을 노예 상태에서 해방하는 길잡이로 영원히 살아 있을 것이다.

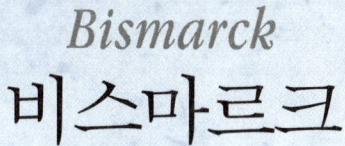

Bismarck
비스마르크

✤

1815~1896년

비스마르크는 정치가로서 최고의 천재였다. 또한 그는 외교의 천재여서 베를린회의 이후 26년에 걸친 유럽의 평화를 구축하는 주역이었다. 그러나 미래에 대한 확신이 없었다는 결함도 있었다. 그는 자유주의와 민주주의를 사악한 세력이라고 여겼던 것이다. 그래서 형식상 타협하는 데 그쳤다.

독일 통일의 영웅

글 · 오우티스키

◇ *Bismarck*_ **비스마르크**

비스마르크는 1815년 4월 1일 프러시아의 브란덴부르크 지방의 쇤하우젠에서 태어났다. 아버지는 지주인 융커였고 어머니는 관리의 딸이었다. 그는 어머니와 함께 베를린에서 살면서 학교에 다니다가 괴팅겐 대학교와 베를린 대학교에서 법률을 공부했다. 프러시아의 법관이 된 뒤 아헨에서 근무했는데 자기가 사랑하는 영국 여자의 뒤를 따라 다니는 바람에 여러 달 동안 무단결근하기도 했다. 그는 상관과 다투고는 24세에 사직했다.

▍ 반동 정치의 대변인

젊은 비스마르크는 어머니의 영향으로 그리스도교에 대해 무관심했다. 그러나 그는 경건파 신자인 요한나와 1847년에 결혼했다. 그해에 그는 빌헬름 4세가 소집한 연합의회의 의원이 되었다. 그는 곧 절대주의와 반동정치의 대변인으로 알려졌다. 1848년 자유주의 혁명에 국왕이 굴복했을 때 비스마르크는 혁명을 군사적으로 진압하기를 바랐다. 심지어 국왕의 퇴위마저 건의했다. 이때 국왕 동생의 부인에게 원한을 샀다.

1849년 비스마르크는 프랑크푸르트 의회의 의원으로 선출되었다. 처음에 그는 독일 문제 해결에 오스트리아의 협조가 반드시 필요하다고 믿었다. 그러나 곧 생각이 바뀌었다. 오스트리아가 프러시아를 대등한 파트너로 인정하지 않는다는 사실을 깨달았던 것이다. 오스트리아를 제외시키고 프러시아가 단독으로 주도권을 잡아야 한다고 믿은 그는 오스트리아에 협조적이던 프러시아의 외교 정책, 그리고 심지어는 국왕마저 비판했다.

1858년 프러시아 국왕 빌헬름 4세가 정신이상에 걸려서 동생이 섭정이 되었다. 다음해 비스마르크는 러시아에 대사로 파견되었는데 그것은 일종의 정계 추방이었다.

1861년 섭정이 정식 국왕 빌헬름 1세가 되었다. 그는 정규군을 증강하고 자유주의적 구성이던 민병대를 축소하려고 했다. 의회는 민병대 축소에 반대했다. 1861년 11월 총선에서 자유주의자들이 승리하자 국왕은 비스마르크를 러시아로부터 소환했다. 그러나 비스마르크의 기대와는 달리 국왕은 그를 프랑스에 대사로 보냈다. 비스마르크는 오스트리아에 대한 동맹 문제를 둘러싸고 나폴레옹

3세와 협상을 벌였다.

▌독일 제국의 초대 수상

1862년 9월 프러시아 정계에 위기가 닥쳤다. 의회 결의를 국왕이 거부하자 내각이 붕괴된 것이다. 파리에서 돌아온 비스마르크는 즉시 수상으로 임명되었다. 그는 국내 정치의 위기를 이용해서 국왕이 자신에게 더욱 의존하도록 만들었다. 그는 의회에서 "현안 문제들은 연설과 다수결이 아니라 오로지 피와 쇠로만 해결될 수 있다."고 말했다.

그의 주요 관심사는 외교였다. 분열된 독일의 통일 문제를 해결하겠다고 오래 전부터 공언해 왔기 때문이다. 1866년 프러시아군은 오스트리아군을 결정적으로 패배시켰다. 비스마르크는 오스트리아를 독일에서 완전히 제외시키는 데 성공했다.

그는 프랑스와 벌인 1870년의 전쟁도 승리로 이끌었다. 1871년 1월 18일 빌헬름 1세가 독일 황제로 선포됨으로써 독일 통일 문제는 프러시아 주도의 통일로 끝나고 비스마르크는 독일 제국의 초대 수상이 되었다.

▌유럽의 평화를 유지

비스마르크는 수상이 된 뒤 처음 4년 동안은 인기가 없었다. 그러나 그 후 그가 거둔 끊임없는 성공 때문에 그의 뛰어난 재능과 안목에 대한 존경은 해를 거듭할수록 더욱 증가했다. 유럽 각국의 정부가 존속하기 위해서는 평화가 필수 조건이었는데, 유럽의 평화를 유지한 인물이 바로 비스마르크였던 것이다.

　그는 개인적으로나 국가적으로나 분쟁에 휘말려 들어가는 것을 단호하게 거절했다. 수많은 비난과 공격을 끝까지 참아 견딘 다음에 반박했다. 그러나 외교적 대립의 소용돌이를 만나면 자신의 입장을 분명히 내세워서 반드시 성공을 거두었다. 따라서 사람들은 그를 액면 그대로 받아들이고 좋아하게 되었다. 인간의 본성이란 상대방을 있는 그대로 받아들이면 상대를 좋아하게 마련이다. 세계적 명성을 얻기에 가장 부적절하게 보이던 비스마르크는 당대에 유럽과 신대륙에서 인기가 가장 높은 인물이 되었다.

　프러시아 사람들은 그를 가정의 수호신으로 결코 받아들이지 않았다. 그들에게 비스마르크는 정치가의 길을 걷기 시작할 때부터 가혹한 지배 계급인 융커의 전형으로 보였기 때문이다. 융커는 넓은 토지를 소유하고 주민들을 독자적으로 다스리는 일종의 지방 영주였다. 가난하면서도 오만하고 높은 지위와 풍족한 생활을 갈망하며, 자유를 사랑하는 신흥 시민 계급을 증오하는 것이 바로 융커였다.

　1847년 프러시아 왕국의 최초 의회에서 보수주의 지도자들 가운데 하나인 비스마르크는 "도시들을 없애 버려라! 나는 모든 도시가 폐허가 되는 날을 볼 때까지 살고 싶다!"고 외쳤다. 그 말은 장구한 세월 동안 이어온 사회적 대립과 갈등을 웅변적으로 표현하는 것이었다.

선천적으로 재능이 뛰어난 남부 독일 사람들은 특히 그를 싫어했다. 그들에게 프러시아라는 말은 딱딱하고 거만하며 부자연스럽고 불편한 것의 대명사였다. 그런데 비스마르크는 프러시아 출신이었다.

그러나 독일 사람들의 그러한 감정은 곧 사라지고 말았다. 그의 70세 생일을 축하하는 행사를 관람한 외국인들은 독일인들이 자발적으로, 열광적으로 그의 생일을 축하했다. 베를린에서 먼 지방일수록 열광이 더 심했다. 통일된 독일은 새로운 시대를 맞이했고, 독일은 과거에 볼 수 없었던 위대함의 상징이 되었다. 통일을 완성시킨 비스마르크는 독일인들에게 애국심의 대상인 조국을 부여한 영웅이었다.

그러나 23년이 넘는 공직 생활을 한 비스마르크보다 더 많은 비난과 반대를 겪은 정치가는 없을 것이다. 막강한 권력을 행사하는 수상이면서도 왕궁에서조차 강력한 반대에 부딪쳤다. 왕의 동생 카를은 새로 구성되는 독일 연방에서 오스트리아를 제외시켜야만 한다고 주장하는 비스마르크를 미워해서 여러 해 동안 외교 기밀 문서를 빼돌렸던 것이다.

그는 1848년 혁명기 이전에도 그 이후에도 융커들을 이끄는 용감한 지도자였지만, 신성동맹을 존중하지 않는 그에 대해 융커들조차 즉시 등을 돌렸다. 그가 어느 한 융커를 외무차관으로 임명하자 그 융커는 비스마르크의 외교 정책은 반대하지만 비스마르크가 의회를 경멸하는 것은 높이 평가하기 때문에 차관 직책을 수락했다고 친구들에게 말했다.

반면, 프러시아 왕비는 입헌군주제의 원칙에 관해 교육을 받으며 자랐고 동맹국 영국에 대해 매우 우호적이었기 때문에, 국회의원들뿐만 아니라 의회 제도의 근본까지도 날마다 공격하는 무모한 권투 선수와 같은 비스마르크를 지긋지긋하게 여겼다. 왕족조차 비스마르크 정부의 반동적 조치들에 대해 공개적으로 마지못해 비판하기도 했다. 왕실도, 자유주의 세력도, 대부분의 일반 백성도 비스마르크를 싫어했던 것이다. 콘이라는 광신자가 1866년 5월 비스마르크를 암살하려다가 실패했을 때 그 실패를 아쉬워하지 않은 사람이 거의 없었다.

국왕의 절대적 신임

비스마르크의 정치적 견해의 일부나마 오랜 세월 동안 이해하고 지지한 사람은 단 두 명이었다. 그 가운데 하나가 프러시아 왕 빌헬름이었다. 완전히 고립된 처지에 있기는 했지만 비스마르크는 왕의 신임을 믿었고, 그러한 믿음에 대해 후회할 필요가 없었다.

왕은 독일 연방과 프러시아 자체는 비스마르크의 방식에 따르는 새로운 기초 위에 건설되지 않는 한, 주기적으로 유럽 대륙을 휩쓰는 돌풍을 견디어내지 못할 것이라는 확신을 가지고 있었다. 그래서 프러시아의 새로운 시작은 비스마르크의 계획이자 동시에 왕의 계획이었다.

독일 통일이라는 이상은 비스마르크가 처음 내세운 것은 아니

비스마르크

었다. 수많은 애국자들이 오랫동안 그 이상을 위해 싸우다 희생되었다. 그러나 그들은 민족주의와 오스트리아를 결합시키려고 했기 때문에 미래를 제대로 내다보지 못했다. 두 가지는 모순되고 상충되는 요소였던 것이다. 오스트리아는 주민의 대부분이 독일인이 아니었고 또 모든 면에서 독일과 이해관계가 다른 나라였다.

▌ 프랑크푸르트 의회

1848년에 모인 프랑크푸르트 의회는 목표를 분명히 해서 다음해에 헌법을 제정하고 독일의 새로운 왕관을 프러시아 왕에게 바쳤다. 그러나 프러시아 왕은 오만한 태도로 거절했다. 비스마르크와 그의 친구들은 왕의 거절을 크게 환영했다. 왕이 거절한 이유는 그 왕관이 의회에서 부여된 것이기 때문이었고, 비스마르크가 왕을 지지한 이유는 군소 국가들이 프러시아를 좌우하는 것을 받아들일 수 없었기 때문이다.

1851년에야 그는 통일에 암적인 존재인 오스트리아가 독일 연방에서 제외되어야 한다고 주장했다. 한편, 오스트리아를 자신의 이익과 유럽의 평화를 위해 새로운 독일의 영원한 동맹국으로 삼아야 한다고 본 그의 판단은 현명한 것이었다. 그러나 프랑크푸르트 의회는 오스트리아 문제를 해결하지 못했다.

비스마르크는 프랑크푸르트, 비엔나, 페테르스부르크, 파리에서 외교적 모험을 감행했고 1862년부터는 프러시아를, 1866년부터는 독일을 다스렸다. 여기서 우리는 그의 두 가지 특징을 볼 수 있다. 하나는 그가 자신의 목표를 향하여 끊임없이, 단호하게 전진했다는 것이고, 또 하나는 모든 단계에서 사람들이 그를 잘못 판단하여 오해했다는 것이다.

1866년부터 1877년까지 독일에는 평화가 깃들고 화해 분위기가 지배적이었다. 비스마르크는 자유주의자가 아니었고 일정한 한계를 벗어나는 것은 결코 용납하지 않았다. 그러면서도 그는 자유주의 세력과 온건한 보수 세력의 지지를 받았다.

▌독일 제국의 성립을 선포

1871년 1월 독일의 군주들은 베르사유에서 독일 제국의 성립을 선포했는데 이것은 비스마르크의 주도 아래 이루어진 것이다. 의회를 중심으로 하는 연방이라는 새로운 원칙 위에 세워진 독일 제국은 번영과 자유를 위한 체제로 보였다. 그러나 상원이 없다는 점, 지방 군주의 대표들이 의회에 독자적으로 의견을 낼 수 있다는 점, 인구 면에서는 의회에서 5분의 3의 표를 얻어야 하는 프러시아가 실제로는 3분의 1의 표만 가진다는 점 등이 약점으로 제시되었다.

이제 비스마르크는 자유주의 세력과 손을 끊고 철저한 보호무역주의자가 되었다. 지방 군주들의 정부에 의존하지 않고 독일 제

비스마르크의 독일 제국 선언_폰 베르너 그림

국의 재정을 독자적으로 튼튼히 하기 위해서 그는 간접세 방식을
취했다. 그의 정책은 성공했다. 제조업, 광산, 지주들이 그를 전폭
적으로 지지했다. 한편 그는 노동자들을 위해 유럽 최초로 사회보
장제도를 실시한 정치가였다. 그 후 유럽 각국이 그를 모방했다.

　공산주의자들과 사회주의자들에 대한 비스마르크의 태도는 이
해하기가 어려운 면이 있다. 그의 심복 각료들 가운데 한 명은 공산
주의를 주창한 마르크스의 오랜 친구이자 편지를 주고받는 사이였
다. 비스마르크 자신은 사회주의의 대표인 라살과 개인적으로 면담
도 했다. 1864년에 라살이 죽은 뒤 프러시아 정부는 사회주의자들
의 선동을 주목하고 있었다. 그러다가 1878년에 두 번에 걸친 황제
암살 기도가 실패하자 비스마르크는 사회주의에 대해 가혹한 탄압
정책을 취하기 시작했다.

그가 사회주의를 단속하려고 1890년 의회에 최초로 제출한 유명한 법안은 부결되었다. 의회 해산과 총선거가 뒤따랐다. 암살 미수로 부상당한 황제를 동정하는 유권자들이 사회주의 탄압을 압도적으로 지지했다. 그래서 비스마르크의 법안은 다음 의회에서 통과되었다.

▎정치와 외교의 천재

비스마르크는 정치가로서 최고의 천재였다. 그러나 미래에 대한 확신이 없었다는 결함도 있었다. 그는 자유주의와 민주주의를 사악한 세력이라고 여겼던 것이다. 그래서 형식상 타협하는 데 그쳤다. 또한 그는 외교의 천재여서 베를린 회의 이후 26년에 걸친 유럽의 평화를 구축하는 주역이었던 것이다.

1888년에 황제가 된 빌헬름 2세는 독일 통일 당시의 황제 빌헬름 1세의 손자였는데, 그는 외교 정책을 둘러싸고 독자 노선을 걷기를 원해서 1890년 비스마르크의 사임을 요구했다. 비스마르크는 자신이 죽은 후에 공개한다는 조건 아래 사직서를 작성하고 물러났다. 그리고 만년에는 회고록 집필에 몰두했다.

그는 1898년 7월 30일 함부르크 근처에 위치한 프리드리스루에서 죽었다. 그때 나이 82세였다. 그가 미리 작성한 묘비명은 "빌헬름 1세의 충직한 독일 신하"였는데 그것은 당시 황제 빌헬름 2세에 대한 비난을 간접적으로 표현하는 말이었다.